介護員詩誌

日々のはなし

北岡けんいち

介護員詩誌「日々のはなし」出版に際して

閑話

「介護員詩誌」は、これまで介護員さんのご相談に対応してきましたが、今回からさらに軽短話題として運営していこうと思っています。

ええ？　理由ですか、それはユトリロ会の事情ってやつです。

ありがたいことに相談が殺到している。身近なインターネットやSNSで処理できないんですかね、と内心じゃ思っていますが、やはり当会を名指してくれているんで、ありがたく思っています。ただし、当会でもいわゆる合理化対応をしていきます。言い訳ですけど近頃、相談数に比例して、これまでになく会への批判が多くなっている事情があります。

例えば「オタクの話はどこにでもあるものでしょう」「メンバー同士のおしゃべりが目的なんですか？」「相談者の悩みがうわさの種にされて、つるし上げられている気分になり、読んでて不快です」など。さらに「相談室メンバーだけの世界が繰り広げられて、読者は置いてきぼり。きわめて排他的です」。おまけに「相談室で討論し合っても結論がないでしょ。これでは相談者の思いが達せられていないも同然だ」の指摘もあり、それらは理にかなったもんです。

そしてついに読者さんが怒り心頭になったのでしょうか、「相談室は仲の良い者同士の言いたい放題の会になっている」など、適切な意見が殺到して来ておりまして、これだけのご批判があるのはやっぱ世の中ですねぇ。言い返しはしませんが、まずありがとうございましたと御礼申し上げます。

会では、話題の記載を「生もの」ではなく、「創作もの」として扱っておりまして、最終活動は今まで通り、文学作品と考えてやっていこうと考えております。出版の現状を言えば、作家よりも有能と評判の編集者に依存しているらしいと聞き及んでいる出版事情が、当方ではなきが如しです。

しかし創作へのニューアイデアが思い浮かばないから、しょうがない。それもこれもやっぱ、従来の手弁当でやっていこうの田舎スタイルを変えていないからでしょうね。しかも現実、60歳超えメンバーもいる中、ボケ防止で飲み会をしたくて会に参加している方もいるし、それを見ても相談室メンバーの本音だろうと吐き捨てて言う方もいますし。

かような背景で、今回は最終話まで簡便法で書き続けていこうと創作方針をまとめたわけです。ほんとメンバーの負担が大きくなってきたんです。体調不全者が続出し、さらに若いメンバーから討論する気が薄れてきている現状は否定できませんし。

でも会の存続のためです。世間からのご批判多数を機に、メンバーはそれぞれ各自が方向転換を心がけ、相談室を頼りにして来てくれる介護系職員様の心のよりどころになれればいい！　の精神を継続していきます。で、どうか読者さま。ご了解を願います。

令和6年　無性に暑い夜。北岡。

介護員詩誌　日々のはなし　目次

第1話

はるに語る

景色といえばさ
えりも岬ほど有名じゃないけど
この地の人もみんな
胆振最果ての地であることに
関心を持ってて
おれも　はまってる

先年　土砂災害で
JR線路がずたずた
復旧の目途が立たない
3代にわたりこの地に住む

何を望んで生きてるのか
次第に分からなくなってさ

え？　眺望がきれいすぎだから
そうかも　しれないな
しかも今は　時は春だし
現在　時間は朝7時だし
岬の向こうにずっと続く
宝石のような白い霧がきれいで

日々の職場　家庭が

新鮮に見える時はいつ
来るんだろうか

胆振モンはこの風景に
ずっと関心を持ってる
その当たり前なことに
気持ちよさが入るね
よその地にはない
ほほえましい面だろうよ

相談

40歳です。病院事務次長を仰せつかってから、数年経っています。病院組織の、地元採用優位制度で助かった口でしょうね。でも、もう誰もそんなことは忘れてます。それでまこと、へいへいボンボンと月日は過ぎていましたが、時に魔が差す思いに誘われ、それが今回の我が相談です。

同じ総務課の同世代女性と、仕事中ではかなりスムーズな関係ができつつあります。彼女は学歴は高く、大学出です。物静か、しかし離婚経験がある子持ちのシングルマザーです。デブのぼくと違って、スリム美麗型でして、街でも評判をとっているくらいです。

しかし月日はありがたいもので、このアジア系代表のぼくとまるで似つかわしくない、ニート帰国子女風の彼女との組み合わせでも、これまたこの同じ地域出身で生活し、子育てしている仲で、ぼくらは休憩時間でも時には気さくに話し合うようになって。そうですね、コロナもあって外での飲み会はまだ1回のみですが、こんな職場の中で面対するのは常ですし、これで2年以上経ちます。それで。なんでと言われても、ここに話を持ってきた理由は、お恥ずかしい話です。

シングルマザーの彼女が狭い事務室で角《すみ》にいる上司のぼくのとこに、よく帳簿を持って提示しに来るんですけど。ぼくはイスに座ったまま、相手は立ったままの姿。それで最近気がついたんですけど、まぁ驚いた。彼女のほうから以前よりぐっと至近距離まで迫ってきている気がする。

で、そのスタイルなんですが、病院ユニホームはどの部署もピッタリサイズなんで、時にはぼくの目の前に彼女の胸が。もちろん制服を通してですけど、形が彼女の実物大そのままなんです。なんでかなぁって思って。

冴えない男のぼくにまるで白昼堂々、自分の胸を強調して見せようとしているかに見えるおんながいる。考えれば、最近少なめの彼女の発語に前より色気を感じさせるしねぇ。見ると、目つきも鋭くなってきているし、これはま、誘惑気分が一杯なんじゃないかと。それを連日感じながら、わくわくして嬉しい気分で、毎日、仕事場には彼女に会うのが目的で通勤しているようなもんです。

で、いきなりお願いがあります。この方面で経験深いユトリロ会にいらっしゃる男性の先生から、失敗のない、うまく算段できる浮気のやり方をご指南してくれたらとの気分で今度連絡させていただきました。

（41歳　準公立病院事務次長・男性）

余話

A先輩がこの相談者さんの初回面談担当者にな

りました。単刀直入型発想のA先輩こそ、介護施設事務この道二十数年を経てきたベテランです。

「坂下さん、ズバリあんたの病院、そして部署ではキツイ思いで労働しているのかなぁ」

……あ、労働保健センターからの公式評価では全然、職員の働き方ではルーズの部類で、ハードさは全くありません。うちの事務部も、ここ楽だよの評価に入ります。

え？　40にもなっているのに、その控えめで慎重な物言いが気になるなぁってA先生は仰るのですか。実は、この勤めているとこは、今じゃ北海道ではよくある医療僻地にあっても準公立病院なんです。医師をはじめ看護師介護士の実労働医療人は減る一方で。しかし事務系は一旦入るとなかなか辞めずにいる人が多い。若い事務員は3年も経つと我慢できなくて地域から飛び出し、都市へ行ってしまいますけどね。

ただ、病院は設立意味に公益性が強くて全国組織なんです。言いたいのはこの場での不祥事取りこぼしごとは認められない。社会的な不正、ふしだら事件は強く責められるのです。私的組織ならスルー事案でも、ここでは新聞沙汰になりかねないわけです。

でも普段の仕事内容はいたってマンネリで、あらかじめ時間通り、週通りに決まった内容を普通にやっていけばいいだけ。それにねぇ、病院の軸には緊張感がない。経営運営の究極、病院赤字は我ら事務員が帳簿に数字にしていますが、その結果や評価への甘さはすごい。病院長でも責任を取る姿勢は一向にない。経営責任はあることにはありますが、それは全国組織の上部が考えることになってるんですから。
現場じゃ経営問題は不問ですから、こっちは気持ち、楽でしょうがないんです。でも職員の内心は全然楽しくない。それが募ってくる毎日です。

「現在の心境につき語ってもらいたいな。いい？」

……都会と言ってもおれはせいぜいここから2時間かかる苫小牧の私大を出て卒業して地元に舞い戻り、そのままこの大きな病院に勤めてきて。役所に勤めているようなもんで、近況をシャベろと言われれば、新型コロナの自粛解禁後、最近ようやく昔のように部署内の酒飲みパーティも復活したし、家庭は結婚して5年以上経って、子供2人順調に育っているし。この辺で少しは羽目を外したいなと時々願うようになりました。

ええ？　おれの心理ですかあ、何もないですね。マンネリ感バッカで。多分自分では「遠くに行ってみたいなぁ」みたいなもんかと思っていますけど、これを機にねぇ。もう少し派手で、これまでと違うことをするならば、この実行で下手したら自分の家庭、会社の身分も失い、生活がこの地元で壊れるかもしれないなぁと予想したりして。それを考えると怖くて仕方がありません。

「これまでの地元プロフィールで面白いものはないの？」

……よく聞いてくれましたねぇ。思い起こせば馬産地で有名な地で生まれ、家は3代にわたって牧場関係の雑務仕事についていましたね。3代前といえばさ、祖父祖母は北陸の三男で、この地に渡り仕事にありついても仕事がきつくて大変だったそうです。それでもおれが生まれたころには、割と収入もいい安定した仕事をしている家と、周りからも思われてきていたね。

ええ、何しろ平地が多いが、ただ風がねぇ、普通じゃないから。いつも吹く、冷たいやつが。でも家のそばに畑も作り、オヤジの代では半農半馬。そうそ、漁師もちょこっとやってましたな。裏手がすぐ海なんですが、これがいつも荒れてねぇ、漁のほうはわずかしかできなかった。

ですからおれに物心ついたころから、仕事の選択肢は海山平地と3つあったわけ。そんな素朴な時はさ、食は山海の珍味を食べ放題だから、バイキング料理の毎日みたいなもんで、すっぐ太ってしまってね、中学では100キロはありましたよ。

力が溢れて、北海道出身のお相撲さんに一度だけ誘われた。夏に地方巡業に来た際に、部屋の親方に札幌まで連れて行かれ、まぁあん時はびっくり。ススキノのネオンを見て、こんなに明るいんだと、口をぽかんと開けて見ていたら大笑いされたし。当時の町の夜8時は、外を歩いてる人はいませんでいたし、灯りもぽつんだけ。学校のおんなのフレンドとなんかは会う機会はなかったし、向こうも相撲体形のおれには誰も見向きしてくれなかったし。

「親からの仕事を引き継ぐことに関して、それを言えば、今じゃ古いって地元の若い人に拒否されるでしょうな」

……この件じゃウチも特殊じゃないし、長々シャベってまでみなさんに分かってもらおうとは思いませんが。父の代からもうそうでしたが、一家一族でこの半農半馬の仕事を引き継ぐことを、当然のように考えてた。

この間、自分の考えはないも同然で、ホントは本州、東京にでも移住してそこで何か馬、農業から別個の仕事に就きたいもんだと何度も考えていた時もあったけど、しかし親の言うママやってきた。この地には家業を継いできている、おれみたいなやつがほとんどだったなぁ。ええ、学業時代は親の仕送りを平気で無駄に使ったな。振り返って、おれの人生のサボりが始まった時だと思ってます。

それはそうとね、農業、小さいプレハブで今こそイチゴ栽培ですけど、昔は大根、イモなんかの野菜栽培ですから、収益はほんのわずかで、自分の家で食べるためにでしたし。

え？　馬ですか。それはキツイ作業がほとんどでおれには無理。仲間もどんどん辞めていく。次第にたくましいアジア系の人を頼るようになっているし。もっち馬産のほうは本州資本の経営陣がずっといますし。そんなことが地元に戻ればよっく見えましたので、寄らば大樹として今の大きめの病院に勤めたのですけど。

皆で話そう

マキさん…コロナ時代でも、職場での浮気はなくならない。ほれほれ、余話が無駄にならんように、相談者の男性からのたっての希望で、浮気をうまくスマートに成就していくにはどうしたらいいのかと中年男性が真剣に聞いてきたンですから、こっちもいいお答えができたらいいね。

でさ、未婚で介護員してるあたしから先に一言。男性さんにまず、そんなにおんなと浮気をしたいってのは、ほんと？　って改めて聞きたいわ。それとねぇ、余話の端々からさ、相談者の感想ですけど、親の言いなりで地元に残ってしまったことを振り返ってさ、おれの生き方はどうもムダだったとこんなこ思うものなのかしらね。

A先輩…ありていに言えばさ、妻以外の女性を抱きたい。これは、どの男性にもある根本欲望だなぁ。女性独身貴族のマキちゃんに理解してもらうには、キツイかもしれんなぁ、この男の原則はね。

　だからさ。普通の人生相談で「不倫なぞバカなことは、おやめなさい！」の叱責連呼されても世の中じゃなくならん。問題はさけど、かような社会的、家族的にしっかりした中年男性でも〈浮気がしたい〉とアカラサマの悩みがいつもあるんだから、相談には、そのつどお答えしなきゃならん。

　俺の結論はこうだよ。今回の相談者さんはそれほど浮気をしたい気分じゃないなってね。強い恋愛欲求はないみたい。

　それとあんたが親地縁から、家業を継ぐ道から外れて、しかし、折衷案として地元に残り、そこの病院で事務員をすることも用意された道だったこと後悔して、おれの今まではムダだったとの考えにいくのにはどうかね。気づいたのは素晴らしいけど。しかし後悔することはないでしょ。この辺が、あんたの現在の悩み、浮気願望の基礎にあるみたいなんでね。

文筆家ＫＳ氏　…　今回は遊び慣れしたおれがナマを言わせていただくと、この相談者さんはさ、この道じゃ「うぶ」だね。浮気じゃ素人。総括を言えばサ、この男女双方とも浮気には経験が薄く見えるねぇ。だから多分、このままじゃ男性の奥さんも絡む三角関係のもつれになってしまうタイプだなっておれは推測してしまうな。

金や打算が入り込まない分〈それも愛、あれも恋〉ってな恋愛空気が支配して、まぁかえって面倒が生じてしまう場面が出てくる、危険だ。だからよくこの時点で来てくれたとおれは思ってるのさ。

マキさん　…　職場恋愛ごとで、一回きりの出会いで終わる時と、長い付き合いになる場合の両方があるって聞くんだけど、どうなんでしょ。あたしはねぇ、それはさ、ほとんどおとこ側のやり方次第じゃないかしらって直感するんだけど。

え？　それを解説しろって言うんですか、できませんよ。ここのおじさん連中とおばさまの役目じゃありませんか、それは。

俳人Ｓ嬢　…　今回、ちょっとだけ言いたいことがありまして。それは、軽い職場恋愛のステージでも、もうさっそく女子の「意地悪さ」が私に出てしまうことですの。俳句、詩歌それに文学作品を作りたしなむ我ら女人は、それを自ら知っています。つまり女性はみんな「イジワルい」ものなの。だから。時には一転して恋愛相手をボロクソに言うこともためらわないことがあるのよ。

しかし男性はぼーっとしてて恋愛相手を厳

しく見ません、評価しません。めくらめっぽう恋愛行為を力強さでやっていこうとする男性方も多いんですけど、その分、頭の悪い行動、つまり肉体的行為を主に考えてしまうんでしょうね。

職場であのM課長とSさん、できてるんじゃない？　などウワサになる程度の関係の時からそれがもう始まるのよ。男がかような汚いっぽいグちゃぐちゃした男女関係に向かった際、オンナはもうかなり意地悪気質を出し始める。

さあてここで男はんが、果たして「さわやかな態度」でこの恋愛ごとに向かうことができるか否かで、浮気がうまくいくかの決め手になるンでしょうねぇ。職場恋愛でスマート感、つまりさわやかにいけるか否かは、ほとんど男次第なんです。

さてあなたは果たして毎回スッキリ感を出しながら職場の浮気、恋愛をやり続けることができるンでしょうか。失敗なき浮気になるには、男性がいつも周りに、さわやか対応ができるのか。今回のお答えは、このことに尽きるのじゃないかしら。具体的にはさ、2人の関係をオープンにすることになってしまう。でもこれじゃ浮気じゃないでしょう。ですから難しいわぁ、現実には。

ここであなたがちょっぴり悔やんでいるらしい、都会から人の波から離れた過疎、田舎地域に、親からの「説得」で呼び戻され、ずっとその地で暮らしてしまっている、それを自分の考えではなかったな、で無駄な生き方だったと思っているらしいのですけど、ここでその感覚が生きてきますのよ。

〈男女関係がオープン〉こんな綱渡りでおしゃれな恋愛は、あることはあるんでしょうけど、ここで差別語になりますけど、「いなかじゃ無理」じゃないでしょうかと私は思ってしまうんですわ。

だって、かの地じゃつい恋愛、浮気ごとが相手への殺傷事件を起こすきっかけになるのが多いと聞きました。もっと多いのは男性のあなたから好意を持って相手女性にシグナルを送った際、女性の方からは「そういう恋愛とかはさ、気持ち悪くて」と早期に吐き捨てるような返答をいただいてしまう。

どうも失楽園に書かれてた内容みたいに、相思相愛の激しい、命をかけたいような相手を求め合う愛のスタートはなく、むしろ告白なんかして気分はいいだけ持ち上げた分、男はストンと落とされてしまってねぇ、結局昨日とおんなじ、代わり映えしない病院事務業が継続される。そんな拍子抜けのことになるんじゃないかしらと私は思いますの。

あの、あなたはスマートな浮気をしたい、そう思ってここに相談に来たわけですよね。私はあなたにはその原資がないから無理ですわと考えてますの。坂下さんはスマートからほど遠い、生まれ育ちがまぁ素朴で、学生時代から町のお祭りの時に相撲をするようなお子さんだったし、職場で気になっている女性の方は東京の大学出身でしょ、ですから素朴育ちのあなたにはシティ派恋愛は無理ねと私は言うんですわ。

それですからね、せめてかの地の朝に、息

をのむほど美しい朝霧のような「淡き思い」
でもって、その浮気相手にその一瞬一瞬をあ
なたは毎日お楽しみくださらんことを願って
いますが、私の回答ですね。

第2話
荒れ狂う病魔

職場での
仲間の重い病気や
自身の疾病を知ることこそ
ショックなことはないよね

ずっとここで働いてて
考えていたこと
弱った人　高齢者　女性を
私らが介護する思いと違う

忘れてたことでしょうけど
この職場を望遠鏡を逆さにして
のぞけばソックリに見えるの？
でも我らの風景は
ぜんぜん変わらなかった

ああ介護職場って
誰かさんが言ってたけど
たくさんの介護人の経験の
集まり場にすぎない

そう静かに黙っていたら

「なにボンヤリ突っ立ってるの」
上司に怒られてしまい
これじゃ沈黙のうちの悲しみは
ここじゃ分かるはずがないしょ

相談

はじめて相談をする介護員です。文才がなくてうまく伝えられないんです。会の花子さんは分かってくれると思って言います。

思いのキッカけは、うちの療養病棟で長く一緒にというか、気安く付き合ってくれて仕事をしていた主治医先生です。まず私と位が違いますけどさ、そのドクターと私や数人の介護員、全部女性ですけど、何かと病棟では仲が良くて。かの医師は77歳と確かに高齢なんですが、普段からユーモアたっぷりで、セクハラの連続もします、私等には。でもまぁいい方だったのに、最近体調を崩して病院に行き、検査の結果が喉頭がんだそうです。

午後の職場で、直接先生の口からそれを聞いてしまった私は大泣きしました。悲しかった。先生は来月にはここを辞めるそうです。それを思うと、休暇に入って先生のいない病棟に、私は仕事中も涙が出てきます。

職場代表が病状がおちつく時にお見舞いに行く手筈ですけど、先に誰か、私と同じく先生の病状を心配していた仲間がこっそりお見舞いに行って、そこからのうわさで、今や先生はげっそりやせてしまって、見る影もなくなっていたそうです。死期は近いらしい。

それでこの主治医先生のような、人のために何十年も生きている医療人にも突然襲って来るがんなんて許せない!!　と怒りがこみ上げてます。私もつい4年前に乳がんの手術を受けて、今も定期外来通院をしている身で。こんな療養病棟で真面目にやってきた職員も、みんな面倒な疾病持ちになるんだなぁと。

ああ辞めちゃえ、手がかかる高齢者介護で身を減らすこの仕事から離れたいわ、と次第に本気に思うようになりました。

で、かような考えは正しいのでしょうか。いつも我らケア職のために懸命にお答えを探してくれると評判の、これまた介護相談室ユトリロ会の花子先生に、ほんとのとこをお聞きしたくて連絡した次第です。

（35歳　資格なし介護員・女性）

余話

こんにちはと明るく挨拶するのは、今日初回対面のユトリロ会メンバー、花子さん。相談相手の真由美さんとは、互いに名乗り上げてすぐ、打ち解けて話し始めました。

「やっぱし、なまじ医療介護に携わっている我らは、あなたのようにがん告知なんかを受けたらさ、〈ええ、なぜ私に〉と、次いで許せない！との感じが湧き出てくるもんでしょうね、分かる気がするわ」

……ああ、花子さんのそのお言葉を聞いて私、もう落ちついてきた。

そうねぇ花子先生、考えればねぇ。新しい年からこの夏までの半年間、私、うっかりしてました。ウチのその、私らが勝手に気を許していた老ドクターは、そういえばすっかり痩せてきてました。もともと食に関心がないらしくて、いえ飲むほうは名だたる酒豪です。でも飲んだ翌日でもケロって病棟に姿を現す。まさに先生は我ら介護員には超人パワー医師でしたのに。

「珍しいわ、療養病棟でドクターと介護員との密な交際があったとは。よほど気が合った同士なのね」

……ええ。私や数人が先生を囲んでグループを組んでいたような。ちょっとだらしない関係と外の仲間から見られていたかな。普段は互いに忙しい仕事のなか、そんなだらしなさをときどき言い合ったりして気休めしてた。その先生もずいぶんとふしだらだった。そこが私らも好きだったんだけど。

夕べずいぶん飲んだらしいわねぇ先生、と言うと、「そうだ、わかったか。おまけに家に遅く帰ってかみさんをさ、朝までいじめ抜いたよ」ですって。お陰で今朝はかみさん、腰くだけで起きれないんだと笑う。そんなエッチな告白をしながら、シュークリームを50個も持ってきてくれるんでね。介護員のみんなに軽蔑されつつ、私は好きになる派だったのに。

でもその日ばかりは目が座って落ち着きはらい、「あのさぁ、オレはさ、がん、末期の喉頭がんなんだ」と一言。もうすぐこの病院を辞めると付け加えたのです。まるで独り言。

思えばこの職場グループで、私だけ4年前に乳がんで手術を受け、幸いにも早期だったので、1年も経ずに職場復帰ができたんです。自分のことなので鮮明に覚えていますが、そん時、慣れた職場に復帰しただけなのに、〈あれ、なによぅ〉と自分でも訳が分からず動き廻るだけで、みんなの中で役立たずでいた。これじゃ職場復帰無理だ！　ってすぐ悟ったんですけど。

士長やこのドクター氏がまずひと月以上、大丈夫かい、無理しちゃだめだよと何度も声かけをしてくれて、そんな優しい対応をしてくれて、それで何とかようやく術後ハードルを乗り切って今があるんですわ、奇跡でしたよ、花子先生。

「すごい経験をして今があるんですねぇ、でもその後は複雑なモンが生じたんじゃないのかな」

……そうなんです。真っ先に意識し始めたのは、まず重症の患者様の介護をずっと続けてきて、考えれば何も縁もゆかりもない相手方を、寸分でも手が抜けないって真面目に考えて仕事を続けてきたなぁと。次いで「これは報酬以上のことをしている！」そう私は改めて思いました。花子さんはどうですの、お聞きしたいわ。

おまけに私は未婚です。これまで若い女子が楽しみにやることを、仕事が忙しいことにかまけてやって来なかったわけでしょ。それがそれが、なぜ私が病気になるんだ！　って。許せないわと、がん細胞に憎しみが湧いたキッカけです。

冷静になってむしろ〈やっぱ、このキツイ介護仕事がドンだけ私にストレスをかけたもんか〉と。それで自身の内部細胞が悪く変化してしまったと理屈が出てきて、病気に憎しみばかり湧いてきまして。それこそ手術前も術後経過を見ている今も、病気に勝つ気分より、むしろ病気を憎む気分バッカでいます。

「今度、かなり親しくしてもらっていたドクターもがんになってしまい、またまた思いが噴出したんですねぇ、それ順当な感想じゃないかしらね」

……花子先生。ありがと。ますます気が楽になってきた。私、言い過ぎ？　え？　構わないですよってですか。じゃここで私の思いを披露してしまっていいかしら。あこがれの花子さんに会って、そんな気分になるの、しょうがないわね。

「ただねぇ、時間の制限もあるから、相談の結語みたいなモンを、文章的に辻褄は合わなくていいの、そろそろ、その辺を言ってみてほしいわ」

……じゃ。この会の、文筆家を名乗るずうずうしい感じのＫＳ先生にさ、「おい介護女で行かず後家になりそうな人よ。病気になってしまい辛いのは分かるけど、どうしてこの介護職場になんだかんだと文句をつけてくるんだよ」なんて、ヨタ反論を飛ばされる気がしてるんですわ。

確かにがんの告知を受けるまではねぇ、元気一杯、院内から「現場の動くヒロイン」とまで言われてきたのに。あれ以来、すぐに心身のバランスをすぐ崩してしまうようになった。乳がんで術場に向かう時が最悪だった。まぁこんなとこかな。私の揺れる心情を解きほぐしていただきたいのが本心なんです。でもやっぱ甘えがありますよね。

て、会からのお答えは要りません。花子先生の前でかくも本心を言えた。それだけで今、満足した気分ですので。ええ、疲れちゃったし、これですぐ失礼します。

皆で話そう

文筆家ＫＳ氏…あれ、今回のこの欄から簡便法を心がけるって言うんかい。会メンバーの高齢化もあるから、簡便に済まそうだそうで。何言ってるんだ。相談事を時間なんぞ気にしながら聞く会なんぞ、そもそも要らない組織じゃないかい。

で、おれが真っ先に感じたのは、真由美さんか。未婚でいるあんたを、おれはまず「花の独身者」と言ってうらやましいと思うよ、いいなぁ、この響き。あんたは、ご自身の病気の経過がいいんだからさ、こんな気分のまま、これからもいけるんじゃないのかい、おれはそう思うけど。

ついでさおれ、実は法人の副理事長職にいるんだ。もう少しで4年になる。いつの間にな。だから、この介護系病院を上、管理者風情でしか見れないようになってねぇ、癖だから。で、真由美さんの今度の話を聞いてて、まぁ組織に対してまた新たな感情を抱いたんだよ。

だってさ、その療養病棟のほかに、治療やリハビリをする病棟がまだ5つもあるってかい。大病院だね。ええ、職員は500人は下らない。まぁ地方の老人病院の本家みたいだな。中でも典型的な療養病棟であんたは働いてきてさ。

職員さんだけに注目してもね、そこに今日も長き一日、集う介護員集団には、恐らくいろんな人がいるんだろ。たくさんの世代、男子もいる、資格ありの人や学歴あるなし、既婚離婚者、子供ありなしなどまあま、雑多な町の住人の集約場としか言いようがないなぁ。おれは今回、それを改めて認識して、今驚いているところなんだよ。

おかしいよね。あんたは高齢で介助なしでは生きていけない方を患者として、親身で真剣に介護しながら毎日奮闘してきた。オマケにその労働に見合わないわずかな報酬シカもらわず、にもかかわらず、文句もほとんど言わずにきたのに、がんになってしまうなんて。

A先輩：KSじいは、そんな中、労働者ケアさんが、たまたま日々感じるものを聞いてしまい、これはまさに人間の社会だなぁと言いたいんだろう、感覚的に。何となく、それぞれの目的を持って、それで人が集まってさ、いつか去る人もいるし。

変わらないのは、ただただ病院組織の大騒ぎはいつもあってね、職員はそれに対して次第に慣れていき、で、中には真由美さんのように難しい病気になってしまうこともあるし。同じく職員思いの、いい先生もまた悪性腫瘍になったと聞いて、彼もこれで病院を去り、やがて消えていくンでしょ。静かにしていると、結局誰もしあわせになっていないわけで。

副理事長のKSさんの視点では、たまたま会社に集まった介護員さんはさ、互いに思いやることも少なくて、何しろ長くとどまることはないわけだし。まぁ自分のことしかできないし、関心がないわけで。

だから煎じ詰めれば会社は、きちっと彼ら

に給与を毎月支払っていればよし、勤め人介護員は毎月稼ぎ分をもらえばいいと信じているのよ。会社組織なんてのはさぁ、みんな、それぞれの事情でここを出て行く運命なんだってなとこが、今回の結論めいたものなのかな。

俳人S嬢…今回はここまでの男性群の論理的な、労働者階級と支配層、世代闘争や福祉国家思想などの発想のもとに、この真由美さんの半生の感想をお料理していくのは納得がいきませんのよ。

私なら長いこと、季節でいえば春を主題にやってきた相談事に、真由美さんがようやく「秋を運んできた」気がしてるんですの。真由美さんの肩にですよ、ちょっと古い街を通る、まぁ中年に差しかかった相談者、病気の悩みを持つ女性が、その村里を見てあれぇと懐かしむ風情を感じます。

その延長で、職場の先生のがん罹患発生もね、あなたはここで踏みとどまって、それらの事象をできるだけ静かに、時にはぼんやりと、〈どうして私らに悪災がふりかかってくるのだろう〉とただ、考えていればいいの。どうにもできないでしょ。小一時間でも黙っていれば、真由美さんの心の中に、何か音、匂いも色も感じてきませんか。

場違いなこと、こうも連続してしゃべられるとねぇ、さすがあなたも、いい加減にして！　とお怒りになるかもしれません。ですが、私は今の季節じゃ、通勤の際、道路脇に名もなき草花が咲き残っていて、それがなんとも可憐ですがすがしくて。あの花が、ついている葉っぱの方が好きなんですけど、変わりモンでしょ。俳句をする女性は決まって「吾亦紅」なんての、きれいさは少ない雑草の類いでしょうけど、歌に小説によく取り上げられる有名な植物に心を奪われてしまい、一変みたいわぁと思うの。かつて流行ったグループサウンズを偲ぶように、懐かしく思うもんなんですわ。

だから俳人なんて相談事にはまぁ役に立たないぜ、なんてKSさんに言われっ放しで来ていますけど、やっぱ私のようにこの季節感は咲く草花に感動してしまうんですから、しょうがないでしょう。

いきなりですけどねぇ、人生の寂しさというか情感というべきものは、四季の中でも秋の調べが持つ、特有の静かなやわらかさにあるんじゃないかしら。同じく、そんな感想を感じることができるのは、やっぱ激しい生存競争である「がん手術」を経て今がある、30代バリバリの女性の真由美さんしか味わうことができないかもしれませんでしょ。私はそう思うの。

あなたがこれから、慕ってきたその老先生の病気も今まで通りによくなって、病棟に復帰してほしいと望んでみたところで、疾病の性格からどっちに転ぶか分かりませんでしょ。それが世の中です。私はすべて人生の四季をぐるぐる回っていて、ある時一断面一季節が心にとどまることもあるんだと思ってきました。

そんなんであなたは今回も、人生のワンシーンを横目に見ながら、いずれまたも見知らぬ境地、景色へ向かって行くんです。それでいいんですと私は思いました。今の生活を外から見れば、少しも変えることは無用なんですよ。無責任な意見ですけどね。

第3話
毒の味

覚えていたくないことは全て忘れて
何しろウチの夫は肉体が強固でね
男らしさが売り　強靭さ満点だった
家のために金を残そうとして
猛烈に働いていたね

しかし実際はどうだったと考えれば
精神的にはもろい人でしたから
何回一緒に寝たって
うちの家全体が活気を失っていた
10年以上よ

これが今度はその誇っていた
壮健な肉体を重い病が襲ったわけ
一気に来たンでしょうか
それも夫婦の代償なんですね

春の季節が2度繰り返して
夫は寝たきりになってしまい
妻のわたしは覚えていたことは忘れ
忘れたいことは記憶に残る人間に

ただねぇ　まだ資金は残っている！
自分がどこに向かうのか
分かりませんけど
直感に従って方向を仕立て上げるだけ
今　そう考えているの

相談

44歳主婦で、長年老人療養病院の介護員を真面目で地味にやってきました。相談は。夫と一緒になり17年ですか、その上の娘が地域の男性と結婚をすると家を出ると言い出した際、異を唱えた夫が天罰のように脳梗塞に倒れ緊急入院しました。今発症から5か月を経て、この地の介護施設に移って3月になったばかりです。自分で食事はできるまでになりましたが、まだベッドから出ることは難しい。で、この夫の大病と、まだ子どもの娘の恋愛と同棲結婚予定とか、思いがけない家庭内事件が続出して、この数か月は生きてきて一番の大変さでして、たじろいでいます。このようなことが起きる40歳前は、内心、これからが楽しみの時期だろうと思っていたんです。

そこでいきなりですけど、花子先生には言えます。それはわたしの結婚生活がいつわりに近いモンだったとの思いが、だんだん強くなっているんです。今は家には末娘だけがいるだけでさびしい。上の娘はめったに夫のいる施設にも、わたしがいる実家にも来てくれませんしね。で考えて、自身で今まで貯めていたお金で、第2の人生スタートと考えてもいいのじゃないかと思い直そうとしていますの。

季節もいい春になったし。40歳超になった働く主婦は、これからどうしたらいいのかを教えてほしくてここに来ました。

余話

「まぁ杉田さん、歓迎するわ」

ご指名があった、「生涯一介護員」を自称する花子さんが、今回も初面対に自ら名乗り出てくれまして。開口一番、こんなことを切り出しました。

「病院施設で働くおんなの40歳はね、迷う年よぉ。あたしもそうだったし。男性だってさ、ひと昔は〈男の顔は四十から〉って、働き盛りは男女ともに40歳で個人的悩みがあるモンなのよ。場違いですけど最近の政治で日本が衰退化してるので、再生プランがあちこちで出始めているしょ。政治再生のシステムを作っていく場合、その中に職能代表として弁護士、税理士、医師、介護士らがあると書いてあった、あれ、テレビによく出る評論家さんの本で。

我ら介護士が専門職として強調されてってあたし、うれしくて。でもいつものことですけど現実、すぐにはあたしは良きコメントを出せないですわ。で杉田さん。まずあなたの現状、本音を語ってみてくださいよ」

……40歳を超えた途端、こんな面倒ごとが目の前に起きてしまい、最近は高校生の娘も不穏な動きがあるんで、さてさてこれからどうなることやと実際思い悩んだ結果、わたしの最大の関心、わたしの若さが今や最低ラインに落ちてしまったわけです。

　実際鏡を見ると、若さやキレイさがわずか。今まで誇ってきた、外で働き続けるオンナの美しさやハツラツさは今や消え、急速に老いてきたと感じてます。介護で働いている間は、ひどい衰えはないし、これからもそうだろうと信じていたんですけど、やっぱ夢だったのねと実感し、ガッカリしてますの。

　今まで相談室ユトリロ会の本はずっと読んできてまして、中でも花子先生や女性の論客様に魅力を感じてました。ええ、周りの反論反感も耳にしてましたけど、わたしにはいい感じばかりでした。それで介護をしながらいつか迷い道に入ったら、真っ先にそちらへ相談に行こうと考えていたんですわ。それでユトリロ会の先生のみなさま、お忙しいでしょうが介護で働いて、老いていく一女性がいつまでも若く魅力的であるには、どう毎日過ごしていけばいいのかを教えていただきたくて。連絡差し上げてすみません。

「で、その前に、もともとご主人さんは病気になる前はあなたに取り、どんな方だったのかしら」

……夫は昔から気が小さくて、家じゃ嫌なこと、気にさわることがあればわたしにあたってました。それが最近では、同棲をしようとする上の娘に、時には暴力をふるうようになってきましてね。娘はいい子で、高校を出てすぐＯＬになって、親にもちゃんと意見を言いますので、お父さんは口応えをされたということが気に入らなかったんですわ。

　夫は町にある小さな会社に勤続してた、しがないサラリーマン。で、一人の稼ぎじゃ家を支えることができなかった。それに会社での努力が認められることがなくて、それが時にお酒を飲む、暴れることにつながっていたと思います。

　でねぇ、その会社は不思議なことをする。夫が寝たきり状態と分かってから、すぐに管理職にしてね。聞くとこの1年の間に出勤ができないのなら、退職になる見込みと言われてます。

　そもそもねぇ、上の娘の本心は、家でお父さんとの同居が嫌で逃げ出す算段をして、早く家を出る機会を狙っていたんでしょ。それが不幸にも、お父さんが厳しい病気になってしまった。今は歩行訓練をし、地域の介護医療院に入ってますけど。こんなとこです。

「ご主人さんの件は分かったわ。でもこれまでのお話では、やっぱ杉田さんの相談意図をまだ十分語っていないでしょう。推測ではあなたは40歳になってご主人の病や、手をかけて育ててきた娘さんが家を出て行くとこを見ながら、「これは転機だな、よからぬ運命の始まりか」と、不安一杯になってここに来たんじゃないかしら。

　それにあなたの深刻そうなお顔を拝見して、もっと具体的なお悩み、込み入った男性関係があるんじゃないのかなってること、思ってるんだけど」

……花子先生。わたしは今、もう社会的にほぼ再起不能になった夫を、裏切ろうとしているんですわ。私のハートの渦中にいる男性は、夫の入所している介護医療院じゃ数少ない、理学療法士なんです。そのわたしより10歳は若そうな方は、患者になっているわたしの夫が、意識があっても寝たきり候補になっている姿に同情してね、献身的にベッドから離床、車いす起立歩行の自立プランを作ってくれて、それを目標に自立行動を目指す。まぁ理想的で熱心なリハビリ先生なんですわ、もう頭が下がります。

ひと月もして、ついに夫がその理学療法士の先生の指導でベッド脇で起立ができた時は、3人で泣きながら喜んだもんです。ありがたかった。どんな注射も薬でも手術でも、ましてや我ら介護看護の力じゃこうはできなかったはずです。

コン時わたしは、この男性をうちの末の娘と一緒になってほしいなぁと妄想が湧くだけでなく、今度は私自身が彼と……、じかに付き合いたいと、まぁ体の関係も持ちたいと本気になった最初でした。

え？　ずっと思い続け2か月経っていますが実行はしていません。でも火が付く寸前で。

皆で話そう

文筆家KS氏　…　他人がしゃべっている最中に、ついしゃべってしまう、その辺の礼儀知らずをおれがやってもさ、この会じゃ勘弁してくれるからな。

今回は、浮気心が湧いて不倫したい、働く中年おんなの妄想の告白でしょ。一歩下がって見ればねぇ、旦那は介護施設に居たきりになって、もう家には戻れないかもしれないし、少なくともあんたが介護しなけりゃ生きていけない体なんだからさ、そこでマカ不思議な感情が相談者さんに浮かんだってなわけだ。そこから相談者さんが「心の自由」を得た、ってな構図ができてきたんじゃないのかなとおれは感じたンだよ。

　それ以上あンまり分析したくないけど、今度あンたの旦那、身内を介護する身になってさ、心の丈が伸びてきた。言い過ぎならば、ちょっと旦那を見下ろす感じになってきたんだろうねぇ。それにしてもさ、男も女もよ、歳をとるとさ、ほんと様々な予想外の出来事に出会ってしまうもんだなって改めて思ったな。

　そこでさ、女の人はさ、恐らくこの後に、いつの間にかたくましい、平易な表現するならさ、「図々しくなる」んだろうな、もっち重い不安をかかえているのにねぇ。そんでさ、ついに無敵のおばちゃんになっていく。

　こんなアンタについてのおれのデタラメを聞いててよ、あんたはふっと気が楽にならんかい？　そうか、気が楽になったか。だからおれはここでかさにかかってしゃべってしまう。

　今まで家庭で職場でも、まじめ女を通している杉田さんは、今回は今までと違って旦那以外の男性と積極的に付き合いをする、刺激的な生き方をしようかとほぼ口に出かかってるんじゃないかと推測するよ。これはさ、あんたが家庭で絶対的な奴だった、旦那さんにも縛られない生き方をしたいことにつながるんだろうねぇ。

A先輩：ああ、俺の推測もKSさんに準じるもんだな。最近の週刊誌のセックスレポートを興味半分で読んだよ。まぁひと昔前と比べものにならん、すっごいの、50代60代の人はあっちも積極的で。今じゃすっかりご無沙汰の俺でも、何かうれしくなるくらいだった。本例はそんな旺盛な女性の性衝動が主題の相談じゃないとは分かってますけどねぇ、どっかでつながりはあると感じて言ってみただけさ。

　それとさ、彼女のご主人さんもね、これまでにすでに負けず劣らず女性関係をもってたことがあるんじゃないかい。もしかあんたが浮気をしたところで、おあいこってなとこかな。つまりご主人はこれまで浮気の繰り返しで、相談者さんが何度も泣かされてきたんじゃないかなって俺は推測するんだけど。

マキさん…相談者さんは介護士でも、いわゆる実力がある女性にもうなってしまってますでしょ、若めな介護士のあたしから見ればさ。おだてじゃなくてね。ここで勝手に相談者さんの現在の心内に入るなら、高まる交際相手男性はここで限定されることになるわけ。

　ま、先読みすると、自分の理想とする男性はまわりにいないんでしょうね。スケールといえば小さい人物しかいないでしょ。なかなかいい人にはめぐり合わない。そこに夫のお見舞いに行くたびに、献身的にリハビリをしてくれる理学療法士の彼は、ちょっといないタイプと杉田さんは感じた。これこそ望んでいた夫以外の男性との交際のチャンスかもしれないと思っているんでしょうね。先輩にすみません。

俳人S嬢…あなたが現在、いろんなことを変える時期だと本気で考えていることは分かりますが、古典を勉強する立場から言えば、その方の運気が強い、まぁ勢いですが、それが背景にある際は、行動に変化を求めるとうまくいくンですが、今のあなた逆ですものね。内部にエネルギーがないんですもの。

あなたがその辺を、限界をつき破ることができるかもしれないと思う心情は分かりますけど、やっぱ無理して変化を求めることはよくないわ、うまくいきませんでしょ。

あなたの根源には、「いつわりの結婚生活だったかも」の思いがやっぱり残っていますでしょ。古い家庭に縛られた生活で、このままじゃオンナがやつれていくばかりとの思いが、つい目の前にいる、当たり前の行動をする男にひかれる。これは引かれ者の女の「じくじたる思い」といわれているもんなんですわよ。

会の男性群は次々、あなたのお考えをバッシングするばかり。ここで彼らに反論はしないで、あなたと私で体制を変えましょう。もっと大きく考えていくのはどうかなぁって私は思いますの。どんなことでも変化が欲しい！ってことは、正しい考えです。それは早急なことじゃなくて、この数年十数年先を見てのことなんですわ。

それこそおんなはねぇ、男性に比べて「人生の見当識をもっている」といわれてますよね。最終、スバラらしく頭がいいことを成すってわけですわ。

まずねぇ「小さい旅行」なんてのを選んだり、結婚される上の娘さんのお子さん、初孫さんの誕生を待つのよ。あなたは変化と言っても、それこそ周りの人々の潤滑油になることに徹するのが、一番素晴らしくて間違いのない選択になるンじゃないかしらね。私ならそうしますけど……。

　昔から季節の神仏さまは「いろいろお苦しみであってもそれはしばらくのことです。この春に現世をお捨てになってはいけません。いずれ将来、最高の運命にお会いできるのです」って諭していますでしょ。まぁ下手な占い師程度のことを言うわけですわね。

　ささ、で、あなたの旦那様は今日も明日、あさってでも介護医療院のベッド上で「俺が生きているうちは朝でも夜でも、お前だけは尋ねてきてくれよ」と毎回涙ぐんで言ってるんじゃないかなあ。

　ああ、私は地域の俳句会の主宰に過ぎませんからねぇ。この場面こそ清らで率直、大いなる情に絡んだ骨太夫婦の歌う、人生謳歌じゃないですかと感じますの。

第4話
病院兄弟の肖像

「男は辛いよ」のセリフがあるけどさ
兄弟同じ職場で働く　どうあるべきか
10年かかってやっと分かってきた
卓越した病院設立＆経営者の実兄

どんな心持ちでやってきたのかを
こっちは知らんかった
浪人になって家を出て予備校へ
かれ兄貴の絶望感　張り詰めた気持ち
オレはずっと知らずにきた

兄貴の一人暮らしの部屋がさ
実家の部屋よりきれいだったそうで
おふくろはずっとそれを言い続ける

大兄は2回結婚してるがいずれも
離婚で終わって今も独り身だしさ
新年で正月　さぁテレビでオレの母校
あの大学　ことしも駅伝はやってくれるか

この大学をオレが出た年も優勝した
なにしろ　あれからの十数年

今のオレには　それがただ一つの
誇りなんだからねぇ　苦笑してしまう

相談

最後の昭和世代の生き残り、KSさん、あ、S嬢のコメントや花子さんのそれも好きなんでぜひ。みんなが勝手におしゃべりして答えを探す相談室のスタイルは、やっぱ民主主義だねぇ、うらやましい。

うちの病院なんて全て兄貴がやる。全権もっている絶対王政だ、今の時代にさ。弟のオレは一執事に過ぎない、おかしくないかい。

そんでも周りの人から、オレは何と恵まれていると、理事長で経営者が実のお兄さんなんでしょって言われ放っしなんで。現状にかように悩んでいることなぞ、誰も分かってくれない。ええ今年3月でちょうど41になります。兄貴のやってる病院の事務長をして10年目で、開院時からです。

悩みは。成長がうなぎ上りの病院の長をする兄を持つオレですが、現実仕事でどんどん辛い目にあう。つまりずっと兄から命令を仰せつかって、その言う通りに働いてきた。主に人事や経営などです。手を抜くことはできないので大変でした。

今度10年目の区切りを意識したのもありますが、最近、検診で異常数値が軒並みの体だって分かったんです。ヤッパかぁと思った。最終評価で生活指導が厳しく書かれていたんですが、ここで健康面での不安が増してきて。かように精神的にも体も不安が一杯で混乱してます。どこにも持って行けないので相談室に来た次第です。

余話

面談にあたり、相談者のご指名はKSさんでしたが、彼は固辞したので、男同士のよしみでまずA先輩と、今回はさらにB女史、花子さんも初回対面に参加しました。まずB女史が尋ねる。

「体の調子が悪そうですけど、病院へ行く気はないのですか？」

……ええ。前からズットでしたから。今回数値を見るとBMIから血圧、腎肝臓、脂質系や糖尿系と軒並み異常値で悪化しました。心電図も異常で、すぐ精密検査が必要！　ってな評価でした。

しかし実は。オレはそれを聞いてさ。今はそうまでして自分の体を元気にしたいと思わなくなったんです。つまり生活習慣の改善努力がすぐ必要なんですが、それをする気が湧きません。思い起こせば、ひと昔前、確か膠原病の疑いで調べられた時があったけど、何回も病院に行くのが面倒くさくて。

そんなオレは月決め朝礼会で理事長代理のスピーチをするのさえ辛い。嫁のアドバイスで、スピーチの前に応援ソングを聞かせてもらってますが、今じゃそんなもんじゃ役に立ちません。部下の前でのアイサツどうのこうのじゃない、オレがすぐ考えこんでしまうようになる理由はもう、眼の前に処理しなきゃならん問題が山積だからなんです。

え？　その一つでも言ってくださいってですか。守秘義務に関わる問題で、オレの抱えてることはどれも。ああ、じゃ一つだけ言いますか。あの、でも面白いですね、ここに来て有名な会メンバー様のお顔を拝見してたらさ、こっちの悩みが引いていく気がします。どうしてだろ。

「こっちは相談者のいちいちの問題に考え込む気がないんですから。だから手放しにこの相談室ユトリロ会を褒めないようにしてね。で、病院での懸案ごとをしゃべってみてくださいよ、誰にも知らせないですから」

……じゃまず。この春、病院最大の気がかりの職員新規募集がうまくいっていないことがハッキリした。地元の看護学校、介護学校を卒業した人はどこに逃げて行くのかねぇ。それにさ、兄がいつも気にしている医師の新採用もうまくいってない。この都会での医師不足！　こんなこと、考えられますか。それが目の前で起きて。

引き合いはあるんです。でもみんな給与、待遇での希望をいっぱい持っててね。面談でオレが名刺を差し出しても効果がない。まだ卒業数年にしか満たない若造ドクターなのに。事務長レベルの役職じゃ何も決められないだろうって、タカをくくられている。高い地位の新規入社者の際も同じです。大兄理事長のもと、しかるべき料亭個室を事前に用意して、で、最初はうまくいくんですが。

相談室のみなさんは、オレの話は飛ぶねぇと思うでしょうが、こんな中、仕事でのリアルな成果のギャップに悩みながら、でも心のどこかに支えにしてた有名な音楽家さんが先日亡くなったと聞いて。この方もずっと辛かったんだ。くも膜下出血だったそうで。

オレら兄弟の一家は爺さんもオヤジもさ、働き盛りの50過ぎに脳出血を発症し、その後は寝たきりで数年後になくなる運命。このオレはどうなるのかと心配のるつぼに落ちていくだけ。でも脳の検査なんか受ける気がしない。分かってももう手遅れだろうって思うだけで。

まず、花子さんがしゃべる。

「あなた、見た目がとてもスマートね。メガネも色が入って素敵で、それに体形にあった服装もみんなにカッコいいって言われてません？　それ、意識してしてるの」

……ええ。役人風の、いかにも事務員な服装は避けてます。自慢じゃないんだけど、兄貴と違ってオレは若いころは都会の遊びオトコだった。田舎の裕福な家の末っ子。可愛がられて育って、慶応ボウイまではいかないけど、東京の私大を舞台に連夜遊びながら卒業したクチ。

一方兄貴は、聞いた話じゃ札幌の狭い下宿住まいの6年間だったと言われていて、まるで修業僧生活してたじゃないかと身内にウワサされている。実家のことを第一に考え、できるだけ貧しい学生生活を送っていたらしい。こっちは当時、面白おかしく生きて、なんの悩みもなかったんですわ、申し訳ないけど。

オマケにオレは偶然、航空関係の一流企業の面接に受かってね。ええ女の子にもモテた。しかし実際オレは、女子学生とわいわいやってただけで、大学じゃ心の中に何も詰めることはできませんでした。格好いい若い女子との交流バッカして、卒業と同時にそんな女の子の一人と結婚しました。

彼女は言葉で交通するのが苦手で、すぐスキーだ映画だ、レストラン、旅行に行きたがる族。だから今勤めている兄貴のビル式新型病院を見て、彼女はえらく気に入ってる。オレには北海道じゃいい仕事場よねと言う。

ええ、オレには愛情を感じてない。いや、ないとは言えないけど、夫婦愛なんては時間とともに減っていっているし、むしろ夫婦はその真逆に向かっている。

ただねぇ、妊娠したんだよ、この春に。困ったことだ。不思議だ。これで外では、シアワセのお膳立てはでき上がったでしょとハヤシ立てられる始末さ。この現実と見た目の落差で、オレはどんどん落ち込んでいるんですわ。

「実家は有名な女性作家も住んでいた道北の町でしょ」と花子さんがさらに聞く。

……ええ。オレの祖父が元気な時代に手広く農業、牧場もやってて一時うまくいってたらしい。近所の家は農場を手放して離農していく。それを取り込んでいってさ。次第に牛飼いを起点にして、爺さん夫婦とオレらのオヤジお袋が経営を立て直して、オレらがはたちのころは生活には困っていないみたいだったもんで、一見裕福な農家に見えてたので都会に出た。

ええ、オレは男の3人兄弟。まじめな大兄が札幌で浪人を経て医学部に入り、じき医者になり、病院の経営者になったわけ。研修医時代の兄は、最初外科医志望で粋がっていたのに、卒業時には「医学技術は時代が変わるのが早い。俺はもう世の中で必要されてない」なんてことを言ってた。

この頃の実家の経済は、中兄が今も古里に母親と残っていて農業牧畜を続け、こっちは我が家の伝統でもうただ、黙々と働いていたな。すごいよ。オレは大学で東京に出て卒業後もそこでサラリーマンをやって、結婚もしてたというわけです。

そこに突然のように、親父が脳卒中で倒れてしまい、結果寝たきりで言葉が出ない。それを見て大兄は医学部を出て10年もしないうちに開業するって言い出した。身近な情況も経済も分からない、そんな父親の精神状態を踏まえてね。で、大兄がオレら弟を集めて古里で家族会議を開いた。

母親のことも一緒に議題に上がったけど、やっぱ大兄が札幌で病院をヤル相談がメインさ。その開業資金はおれら爺さんの土地。それがまだ金になる時代だった。一部このまま農業をする中兄に残し、そのほかは大手乳業業社に丸ごと売却する。それを原資にして開業するって言うンダ。もともとおとなしい母さんも中兄も、大兄のプランに不平一つ言わずにすんなり会議は済んだぁ、奇跡的だった。

ええ、そん時オレは存在感なし。でも、オレの取り分の遺産は、大兄の病院にひとまず全額出資してさ、その代わり事務長を仰せつかって。その場に大兄が頼んだ札幌の弁護士さんも同席してたんで、この手際の良さにオレは感心してしまい、賛成するしかなかったしね。母さん父さんがひとまず幸福ならと納得した。

で、オレは住み慣れた東京って言っても、毎日電車に揺られて面白くもない会社に嫌々出勤してたんだから、今度病院で働くなんて、これは楽そうだぞって真っ先に思ったね。オマケに給料は今の2倍以上と弁護士さんは確約してくれたし。あれはいい話し合いだったと今も思ってるさ。

「じゃあなたの悩みは、その後に生じた病院での仕事内容なんでしょ」今度はB女史が彼に問う。

……そうです。病院はイケイケどんどん。しかしその対応なんだけど、まるで真逆なんだよ。大兄はさらにさらに病院の運営問題に真剣に取り組む。それこそまるで修業僧みたいなんだな、家にはめったに帰らない。彼の家庭は離婚一家になったけど。こっちはそんな兄貴の努力、寝る間を惜しんでまで仕事に取り組む気がどんどん減っていく。

それに気がついたんだけどね、兄貴は血のつながりのない職員、他人には優しい。具体例は一杯ある。他人の職員の失敗には、すこぶる寛容なんだ。例えば医師給与を間違って査定してしまった時には、大騒ぎの責任は経理次長だったんだけどさ、彼にはいっさいお咎めがなかったからまぁ驚いたよ。それこそオレだったら、他人への謝礼に間違いがあれば、もう目の玉が飛び出すほど怒られるんだけど。

え？　今はさ、ようやく法人の病院長招来に応じてくれた名誉教授の件でねぇ。理事長の兄貴はさ、それまでその教授のイイなりになっていたように見えたんだけど、現実の彼の働き場になる外来に関しては〝決して彼の思い通りにはするな〟の厳命を言い渡すのよ。自分は前面に出ようとはしないで、あくまでオレを病院代表のようにして。

でも、年老いて名誉教授にして院長にもなろうという人と、私大出身、航空会社の社員上がりで事務長のオレじゃな、格が違うだろ。だから2人の話し合いは永遠に空回りさ。

今日も交渉が進展しないと、オレがふてていつものススキノ、同じ地域出身の反グレがやってる酒場でやけ酒を飲んでいたら、案の定、兄貴に呼び出しを喰らってねえ、夜9時過ぎだぜ。「あの案件はどうなったんだ！」でその後、酔ってふらふらなオレに2時間も立ちっぱなしで怒り続けるわけ。

ええ、道内じゃ有名な医師がいよいよ当院に来てくれるって決まった時は理事長がはしゃいで。こっちはさ、そんな一人の医者でこの病院が変わるかいって、腹の底では直感してるもんだから。

で、早速名医の個人研究所を病院最上階に作れと。で、何しろ研究室の家具、ベッド、電気類など一括申し込みになるもんで、名医さん自身の考えも計画に入れなきゃと、しばらく待ってたらさ。今度は「すぐやれ、今週中に完成すれ」って言うンダ。それもあれも仕事なんだから、黙って粛々《しゅくしゅく》とやろうといつも思い直すんだけどね、その思いが長く続かなくなってきた。

理事長や病院に対しても愛情みたいなモンや熱が冷えてきてて、同時にオレの体調は悪くなってるって分かるよ。で、あの健康診断の数値だって正常にしたいと思えなくなっている。このままじゃ病気になる。でも大病になる時はなるしさ。オレらのオヤジのようにね。

今日もずっと理不尽な命令が大兄閣下から下されてね。「これ、まだ実行していないのか」の反論できないオーダーの繰り返しを受けて。

ああ、それにさ、家にたまに帰ればそんなに夫婦は愛し合っていないのにさぁ、今度、妻が40越えで初めての子が生まれる、高年出産ってわけで、なぜか勝手にはしゃいでいるし。どうなるんだ、オレは、と思うばかりです。

皆で話そう

俳人S嬢…今回はね、私、お兄さんの卒業したあのちいちゃい札幌の医大を出た人に縁があるの。あそこ、元は女子医専だったそうで、そのせいか文化度が高くて、有名な小説家も出ているし、教授なのに素晴らしい詩歌を書いている方も輩出されている医学校でしょう。素敵だわぁ。

で、その人は学生時代の3年間、ある文学会で私、ご一緒させていただいていた。ええ、何度か個人的に付き合って結局別れたの。でも今までずうっと、彼の生きざまを陰で見つめてまいりましたの。彼は地域の病院長になってますわ。

まぁ私は彼をただ好きだったんですよ、当時彼はもててねぇ、地元女子大生なんかにさ。学歴なし、中学出のこっちは、そのせいじゃないだろうけど、やっぱ一方的に無視され捨てられた印象が強かったからですわ。

で、今回ずっとあなたのシャベリを我慢して聞いてきたのは、現実しがない弟分になっているあなたに、「ほれ、医大出のお兄さんにはこんな弟思いの面があるでしょ、そこにあなたは気づいてほしい」と言える希望の灯りがあなたの胸に小さくつく場面を見つけたくてね。これは私のためでもあるんですわ。若いあん時、捨てられたのではない！　って確認したくてね。

あなたが好きなKSじいさんは恐らくサ、「人間なんてのはさ、こんなもんだろ。君の兄ちゃんは、今時、すっごいやり手の病院経営者。どこが気に入らんのだ」と力強く言うでしょう。でも。女、執念深い女子である私は違いますの。

「お兄さんはね、結局、弟であるあなたをキライなんですわ」と言います。ごめんなさい。男性はすべからく精力があるんで、周りを取り囲む人にいつも好きか嫌いかの判別感情を持ち、それに快感を持ってるんですわ。エラクなって社会的地位が上がれば上がるほどよ。だから自分を慕ってくる者を、時には無視したり、いたぶるようなことをするの。ハッキリ言えば残酷な行為をし、人格無視の言葉を簡単に吐いてしまう。

言いたくないのですけど。法人理事長にでもなる方がねぇ、実は「サディスト」に平気でなる人種なンでしょうね。これこそが男性権力者の真の姿じゃないですか。理事長さんも例外ではないはずです。

私はずっとそう思ってきたんですけど、今度こそ分かった。あなたの大兄さんの心ウチは、身内はハッキリとは言えないでしょうけど、やはり「お兄さんは弟のあなたをキライなんです」、これがこの相談への私の結語ですの。それを軸にあなたは、お悩みを解くのがいいと思うんですわ。

文筆家KS氏…政治でも経済でも、そして医学界でもよ。男の権力者についてさ、か細い俳人S嬢さんはついについに言い切りやだったなぁ。ま、大通りに面したホテル仕様の大病院の理事長になってる人物の本音、実態について、やっぱそうかぁとおれもそんな気がしてきた、まいったなぁ。

だからおれもさ、今回の相談者へは、君の兄貴は弟のあんたをキライなんだ、君の悩みはこれに過ぎないんだというS嬢の言説に従う、単純すぎるけどね。でも一言追加はある。

風来坊のおれをいまだ法人副理事長に据え置く、オレの属してるほうの理事長の心はいかにと考えるとさ。恐らくおれを、明日にでも首にしたいのさ、本心は。でもヤツはここで思い直す。これが医学での権力者、大成功者の心中の出来事さ。彼の中の暗黒の残酷感から、ごろって正反対の心持ちに変わる時があるんだろうぜ。心の化学変化さ。世にも不思議な物語ってなわけ。

なあ医者の端くれKさんよ、どうだ、この相談におれら会の結論はあるんかい。

言うなら短く。これからおれ、ジンギスカン食べて飲みに行く約束しちゃってるんだから。

K先生：そうですねぇ、いろいろ日常で不満一杯、理不尽な要求をされている相談者さんの家には、今度子供さんが生まれるそうですね。おめでとうございます。でして、僕は今ことさらこう言いたいんです。

これ以上、あなたは何を望むのですかと。時には人生、この辺で十分だなぁと腹から思うのも大事なんです。それが今じゃないでしょうかね。お子さんが生まれて、それからご自身の行く末を考えても遅くはないと思うんです。

第5話

男らしさの証明

ようやく気がついた
院長職の停職なんては
やっぱ俺こそ
線路に落ちた典型かもしれん
でも誰でもそうじゃないかな

考えれば大学から医師生活で
アカラサマの失敗はしてない
理由を考えれば
周りが俺の欠点短所を
放っておいてくれたからだなぁ

やってることの本質　長所に
批評の目を向けてくれてたから
今度こそは会社で失敗をしでかし
やっぱ妻の手前　幼き子供には
父さんのかっこ悪い姿を見せられない

もう駅線路に俺は落ちちゃってる
もうほかの病院でもどこでも行き
できる限り　頑張るしかないな

それにしても停職中は時間が余る
駅前のパチンコ店で最後の玉が切れて
店を出たら　苫小牧　樽前山の大空を
真っ赤な夕陽が塗ったくってた

相談

地方都市病院の院長職をしてます。39歳で就任し、今42になりますが、それでも若き院長として請われて就任して、丸3年が経ちました。趣味ははっきりしたものはなし、そういえば最近まで、アプリを毎日のように。それで世間知が増えたような気がします。

で、ご相談に入りますが、私は世間のアプリを通じて、院内職場、病棟じゃ仲間の交流が少なすぎると感じましてね。解消に、職員さんとおしゃべりしようとしてきまして、これが恒例になっていました。

職員としゃべっていると、彼女らは努力が足りないのを棚に上げ、反省がなく平気でいるンで、次第に同僚へのお愛想発言から、時に彼らに上から目線で叱責をしていました。

つまり究極セクハラ、パワハラをしょっちゅうしてたわけになり、先日それが元で、院長の行動言動はハラスメントが質量とも際立っていると判定され、法人トップから突然処分が言い渡されました。停職3か月です。病院を自分なりに明るく、しかしきちんとした職場にしようとしたんですが、失敗してしまったわけ。

まだ家には言っておりません。停職期間は過去のファクトを、それはそれ、そっとしておき、妻に言わずに自分の中で消化しようと思って悩んでいるんですが、解決は見えません。誰にも相談できず、ここで会の先生のご意見をお聞きしたくなり連絡を差し上げました。

余話

今回は平気で「本質発言」をする、B女史が初回対面をしました。

「私、事情通なんですわ。まず、あなたはこの地方じゃ珍しい私大出なんですってね。少しもおかしくないことですけど」

……そうです、B先生。伝統を重んじるこの地方病院史から考えるなら、俺は畑違いからここの責任者になって、そんな時はみんなに驚かれたわけです。大学とはいえ、ちいちゃな救急部で働いてきて、順送りで講師までになったけど、仕事以上に生活が大変でしたね。うちの大学出は小さく開業するしか喰っていく道がないのですわ。

我が大学の歴史は東京でも輝かしいんですけど、この数年間、医師国家試験合格率が下位ランクのワースト10。地方新設医大に次々に追いつかれ、抜かれっぱなしなんです。俺の医学部時代にみんな勉強嫌いでね、それが続いて、医者になっても論文研究はしたがらない。そんで学会でも名を上げることがないので、大学にいても公立病院からの求人はありませんよ。

でもマンモス大学だから、他の学部には人材はいくらでもいる。例えば芸術学部からは才能豊かな人が出ています。でも医学部は都会で人気の薄い農学部よりも実態はひどいなぁと言われているくらいなんです、みんな遊ぶから。

でも、俺らだって黙っていませんよ。大学病院の若き医師群は各科孤軍奮闘して、特に救急部は行動は派手ですから〈花の救急、次の休みはいつかいな〉とバカにされながらも、デートもままならない日々でしたわ。まぁそもそもモテませんでしたけどね。

俺ら救急部は医師が5人足らずで、一晩で17台の救急車が来て、連続して10時間以上働き、立って飯を喰ったこともあり、寝る暇もない現実も経験したし。懐かしい思い出ですな。

院長就任までのいきさつはそんなもんで。これがね、よくある職場結婚でした。ええ、俺の生活は「何でもアプリから」が癖になっていても、さすがにこれはやっぱ軽すぎや。外との交通は、つまり就職のきっかけはさ、アプリ。でも今考えればアン時引き返すべきでしたかな。

「面白そうなエピソードがあるみたいね。しゃべっていただきたいわ」

……コロナ患者の緊急受け入れ依頼が、今勤めているこの法人からあってね、たくさんの高齢患者様の件でいろいろやり取りがあって、その後も患者様を依頼されて、そこの事務長と知り合った経過がありましてね。

これまでの俺のアプリ経験じゃ、男女関係ではたまに引っかかる方もいますけど、すぐに音信不通になる。下手に連絡し合うなんてことになれば後悔が多いんです。アプリでの出会いには〝真実はない〟でしょ。

ただこれもアプリで知ったことですけど、実感で言えばさ、今現在働く若い人って、みんな孤独なんだなぁって。ええ、医療系の中じゃ、ナースが多い。彼女ら彼らは仕事で悩み苦しんでいるって、すでに俺は知っていたのですよ。しかし俺は、現代の若いナースはよっくばかげたことをして、昔より頭が弱いねぇということも思い知りましたね。

しかし医療看護系でも、研鑽で苦しんでる人は減る一方だと俺は感じてます。この辺が、医師―ナース間のハラスメント問題が生まれる根本的原因だと思ってるンだけどな。

「あの、先生が大学病院を辞めて民間病院に入った理由を、お聞かせ願いますか」B女史は慎重に尋ねる。

……その前にねぇ、B先生。俺らは大学医局員同士で論争し始めていたんだ。それはさ、我が大学病院の経営はもう大赤字。それですぐにも外来業績を伸ばそうと、上からの方針が掲げられました。でね、そん時、我が救急救命センターは、大忙しなのに経営にはいささかもプラスじゃない。経営学のから騒ぎみたいにね。

ああ、俺はどうもこの病院には似つかわしくないなとなった。これ以上、大げさに活動しなくてもいいとね、アン時は。自分はこの病院で存在価値がないんじゃないかと思い知らされたわけです。

だって病院方針じゃ救急医学よりもさ、うちの内科研究室で大手の薬剤メーカーと結託して外の他大学とも一緒にやっていた、奇跡の研究があったんです。がん検診ですよ。早期発見、早期治療の元。「血液一滴でがんの有無が判定」。どこにあるかは分からんが、腫瘍はあるって分かる検査が、ウチでも専門家がいてやれるってなってさ、それを病院として大々的に売り出すようになったわけ。

実はそう簡単じゃない。検査料もかかるし、分かるまでの期間が長いので、患者様の気持ちでの負担感は半端じゃないしょ。ええ、高齢者じゃ特にね、何度も内視鏡を繰り返すケースがよくあるんで。でも、がんを発見するのは世間受けする医療行為なんでしょう。俺には、やってた緊急医学と真剣度が違うし、まどろっこしく感じてたな。

え？　この病院で俺が職員さんにどんなセクハラ、パワハラをしたのかってかい。あんまり言いたくないね、この件じゃ。

朝の回診があるんだけど、これが気が乗らないんだ。その先に俺の嫌いな外来があるしょ。これがねぇ、くだくだ自分の体の調子の悪いこと、吐き出しにくる患者バッカの相手をすることだから。でも中にはほんまもんがいるから困るんだ。言葉態度に気を使って診察しなきゃならんからな、もう俺はいやだ。

そんなよそ行き対応を終えて、病棟はほんまもんが待ってるから、さぁ行こうぜと思いながら、でもこっちはすでに外来で疲れてんの。でも病棟に着くなり、医師のほうから病棟看護師にまず「おはよう」さ。こちらから元気にアイサツするんだ。

相手は待ちくたびれているのか、ほぼ黙っているので、ネームプレートをサッと見て〈あなたお名前、さつきさんか。5月生まれだね〉と言うと、「いえ6月です」と不快そうに返す。かようなことは職場での上下関係が底にあるし、こっちも相手に気軽に思われるのが好きでないから、やり取りはぎこちなく終わる、毎回だ。

実はさ、俺は女にもてない、ずっとさ。女性看護師に好かれないのよ。多分、仕事している時に粋がるからで。こっちは一生懸命仕事してるって見せびらかすんでさ、これで周りのナースは〈嫌だぁ、このドクター。イケメンでもないし〉とでも思ってるのか、そんな俺を好きではないタイプのドクターとの思いが、この病棟ナース軍団に漂うものですから。現実、俺は職場で女性に好かれたことはない。唯一、俺の奥さんが、外で会う約束が成功した例さ。

それで俺はこの院長赴任の時に、ある決意をしてたの。周りの職員には好かれることは望まず、とにかく嫌われないように付き合おうとね。

でも3年ともなると、ついつい周りのナースさんに無駄に話しかけてしまってたなぁ。これが良くなかった。最初は「これ、セクハラじゃないよね」と断ってからしゃべったンだけど、相手が「あらあ、わたしらにセクハラはないわよ」と笑って返してくれた間はよかった。やっぱコロナ期からだなあ。職員交流が決定的に少なくなったわけ。そこに病棟にも世間のパワハラ、セクハラ思想が一挙に流れ入ってきた。すっごい勢いで。

聞いたら、その言動を聞いた本人がセクハラだと感じた時点で法令違反だというんだから参った、俺みたいなだサンな男にとってはさ。それに世間の声に敏感な看護部と事務が、早速院内に「セクハラ・パワハラ対策委員会」なんぞ立派な、ハッキリ言えば男性医師監視組織ができてしまって、各部に委員——普通のナースだけど——が配置されて、笑っちゃうよ。

いつぞやなんか、病棟の師長、主任が介護看護行動をせずに時間中、病棟の一角にじっと固まってる。何と診察に来る俺ら医師団のハラスメント行為の有無を監視をしてるんだ。そんでも俺は〈そんなことなんて〉ですよ。セクハラ・パワハラの指摘に、おんなの腐ったような匂いがするだろう？　気にすんなよって毎日自由に言ったり動いてた。

それが何とさ、そのいちいちがハラスメント行為としてノートに几帳面に記載されていた。

分かったのはつい最近さ。昼間に事務長から呼び出しを喰らって事務所へ行くと、理事長もいてね、「院長のハラスメント行為が各病棟ナースからこんなに報告されておりまして。もうどっさりこんです。我らじゃ抑えきれないんですよ」と。全て罪状で違法行為なんですから、もうこっちの反論の余地なしですわ。時代は変わるを感じましたね。病院の空気はどんどんキレイになるわけです。

で、まず今度の病院からの停職処分は重いよ。まず給与が出ないでしょ、今月。真面目一方、地味篇で生活してる俺の家内はびっくりするだろうな。そして理由を聞く。そんで俺が話すとさ、自分の日常の病院での不始末を語ることになる。家内のことだから「来月までね」と切り替えてさ、原因を作ったこっちが責められることはないだろうけど。

大学時代、仲間が嫌う救急部に間違って入ってしまってから7年目に講師なんぞになってしまい、この間はなんにしろさ、ずっと安いサラリーで、よせばいいのにこういう生活条件が絶不調時代に恋愛し結婚もして子供も作ったわけで、これってさ、俺の見通しを持たない人生を象徴してるよな。

で、慢性兵糧攻めにいいだけあって、まぁ幸いに救急医学のキャリアが買われたのか、アプリのおかげか、コロナ5類時代になってすぐ、この民間病院に拾われて。俺にとっても渡りに船で民間への就職話が実現、喜んで超忙しい大学を離れられてやっとさ、いいサラリーも得られるようになってまだ3年なのに。

昨日も今日も、これまで通り定時に小学2年のボウズと父親の2人は、安心しきった表情の母さんに送られて家を出るけど、俺は会社には行けないンですわ。

停職って思ったよりきびしい！　職場に行けない。で、結局街をウロウロさ。朝早くから夕刻までです、やっぱパチンコだね、そんで時を過ごすわけ。院長時代もタイムは貴重モンでしたのに、こんなもったいない過ごし方をしてる。

皆で話そう

文筆家KS氏…ま、出だしからキツイことを言うけど、この人はさ、国会議員さんに似た感じがして、おれはしょうがないんだよな。まぁ選ばれた「エリート」。でさ、そんでも議員さんって結構バカやるでしょ、選んでくれた国民のことをすぐ忘れて。医者で院長になったあんたも、そうなんじゃないかい。

選ばれし優秀人で、院長に就くとさ、次第に当初の志《こころざし》から遠いことをする。パワハラ、セクハラもその路線じゃないかとおれは思ってしまったんだな。

それとさ、事の発端になってる、このハラスメントにつき一言あるんだ。コンプライアンスてな英語は「法令遵守」だろう。ここでの言うことには注意を要するよ。だって彼らは、上こそそれを守る気がないのに法律を作るんだろ。

今お流行モンのセクハラ、パワハラなんてのは、杓子定規の規則に過ぎないさ。ただ女は普段反論や不平を言うことがどうしても少ないから、ここで一気に同調圧力に頼って身を守るわけだ。確かに社会正義に見えるけど、適切な判定かはまだ分からんぞ。女性が自分個人の考えで男性や上司へ対応していくには、まだ時間が足りんてなとこかな。

問題はもう1個あるんだ。経済学者じゃないからわからんけど、このハラスメント思想が横行するころから国の勢い、病院組織の衰退がはじまった気がしてしょうがないんだ。


え？　B女史は、このコンプライアンス違反は有罪の、令和仕様は確定してるんで続くって言うのかい。

聞いたかい、現院長さんよ。しょうがない、おれには悪法の横行に見えるけどな。あんたのような医療現場の上の者には明らかな自由の制限になるけど、病院の上から下までみんなが丸く収まるためを第一に考える価値観の根底は〈社会的弱者に目を向けよう〉なんだからさ、幹部にはそれを守ってもらわんきゃならんのだろうな。せめて守る時は守りましょうでいけばいいのよ、寛容が大事なんだ。おれは今回はあんたに同情してるんからそう言うんだ。

K先生…院長職でセクハラもパワハラもしたと病院で取り上げられ、停職処分でしょう。

びっくりしてるんだろうね。医者身内から言えば、君は社会的に遅れた人間です。

　仲間だから言うのが辛いけど、君は経理担当の役職者とじかに腹を割った話し合いを何度したのかなぁ。そこではびっくりするような事実、コロナ後の病院経営が火の車の真っ赤で燃え上っている現実がある。明日、東京の大手医療・医業系Ｍ＆Ａがお手伝いしましょうと寄り添って来て、病院の科も増えて建物もきれいに近代化。しかし実態はさ、合理化で統合されてしまいかねないってさ。

　君はその辺をどこまで身近に感じているんかな。あなたはゲームのやりすぎの子供さんに近い。心が幼稚じゃないかな。医学の勉強や救急医学を実践してきて、それで頭、前頭葉の働きが弱ってしまい、日常で感情が抑制できなくなっているし、怒りっぽくなっているのは頭脳がしっかり働いていないからだと僕は思います。

　君の医学技術は平均レベルより飛び抜けている。その技量があっても、このままじゃ院長職、勤務医も続かないよ。キツイことを言えばさ、君の医師のエリート意識もまあまあ根強いように見受けられますし、そもそも出身大学とか医学知識のレベルに関しては実はさ、世間じゃそんなに気にしてませんでしょ。

　ええやっぱさ、これを感じた際は周りの人をあえて信じることを心がけようとする、〈内的動機〉がまず大事。ついで職員みんなの生活が大切だな。だから病院経理が最大の注目点。人・数字のあらゆることに気づかうことかな、院長になったらさ。そんな中でのパワハラは、どうも心根のゆがみがあってさ、顔に素直に出て行われるでしょ。格好悪いでしょ。そんなんで、とにかく処分の原因をこの休暇中よっく考えてほしいなあ。

俳人S嬢…みなさん、医師のKさんまで、相談者の彼をいいだけバッシングしてるんじゃありませんこと。かわいそうだわ。そして大事な件をまだアドバイスしていませんでしょうに。

相談者の彼は現在、まず停職中の時間の過ごし方が分からんと悩んでいますのよ。次いで事情をご家族、奥様にどう伝えていいのかが分からないって言ってるんだわ。やっぱ混乱していますね。

それでまず。さっさと事の顛末を真っ正直にお話ししてみてくださいよ。問題はそれからですわ。停職が明けたら病院長の仕事をどうやっていけばいいのか。それを含めて考えると、これを転機にして、現職場や役職を捨てて、別のとこで働くことですよねと、彼の問いは、そんな具体的な相談だと思いますのよ。

え？　それには私、お答えできないんですわ、すみません。ただあなたの情報から仕入れた職場でのあなたのイメージでは、あなたは出身医大で、やや知る人ぞ知る若き英雄？的な存在だったようですね。そうねぇ、周りから愛されてたらしい。

奥様も救急センターで一緒に仕事していたんですが、そこのナース群から、あなたは失礼ですが「泥沼から咲いた（つる）」と呼ばれていたそうで。だって次々と救急車で来る患者様を休む間もなく受け入れる、あらぶれた救急室で。コロナ禍でも自身が感染することを恐れることなく疾病に向かう姿は、実在の王子のごとしでしょう。

今こそ奥様にお聞きされたらいいですわ。多分、「青年医師の夢を実現した姿だった」とロマン映像を語るかもしれません。相談への応答に離れたばっかしのことを私、言い出すもんで、すみません。あなたに負けず劣らず、救急医療に身を捧げていた奥様も当時あなたを慕っており、最終美しい夢を見ながらお2人はご結婚されたんでしょう。

でも多分、救急医学に芯から疲れて、外部から就職の話が舞い込んで来た時点で、あなたらはホッとしたんでしょう。

この情況は大事よ、特に男性にはね。今回、ご相談にいらした病院長さんには、これを契機に溢れんばかりのエネルギーを再度集中して、患者様への対応、治療に向かってほしいけど。地位や場所がこのままでいいのかは私は大いに疑問です。停職で済んで、今後その原因のハラスメント行為を抑えていけば現状維持でしょうが、さてどうでしょうか。

大胆に言えば、そういうあなたのような仕事をするドクターに対して、コンプラを掲げて周囲に対応せよ！　と言ってくる輩には、私はそれは後回しでいいのよと言いたくなるわ。

近いうちにあなたに会いに行っても、きっとあなたは現状の病院に籍を置いていない。その時のお顔を拝見したいわねぇ。いかにも院長だ、医師だの、それらしい顔から脱却し

てるのか、いないのかと、それを思って私、
今から、わくわくするんですの。

第6話

2人だけの寝室

ぼやぼやするな　すぐやれと
鬼師長に怒鳴られる
そっくり自身に言えばいいだろ
ご利益あるよ　きっと

それを元に　そうねぇ
今朝起きると同時に
お水をまず　窓辺に置く
手を会わせる　お日様に向かい
こうしてみると開運なんて

とっても簡単なことだ
でもねぇ　私はかつてのように
このように祈っていません

私の生活は以前とは違います
最近じゃまずもって
自身を元気づけることから始める
メカも入り込んでいる時代だし

そうねぇ　本社玄関が
回転ドアになり男女を吐き出す

その頃からか　でずっと自分に祈る
本気でそう思っているんですから

相談

当院で数人しかいない専門ナースの資格を持つ男性看護師です。36歳ですけど。困ってるのは現在、仕事場で意思が通じないし、そりも合わない上司、師長がいます。

彼女は当然、完璧な仕事をしてます。そんで俺らには何でもズバリ、提言や意見を言うもんですから、院内でも大物上司と言ったところです。

で、事は、こっちの私的な希望を言っても通らないことに始まりました。この春、高校に入った子供の学習塾通いに、ようやく親としての務めを果たそうと、塾の往復を車で送迎する役目をやりたいのです。

それには定時帰宅し、キッチリ仕事場を離れたいのですが、それが仕事のせいでかなわないことがしばしばあるので困ってます。ナースの人手不足と病棟の仕事量が増える一方でして、結局中間上司役の俺の超勤が半端じゃなくなってしまう。

もう一つ悩んでいるのは、その超勤で一緒に働く同僚、女子ですけど、帰りが遅くなって彼女のアパートで休憩し、そのまま泊まらせてもらうことがありました。男女関係はありません。院内ではまだうわさになっていませんが、この点もご相談したいことです。よろしくお願いいたします。

余話

今回は現在、定年退職後、自由の身でいるB女史が初回対面しました。彼女は長年某老人病院や老人保健施設でで介護看護部長の職業歴がありまて。

「谷さんでしたね、こんにちは。今度の相談というか、話し合いの内容の大体は我らの会に伝わっています。専門ナースなんて、私の現役時代にはなかった職階なんでね、新しい役職となると、何かと大変でしょう」

……俺の仕事上の担当は病棟で、重さでいえば中くらいのモンでしてね。したがって地位も普通よりやや上くらいかな。給与も高くはないままの、あいまいな管理職ですね。専門ナースは介護看護医療包括管理業という大げさなもんで、その分、これもハッキリしないところを担当することになってます。

この辺、B先生ならたちどころ分かってくれるでしょうが、療養病棟じゃ最近、職種が異なる職員が多くて。それぞれが相互に助け合って患者様のためになる行為を無駄なくやっていこうってな趣旨をうまくみんなに伝えるようにと、俺はいるのですけど。慢性期患者様の介護でしか生まれない専門家でしょうが、俺は気に入ってまして、そのため半年も病院派遣として今病院で研修を積んできました。

それでも今じゃ実際、職員への提言やアドバイスよりも、ハッキリ言えばそこで働く職員不足をどう穴埋めしながら病棟を維持していけるかを、いつも考える部署になっちゃってますね。

ええ、病院じゃ1人しかいません。専門ナースといっても机ひとつあればいいんで。しょっちゅうアイデアが浮かべばいいわけだ。しかし権限に関しては、直属の剛腕師長、鬼のCさんが握っておられて、俺はそのほんの補佐役に過ぎません。

ああそのC師長さんですか。長年つつがなく病棟をやって来て、各種の問題も平定してきた。トラブル発生時の対応ナンバー2の地位にいて、処理能力は抜群ですね。俺から見てもこれまで、出来る限りしっかりと病院のために働いてきました。現に彼女に育ててもらったという若い師長もおり、次期部長候補とのうわさがあるくらいです。

「少し、谷君の日常の病棟業務と、毎日の生活で何をやってるのかを教えてくだされば」

……俺の趣味は、病院から遠くない地域の沼で鳥類の写真を撮ることと、近海海岸でのフィッシングです。この地でしか味わうことができない、ま他人からうらやましがられるモンをもうずっとやってます。そんな日常での楽しみも持っているんですが、仕事ではね、急な夜勤交代なぞ、男であり専門ナースであることから年に何回かこなさなきゃならんことがある。酒は飲まんです。飲めない。

日常では普通のナースと同じく患者様を担当しなきゃなりませんし、最近ではもうめったやらたに多くなった委員会もきっちり出ることが俺の義務ですね。

「師長さんとあなたとのぶつかり合いの内容は分かったんですけど、実際どの程度なのかしらね」

……ああ、B先生の問いは、なぜか今の俺には快いものです。ここに来てよかったと思ってます。ここに来るまでに考えたんですけど、この悩みの伏線には、師長さんが俺の普段の動きに満足していないのが見て取れることがあります。どちらかといえば専門ナースの肩書のわりに、さっぱり役に立っていないと思っている節がして。

　俺の方も先の趣味なんかを持っていて、周りに見せびらかすこともしばしばあったしね。そこへ俺には子供もいて、嫁とは職場結婚、今は家事専門ですが一緒になり、子供ができて今現在4人家族です。そんでいつの間にか長男が高校に入り、しっかし息子のやつはまず全然勉強しない、かと言ってスポーツ部活もしない、まぁ俺から見れば親と同じくやる気のない人種なんですね。

　血だと思ってましたらですね、しかしある晩、その子が学習塾に行きたいなと言い出しまして、突然。驚きました。理由は分かりませんが、学校の授業についていけないことが次第に分かってきて、進学や卒業に関して子供ながら不安を感じてきたらしい。半年とかで落第とか退学させられるんじゃないかと。

　これは男親の俺に似た感情で、嫁さんの言うところじゃ、俺ら親子は不安症系統なんです。そんでね、ここでどうあのコワイ女史とつながるのかといえば。

　やる気なしの息子が塾へ行くと言うならと、親の俺が車で15分ほどかかる駅前の学習塾の送迎を引き受けようと思い立ったわけ。これを聞いて嫁も喜んでねぇ。ええ、子供は自転車で通うと言ってましたが、それがいつまで続くのかは、どうも信用できないところで。自転車での塾通いは恐らく休みがちになって、ついに行かなくなるんだろうとも予想できて、じゃ、ぜひのこと自分が運び役を買って出なきゃと思ったんですけど。

で、4月当初はうまくいった。息子も嫌がらず通い、参考書を俺の車の中で読む始末でしたし。

しかしですよ、先生。病院の仕業終了は午後5時30分なんで、大半の職員は一斉に退勤するんですけど、重患や午後から搬入された急患を夜勤者へ引き渡す報告連絡が、時間内ではできないケースがしょっちゅうになりましてね。こんな時、俺は気が気でない。病棟じゃ上の立場で率先して定時に帰るわけにはいかんのですわ。

そんな時は、息子にタクシーを使うようにお金を渡してあります。やっぱ自転車じゃこの北海道の寒い春にはね、無理ですし。でも息子の、せっかくの塾通いが軌道に乗るかもしれないのに、運搬役の俺のわずかな時間のずれがあってそれができなくなり、話が壊れるかもしれない。考えるまでもなく原因といえば仕事の延長でしょう。それに超勤がしょっちゅうあるから、俺は会社を恨みたくなってしまって。

でもね、地方病院では言うまでもなくナースが減る一方で、毎月のように辞めるんですわ。人の不足時の穴埋めにはどうしても、中間の管理者であり男の俺がまず手を上げなければならない始末になる。

「長くなったんで、あなたの今もうひとつのお悩みごとを。同僚女子との件は、まさか不倫じゃないでしょう？」

……B先生。俺、何か絶好気分になってきました。もう少し話します。俺の個人相談はね、やっぱ会社での仕事話の延長なんですよ。超超勤の日々があって定時に帰れずにさ、そのまま病棟に居残って仕事をすることも多くなってるんです。それも毎日の業務は必ずカルテに記入して終わる！　の師長方針の影響なんですけどね。

そこでの問題発生の中心は、仕事熱心なうちの若い看護師の彼女。病院から車で十数分に住まいがあり、彼女は普段、歩いて通っています。それが超勤をあてられるわけかも。集合アパートに住んでますけど、でも夜遅くだし、月に2、3度、俺の帰り道の途中だからと車で連れ立って彼女を送って行くことに。ええ、もう息子の塾帰りには遅すぎてるし。

そこでそのまま車で帰ればいいのに、「ちょっと休憩していきませんか」と優しく彼女が言ってくれるので、ついついお茶をいただく。それがもう恒例のようになって。

ある晩なんぞ、俺は昼間の仕事疲れでつい彼女の1DKの部屋におじゃまし、少し食べて飲んでしまって、そのまま部屋の片隅に寝込んでしまう。彼女とは一度だって何もなかったし、Z世代の彼女はそんなことには平気で、ご自分のベッドに寝てるスタイル。俺はそうね、朝方まで寝入ってしまい、まだ夜明け前に目が覚めて、静かに部屋を出て、一旦家に帰りそれから定時に病院へ出勤。

それがどこから漏れたものか、同僚に勘づかれてしまったようで。顛末は俺の方が一方的に悪者にされてしまっているようだけど、確かにウワサ通りなら、俺のほうが倫理的に許されない立場になるでしょう。相手はまだ23歳の独身ナースですから。こんなことが春嵐のように起きてしまった。

それもこれも、定時の終業時間直後に帰ることができないことから始まったんですわ。息子が学習塾に行く時間のために、病院を夕方5時に出る。そして塾が終わる夜9時に迎えに行く。そんなパターンさえ守ることが難しい仕事場ってなんなんですか。

　後ろで師長が怒っていても、息子との約束を守ろうぜと3度に1度は送迎を優先して始めているんですけど、これからはどうか。この仕事場は慣れていてやりやすいですが、こんなことでこれからもやっていくことは可能でしょうかね。

「あの、奥さんの件は何も語らずですけど、最後に少し言ってほしいな。どんな女性なのかな」

……ええ、俺の奥さんは〈夫の職場は、自分が元いた職場ですからよく分かっている〉という人だと俺は考えています。帰宅時間が毎夜遅くなっても、今日も超勤で仕事熱心よねと俺を信用してくれるよき妻です。

　ただし今回のような、形だけでも夜、若い同僚女性のところに俺が泊まって、夜明けにそこから帰宅して出勤しているなんてことが知られればねぇ、恐らくショックで怒り心頭で、「すぐにも離婚します」と言ってくるに決まってる、その点、俺にとってこれほど怖い女はいませんね。

皆で話そう

文筆家KS氏…解決策はあるさ。抜き差しならんことになる前だった、危なかったな。

　それがおれの感想なんだけど、外から見ればさ、ここに至るまでのあんたの看護人生というか、仕事でやってきたモンやご家族との日常生活を丸目で言えば、おおよそ成功してる。おれなんかさ、告白も恥ずかしいほどそれらの面で全失敗なんだから。それでもこうして生きてるんだ。それをまずおれらとともにあんたは確認しようよ。

　ここの会は素人集団ですけど、最近興味本位で読んだ人に見立てるとさ、おれは井原西鶴みたいなもんでしょ。普段は古典文学なんぞにうつつを抜かて俳人のお嬢さんがさ、西鶴が生きた時代の絵が残ってて、それがいやまぁ似てるなぁ、誰にだって？　おれにだよって言うんだ。

　まずめんこくない顔表情。しかもなんでもしゃべってくださいってな、不遜で怖い顔つきはそうそうあるもんじゃない。おれのそんなブラックなうわさが仲間内で広がっている。谷君さ、あんたはそんなおれの前で告白しちゃったわけ。

　で、息子殿の学習塾の件だけどさ、これはもう「車での送り迎えは誠意溢れるいいアイデアだと思ったんだけど、父さんの仕事のために約束できない、許してくれ！」と謝るしかないね。大半の学生さんは自転車通学でしょ。それでいいんじゃないか。ま、送り迎えができる日はヤルってな鷹揚な取り決めで十分だと思う。

　もともと勉強はさ、懸命にやることに越したことはないけどさ、看護師だったあんたはある時、度を超越して勉強して、何とかナースになったんだろう？　お子さんにもその方向になってほしいってもしかして思っているんじゃないかな。

　これから息子さんが進学するスルしないは個人の勝手で、嫌になったら進学塾をやめても構わんって言った方がお子さんのためになるんだ。谷さんはご自分の体験から、つい勉学を頑張ることを賞讃する気分になってるよ。だから学習塾に行く気になったお子さんに、こだわりを持ち過ぎてる。これは勝ち負けにこだわり過ぎの考え。世の中、勝てばいいんかい。じゃないだろう。

　ただし。ナースのお父さんお母さんのように特殊技能を持って、これで一生やっていくという目的を持ってやっていくのもいいぞと教えるのよ。あんたらご夫婦ならそれができるさ。


俳人S嬢：お子さんの件は育児をしたことがない私は何も言えないわ。で、仕事の件ですけど。

　あなたの職場で仕事延長や超勤が多いのは、管理職で日勤が原則なんだからでしょうネ。しかも嫌な女上司が傍にいて毎日会う。あなたは辛いわよね。ハードな労働は、会社での働き方問題につながるんでしょう、お悩みがそれですわ。ただその解決は遠いかもしれませんねぇ。忙しさは病院組織の長年の課題ですし。

　そしてその前に谷さん、あなたは子供っぽいわね。考えが純で幼稚なとこがあるわよ。谷さんは大変なお仕事をされている。しかもあなたは現場のリーダーさん格でしょ。こうなったらさぁ、私ならね、まず身近な仲間のお気持ちを察して、自分ができる小さいことでいいからやっていこうと思い起こすわ。

超勤で仕事をやってると、懸命な精神が自然にありますわね。体こそ疲れていてもね。そこで互いに声かけあって励ましあうことを意識してやってほしいわね。それですぐ帰れない人らで溢れているその仕事場は、落ち着きを得る。そんなふうになれば理想的ですわ。

その場で少しでも奉仕心でやっていこうとあなたから心がければ、見てみてごらんなさい、谷さん自身にも力がついて来て、おとなになるんですわ。やってることを自分のためだけじゃないと思えるならば、それは希望のある、はつらつ人生の始まりになるんでないでしょうかね。

さあさ、最後に肝腎なことを言いますけど、あなたは遅い仕事の後に若い同僚女性のアパートで一時休憩したり、そのまま睡眠とったりしてるんですね。世間の流れに疎い私ですが、今回、会のマキさんにお聞きしたら、それは密かに流行してるんですって？それが子供っぽいって私が言う現実なんですわ。

職場でウワサになりかけて、あなたは「断じてセックスはしてない」って言いたいみたいだけど、かえっておかしい。これもあなたの幼稚性の表れなのかなぁ。だんだん私、KSさんに似た口上ですけど、「なにこれ。生身の男女が一つ屋根の下にいて、何にも問題は起こらない！　そんなの私が好きな古典『源氏物語』の世界じゃありえません」よ。

今の時代はそんなロマン性のない世になってるハズでしょうけど、人がいる分だけ、周りの人を悪く見るというのが世間ですよ。だから、セックス、性なしの男女の空間があるっていってもね、それが全然うわさの否定、情緒安定にはつながらないんですよ。私にはそう見えるわ。

早速、そんなアホらしい習慣ですか、それをおやめになることをお勧めしますわ。

第7話

どっちの気持ちも

不思議にオレは　ごく自然に
周りと論議を交わすんだけど
言い負かされそうになる

ディベートしてオレだって
高い地位やエリートへ
社会主義思想にだってさ
あこがれや甘い感覚を
持ち合わせてるんだ

演劇活動に関すれば
それはやっぱ人々　子供から
高齢者　大人まで
大きな影響を与えるだろ

でも結局　演劇を愛する者も
いるけど演劇を嫌う人もいる
無関心になる人も多いなぁ

結局世の中は　大抵は
どっちの気持ちももつ
そんなとこに落ち着くんだろ

さてとオレは演劇に葛藤　和解を
繰り返す　もうそろそろそれ
やめにしようぜと思ってる

相談

今永といいます。以前は劇団員をしていて、地方のテレビCMに出たこともあります。

25歳過ぎで転職して入ったこの施設。長くなって、といってもまだ実質3年ちょっとなんですね。そこに先日、前の仕事というか、在籍していた地方劇団から突然、切実な復帰への誘いがありましてね。オレはその電話にひどく迷ってしまい、ああ、元の仕事に戻ろうかぁと毎日のように悩んでいるところです。

最近はひまひまに、介護の国家資格を取るための受験勉強もし始めたとこでした。それで考えがまとまらない。相談室にお教え願いたいと思います。

余話

今回はマキさんがまず対応しました。相手は元舞台俳優の今永さん。背が高めです。舞台に立っていた、ま、芸能関係の人と思い面対したんですが、背が普通より高くのっぽだけが特徴だなあって、マキさんはまず、ややガッカリ気分でした。それでかえって、普段のため言葉でいいやって思い口を開く。

「君の所属してた劇団ってさ、ススキノに近いあの公園にある、『劇団ねずみ座』って聞いたけど。そこでは君は何をやってたのかな、そしてそこへ君が入った経緯に興味があるんだけど、しゃべってくれない？」

……大ぜいの幼稚園児中心の子供らの前で、オレは団員手作りのねずみ役の縫いぐるみを着て、舞台に上がってさぁ、おとぎ話、物ガタリを演じるのさ。それは面白いのってかい？　そうねぇ、受けるかどうかとも言われるとね。

劇団専属の女性脚本家がいて、主宰の内妻ですけど、彼女の手作り物ガタリが出しもんになってる。彼女は天才でして、オレなんかにもセリフを付けてくれるのさ。そしてそうねぇ、映画と違ってさ、観客の子供らはいつもワイワイ大騒ぎになる。子供の観客は一生懸命見てくれるんです。

「あなた自身、そこでどんな経験をしてきたのかなぁ」

……公園の小さな劇場での季節で変わるロングラン定期講演が主でね。泣きどころはロングランだからどんどん観客が少なくなっていくこと。それでねぇ、あとは地方回りでしのいでいくしかない。道内各地の、たいてい過疎地の学校で演じさせてもらう。

ええ、どこでも行きましたよ。これで喰っていくわけですけど、そういうわけでそこからの身入りは驚くほど少なくて、劇団員の生活はいつも四苦八苦でした。

「やっぱそうなの。で、今度あなたに再登場を依頼してきた一座の主宰ってどんな人？　信頼できるの」
……劇団員は総勢20人ちょっと、すべて監督に指示されたまま動く。舞台けいこじゃ〝鬼蜷川〟って呼ばれていた。それがね、今度という今度は電話の向こうで彼が泣いてるの。必要な劇団員がいなくて、来週のゴールデンウィーク公演が開けられないと言うンダ。もう切符、売り切れてるのにと。

あれ？　オレのいたころは女性団員があんなにいたのにどうして？　と聞くとね。女性の団員は子供ができるしょ。そうすると生んで育てる期間があるでしょ。だから女性団員の場合、人手は7掛けで計算しなきゃならない。でも結局計算が狂って、ひどい団員不足が面前に来たんだと嘆くんだよ。

「その件は、まるであたしらの介護系施設の人手不足と変わらんのね」

……いい時はさ、団員が大勢いて。しかしねぇ、目を覆いたくなることがあったんです。末端劇団員が喰っていくことができないんだ。ひっどいもん、ケアさんよりひどい。誰も知らんでしょ。

みんな暇があれば夜昼とバイトをやりながら食いつなぎ、だからみんな体がガリガリ、ええ栄養失調と過労で。でも面白いことに、環境は劣悪なんだけど、さらに悪くなるのは不思議とそこじゃ子供ができるんだなぁ、次々と。もちろん仲間うちでです。

オレなんて、ぼんやり団員で役もようく演じられないので、練習じゃ主宰から名指しで怒られる。「お前、この仕事なめてるんか」ってね。でもみんなおおよそそんなもんで、公演前に誰かに少し金が入った晩、練習が終わったらさ、劇団近くは札幌で有名な歓楽街のススキノだから、夜中でも安い中華を食べられるとこもあって、10人くらいの劇団員で出かける。

さっきまで主宰の叱咤怒りを受けて、まだ頭がおかしくなっているみんなが、仲がいいわけじゃないけど、だから互いにろくにしゃべらず食べて、またゾロゾロと狭い事務所に戻る。

そんなオレらは住むとこさえないのさ。道具、小道具が置きっぱなしで、足の踏み場もない稽古場スペースの隅っこに寝ぶくろを敷く。

そこで間違いが起きるんだよなぁ。若いからとしか言いようがない。ま、男女の自然。何も考えないので起きるんだろ。で、数か月後、女の子がぽつぽつ辞めてく。世間じゃ子供が生まれないそうだけど、あそこじゃなぁ、その逆だった。

え？ オレですか。ちょっと親しくしてた女はいたけど外国籍の子で、「国じゃ誰も子供生む人はいないよ」と言って、あれの数も少なかったし、ガードもしっかりしててさ、オレはそのパターンにはまらずにきた。その子とは結局、自然消滅してしまったけど。

ほかの男子団員はほぼ全員、身近なおんなとひっついた、臆面もなくさ。こんな冴えない劇団生活を5年以上してたんだ。

―カテゴリーと環境が違う介護へ向かうキッカケは何かあるのかなぁ。ああそもそも、劇団に入ったのはどうして？ それをしゃべってほしい」

……高齢者介護に目覚めたのはさ、あるとすればあれか。団員みんなが明日の金がない時にさ、マネージャーが血相変えて、「ねえ、協会の方から俺ら劇団に道内の介護施設に来てほしいって話があって、すぐにそのことがまとまったんだ」、これは吉報とセキ込んで話す。

オレはさ、それまでは小学生の子を対象にさ、回ってたけど、ああ、なんにも知らない子供はオレの演技で騙せるんだなと思っていた。けど、これからはもっと訳が分からん高齢者を前に何かやってればいいんだなって。

そうねぇ、当時の団員はみんな、朝はコッペパンしか食べられないんだから、これで飯のタネがって、ま、一息ついた感じでしたね。

そんなことがあって、オレら劇団の介護施設回りが始まったわけです。今までの小学校から、町外れの小山に建つ、大きくて白いきれいな老人介護施設に足を入れた時にはさ、オレには何だかぴっと来なかったんだ。「ここで出し物やってもさ」って、まぁ全然、力が入らんかった。

初日はその日、施設じゃあ桜祭りの宴で、そこでオレは相変わらず猫に追われるかわいそうなネズミの役を演じたんだ。こんな子供だましの話はさ、お年寄りさんにはさすが通じないよと最初は思っていたんだけどさ、オレは驚いたね。車椅子に乗るおばちゃんが出演後に近づいてきて、「今日の話は有島武郎《たけお》の童話、『一房の葡萄《ぶどう》』みたいなやさしい劇でしたねぇ。私はニセコの有島牧場のあたりに実家があるんですよ」と、よかったよと涙を流すんだ。

こんな感激してくれた方はたった一人でしたけど、俺らは前日の打ち合わせで、あの性悪な団マネから「いいか、子供相手の劇じゃない、今度はじじばばだから、人生経験が深くて手ごわいかもしれん。ま、認知症があってさ、受け付けんことも予想されるし。しっかし時代だ。田舎くんだりを巡業しても子供がいない、学校が消えたんだ。これからの高齢介護施設回りがうまくいかないと俺らは解散なんだからな」、そんな身も蓋もないことを聞かされてから、その施設に来ただけなのにな。

「それでさ、今永さんはそれをキッカケに介護に就職したってわけ？」

……春に何度か介護施設巡りをしてる間、オレはずっと転職を考え始めててさ。これで札幌に戻ればオレはまた狭い本部に仮住まい。多分、演技勉強かバイトと、夜はまたも暇に任せて子作りでもすることになるだろうって暗い思いばっかで3か月が過ぎて、予定の第1期の介護施設巡りを終える前に、オレは意を決して最初に行ったあの後志の介護施設に連絡とってさぁ、「介護職員として雇ってほしい」と申し出たのさ。

ええ、向こうはすっごく感触が良くて、どうぞって、就職話がまとまってね、ま、驚いたね。そこじゃ家も与えられてしっかり寝泊まりできる。劇団の時のように春4月で朝夜が寒くてもさ、オレは北国出だけど、まぁ寒さに弱いの。でもここじゃ暖房がきいている。朝から働く職員には食事が出るし。

仕事ぶりは普通に、まじめだけど失敗だらけだったな。でもここじゃ周りが支えてくれるし、入居者のおばあちゃんらもね、オレのことを「あの劇で、やさしいネズミ役のお兄さん」ってさ、それこそよく見守ってくれてるんだよ。それで摩訶不思議、施設で介護員として勤めているってわけですわ。

ああ、そういえばオレが子供劇団に入った理由はと言ってましたね。それ、小学校時代の経験からですわ。当時札幌には、子供のための劇団がいくつもあって、オレがいた田舎の学校に何度か公演に来てくれて、オレはすっかり感激してしまい。

これまでの学校や公園での出しものの時にも、その場で泣きだす子はいたさ。それが子供のころのオレだった……。

そん時、付き添いの先生から「気分が悪いのなら席立っていいよ」って介抱されそうになって。実際オレはそん時演劇に心奪われてしまい、しゃがみこんでしまった。ずっとこのままでいたかった。そしてオヤジが札幌に用事があるって出かける際、もう必死でついて行ったんだ。

日曜日にさ、劇団本部に1人で訪ねて行って、そこのひとは驚いてたね、あん時は。オレを見て、「ええ、お父さんとなの、よっくきたな」って泣き虫ねずみの役をやってた人が喜んでいたんで、オレはずいずい寄って大きな画用紙を差し出して、サインしてほしいと言ったんだ。

家があった道東の町がオレの出どころなんですが、その頃から町は、生きる軸になるパイロットファームの住民が離農して町を去る、次々にねぇ。大きな借金をしてるのが普通だったのかな。うちはその町で、しがないガソリンスタンドをしてたんだけど、父親に姉さんとオレ、2人は育てられた。ええ、離婚してたんで母親のいない一家でした。

その時田舎の小学校に来た札幌の劇団のリーダーさんは、町で農場をしているお祖父さんが、昔の軍艦乗りのお偉いさんだったと新聞に載ったりして。劇団のリーダーってモンはスッごい経歴があるんだと、オレのその劇団へのあこがれは消えないで続いていたんだ。

　オレは古里で親のガソリンスタンドを継ぐ気はなかった。だって乳牛の牧場にひと冬燃料をおろしこうさ、春になったらみんなその場を捨てて消えてしまう。まぁ夜逃げするんだ。で、うちの燃料屋だって会計は火の車だった。

「最後にしようか。あたし疲れてきたし。その最近連絡があった劇団の主宰さんは何って言ってきたの?」

　……5月のゴールデンウィークの札幌の子供向け公演をさ、うちは演じられないかもしれない。これじゃ終わりだと。オレはそれより、よくオレが抜けたあと、3年以上か、劇団が続いていたなって思ったけど。主宰は副業でススキノの弾き語りバーをやってて、でもコロナでね、一気にぽしゃってしまったんだな。でもその主宰は言うんだ。どうだろ、また復帰してくれんかい。君は見どころがあったんだ、このまま地方に埋まらせるのは惜しいよって。

　オレはさ、介護に転職して悔いはないと思ってる。だけど固い気持ちとに言えないよなぁ。心の奥底ではさ、劇団本部で若い団員同士が、めちゃめちゃ夜に自然交流してたことが忘れられないのさ。おかしい発想かな。

　も少し話、聞いてくれるかい。オレはさ、介護施設で働くようになってさ、まず体が元に戻ったし、考えも世間並、まともになってきた感じがしているんだ。今はさ、劇団に戻ることは考えてないんだ。ただね、やりがいっていうか、介護員を続けるのもどうだろうってなとこだなぁ。

頭のどっかで、童話を演じてて小学生がサインを求めてくれるのが忘れられないんだ。演じることで、それを見た子供や高齢者さんは感激してくれるしさ。

そんなことは、この真面目一直線の介護施設じゃ考えられないしょ。若いエネルギーの噴出だよ。やっぱ面白かったし懐かしいんだよなぁ、それで困ってるんだ。

皆で話そう

文筆家KS氏：今はもうまじめに介護員をやってるし、立派だと思うな。しっかしその一方、そんな状態でアレが貯まって来てる。男にしか分からん生理現象。アレはしてないともう止まらなくなるもんだ。で、ここで大失敗をしでかす。

まわりを見渡して、一緒になりたいという心のきれいな女性を見つけるしかないな。お前ならできるから。え、誰も振り向いてもくれんってか。もう少しの辛抱だよ、今永くん。必ずきっかけが生まれるよ。

現在の世間は、科学やデジタルの才能に優れた若者がもてはやされている時代だけどな、君にはどっか感性豊かな面が見てとれるよ。そこに君が芸術性を求めたくなる原点があるんだろうな。

で、相談室主宰のKさん。そんな感想より、おれの知る業界情報、相談者の参考になるはずのものを言えってかい。じゃ。

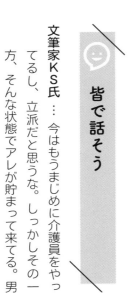

札幌には芸能事務所があるけど、知る限り東京でもどこでもさ、破産や休業が相次いでいるなぁ。今行っちゃだめな業界だろ。人気タレント所属事務所でも赤字続き。立て直しは聞いたことがない。時代のせいだ。これからはユーチューブとかの台頭になるのか、今はその過渡期なのかな。

A先輩…かつてのボスが君にぜひ復帰をと連絡してきたらしいけど、そん人はいくつ？ 60歳前かい。本当なら分別のつく年齢なんだけど。

劇団のボス猿、その主宰者さんはねぇ、演劇芸術をこよなく愛していると思います。そういえば副業、自前のバーを閉店すると夕刊紙に載せてたなぁ。KSおじよ、あの界隈で飲み屋の開け閉めなんてはさ、珍しくも何でもないだろう？ それを大げさに新聞にまで知らせて載っけてもらってる。

で、このボスのキャラにおれは心の病理性を感じるんだ。彼を高く評価する人は世に必ずいるさ、おれも地方文化の担い手と思うしさ。しっかし閉店を披露した経過から、彼は自前のことで騒ぎ過ぎなんだと思うな。

一方君は、しっかり3年間介護員をしてる。なのに君にまた復帰を促し、夜は寝袋にくるまって明日知らずの演劇をまた一緒にやろうなんて誘ってくるのは、おれはそれは悪魔の誘いだろうって感じてるんだけど。

俳人S嬢…介護にとどまるか、演劇に復帰するか迷っていらっしゃるんですね。今までの経験から、毎日、どう喰っていくか、職業の選択は大変だとあなたは考えている。

確かに問題ですけどねぇ、私には、あなたが「自由の獲得」問題というか、譲ることができない自身の魂の問題と思っているのかもねぇと見えてしまってますのよ。芸術的な見方で申し訳ないのですけど、今回の相談は「自分自身であろうとする」問いかけかもしれないってね。それで事が難しさを帯びてしまってるのよ。

でもここで、今永君に言いたいね。演劇に復帰したらねぇ、公園わきの劇団事務所で数人の芸術に志が高い仲間と、夜になれば寝袋で雑魚寝。寝袋には同僚の女性も入ってくる。そして朝方目が覚める。究極おひとりだし、お腹もすくし。そこで「自分自身に何も偽りのない生き方をしてるんだ」なんて感想をあなたが持てればいいんだけど。

そうは言ってもねぇ。そこでのあなたの言う「自分自身」って、いったい、なんなんでしょう。

第8話

空転青春

夜まで仕事が
伸びてしまって
介護にも記載ごとが多いね
いつものことだけど

誰が言ったか私を
「超勤常習犯（者）」
褒めてるんだかけなしてか
分からんけど

職員玄関前に
新型自販機が設置され
目立ったので
考えずにポカリを買う

え　さっき仕事場で
飲んだばっかり　かぁ
忘れてたよう
ははは　記憶喪失者だ

それにしても　何年経ても
介護仕事のイメージがわかない

ケアの心に　神はあるだろうか
これで毎日が同じように動く
だから5月の風に乗って
あすは私に　やって来るでしょ

相談

介護主任になりました。この4月からです。独身してるからでしょうね、独り身なら時間があるだろうとかが主任になった第一の理由と思います。

ええまず一つ目の悩みはね、部署は総勢10人か、そこに他の部には配属されていない新人ケアさんが4人も入りました。どうするの？　この見た目が典型的新人類が近頃の問題です。

二つ目の悩みが過疎の道東地区から札幌のこの大きな介護施設に就職できて、ここはもう都会で、なぜか自分の天下だと感じたんで、うれしくてその延長で猛烈に働きました。たくさんの職員がいるんで面白かったのもありまして。

ええしかし、仲間とはあんまり付き合いはせずにきた。こっちの負けん気が強く、同期の人って恋人ができたとか、働くことより男の話で一杯で、おまけにすぐに退職していく。彼らを横目で見ながら、でも私は負けない！　と、そう思ってきましたが、今27歳になり、ああこれまでの半生でのモーレツな働きは何だったのかなぁってね。

主任なんて肩書をもらっても、あっけらかんと気ままに動く新人さんを見ながら、反省っていうか、むなしく感じるようになりましてね。

遅いでしょう、花子さん、マキちゃん。それで、あたしはこのユトリロ会の話が大好きなの。どんなことでもいいからメッセージをあたしにください。

余話

最初の対話には、相談者の友紀さんが指名した花子女史と、マキさんの両名がなりまして。で、まずマキさんが口を開く。

「こんにちは友紀さん。ま、元気そうでしょ。いつも感じるの、介護員の相談者さんは、会ってみると思いのほか健康そうで、それほど悩んでそうには見えないのよ。友紀さん、今日はここで思いの丈をしゃべってくれたあとに、友紀さんにいい考えをユトリロ会で出しますから心配しないで。ねぇ花子姉さん」

「もしかして同じ仕事しててもさ、年齢かなぁ、疲れやすい、疲れが残るってなこと、多くなったんじゃないないの、友紀ちゃん。ええ、あたしはそれで参ってるんだ。それで聞くんだけど」

……わぁその通り、ご指摘そのままです、花子先生。そこにさ、大変な新人類が現れ、部長からじかに指導を仰せつかったわけ。「あのね、入社1か月経たず、ぷぃっていなくなる人がいる時代ですから、それは慎重に対応してくださいよ」とね。じゃ、自分でやれよと思ったんですが、そこはそこ。大きな社命を受けたと、あたし、心を切り替えました。

でもね案の定、Z世代だか何だか、彼女らは新聞テレビを見ないし、団体行動はまったくだめ。そんで新人教育をどうやっていけばが、今あたしの悩みの中心です。

そりゃ生まれ育った地区じゃ田舎祭りや行事もあって、乱雑な男女交際もそれなりにあったけど。とにかく仕事第一を盾に言う気はないのですけど、花子さんやマキちゃんの前ですし、今回は言わせてもらうわ。

具体的に言えばね、彼女ら4人はバラバラのキャラで行動も違うけど、もしかして共通点はある！　って、あたしすぐに見つけたンです。けど確信はできないの。それ以上にいろんなことをやるし言うしねぇ、もうあたしは対応、絶対にできっこないって、そんでここに来た。それでこれは会社にとっても大問題だしね。

ご存知のように施設、病院での介護はもう、1人ではできないようになってて、あるセットでメンバーを組んで実行するわけです。それがねぇ、彼女らは苦手で。聞いたら、出た高校は制服は勝手で、授業も出たり行かなかったりしてよかったそうですから。全部本当ではないでしょうけど、そんな気ままさが、許されてたのには驚いた。まるで自由学園出身者じゃないの。でしょ。

現在もそれの延長で、定時の午後5時半になると、セット介護がまだ残っていようが「じゃおつかれ」って帰るのよ。ま、なんてドライ。ひと月ちょっと観察して、あたしはこの人らと一緒に仕事はやっていけませんと実感したの。それを部長のとこに正式に言いに行く前に冷静になってね、ここんとこを説明する素案を作るつもりで来ました。

「第2の悩みに先にいこうかね。あなたは自他ともに認めるモーレツ介護員ですって？　すっごい人、感心しちゃうわ」マキさんが切り出す。

……それ、あたしが地方出身であることに因《もと》があります。自分はここでは学識が低いと見られがちな田舎の高校出ですから。

ええ、新人らは英会話ペラペラで、修学旅行はハワイだったそうで。あたしは介護資格は持っていますけど、その出身地は札幌から遠い、人口より馬や牛、それに羊の方が多い過疎の地なんです。そんな田舎で育って、そこの学校を出てきました。都会の人にコンプレックスをずっと持ってます。

でも変にキャラはまじめです。だって家族だけでなく、その地区の方もみんな真面目でしたから。ええ、貧乏でしたね。家の手伝いもするんで子供ながら自分の時間がなく、でも学校の勉強も合間をぬってわずか何とかしてきたんです。一生懸命じゃなくては一家が生きていけないところなンですわ。

それでね花子さん、今まで目にするのは、ほとんど家畜だったんですけど、都会に来るとね、何しろ動物じゃなく人間相手ですから、しゃべり合いができて、気持ち伝わるんです。うれしかったなぁ。

人間にじかに接する、しかもモノ売りの義務もなしの仕事でしょ、で、こんな面白い仕事はないってな気持ちになってしまい、7年間変わらず、「おお、ニーンツ介護員」ってあだ名がつくほど頑張りました。

え？ 普段、仕事以外にすることですか。休日はもっぱら、お琴とかほんの少々、自然が好きなんでお花を習いに行ったり。それにね、現実問題、都会出身の同僚に比べ、明らかに顔は可愛いなんて言われたことがなくて、むしろ田舎っぽい洗練されていない顔なんです。それに背も小さめだから、こちらに来てからの男関係は貧弱で、ほぼゼロでした。

仲間とは普段、それほどいい関係じゃなかった。だって最後、陰で当てつけを言いながら退職していく人もいたしなぁ。「あの人、モーレツ介護員を続けて、ここで出世したいんでしょ」と言ってるのを聞いて、ええそうよと居直って、でも身体的に次第に疲れてきているのは事実です。

ただ、ほんとにあたしの仕事ブリを上司の誰かが見てたんでしょうか。このあたしが主任になるなんてね、自分でもびっくりしてます。

「ねぇ友紀さん。今度の新人類さんのそんな特異なキャラは、出身学校からの事前情報がなかったのかしら。面接もあったし、上司はある程度分かっていたはずなのに、どうして友紀さんにばっか、こんな難しい情況がかぶさってきてしまってるのかな。やっぱ可哀想そうだ、会社の態度は変じゃない？」

……部長に抜擢されて主任になったわけですが、同じ日、4月新人事の発表で、教育指導係が発令されましてね。今まで士長だった方が今度副部長になり、その職になってる。あたしはその人の直接の部下だったから、この辺り、春の新年度人事には病院の思惑があるんじゃないかな。

そういえば任命の前、昨年末から今年の新年早々、まぁ部長からのいろんな介護系の研修会への出席指示がやたら多かったですね。幹部は現在の状況を、あらかじめ予想してたかのように今は感じてます。その点はうかつでしたね。

ねぇ花子先生、マキさん。あたし、お2人に話すことでもうかなり、相談前より気分がさわやかになってきたんで、こんな経験をしたことを語ってもいいですか。

でね、新人類は面白いところもあるのよ、見てて。「ここの主任とか士長さんってのは、働く私らの投票で決めることはできないんですね」とか言う。これまで学校の部活の指導教官を、部員の投票で決めてたって言うの、信任投票だと思うけど。わぁこれこそ究極の民主主義だ。彼らはすでにそれを実行してた。でもここじゃ勘弁してよ、早すぎるぞって思った。

それにさ、職場で昼食を食べようとはしないのね。売店でちょこっとパンを買ってヨーグルトを飲むだけ。あとはグミとガムを噛んでる。だから彼らは超スタイルがいい。

そのほか面白く感じたんはね、数人がかりでセット介助、入浴とか食事介助があるんだけどねぇ、「どうしてチップもらえないのかなぁ?」って平然と言うのよ、ま、驚いた。海外旅行してるんで、「外国じゃ小さくサービスしても、すぐに従業員がチップをもらえる。それをこの病院でもしたらいいのにね。それを足せばここの少ない基本給でも、何とかやっていけそうな気がする」ですって。若いのにそんな、人にもらうクセが強いわけ。

今はススキノでの夜遊びは全部男に払ってもらうんだと。普段の遊びに援助交際的考えが入っているんじゃないかな。ああ、話してて気がめいってきたわ。もうやめたいんだけど、常に彼らと付き合わざるを得ない立場になってしまってるあたしでねぇ。

花子先生も、一杯ある相談の中にはこんな話に乗るのはもう嫌だってな経験、もってるんでしょう。

「そうねぇ、会メンバーでは若いマキちゃんも、相談者との話し合いを途中放棄ってなことが多くなったよね。もう聞くに耐えないってことでしょ。え、あたしはにやにやしたり時に真顔を装って最後まで付き合うけど。これは性格もあるし、聞く側の年齢、年季の差じゃないのかな。でも、ずっと相手の言うこと、聞いているからってエラクはないし、単に聞き手の感性の薄さかもしれないしょ」

……あたし、やっぱ話したかっただけだったのかな。すっごく気分が楽になってきた。で、エピソードを披露して相談を終わりたい。それで結論になる気もするんで、もう少し聞いてほしい。

先日、朝から初夏のような暑い日、介護員は仕事で大汗をかいてぐしゃぐしゃ。ベテランが気を利かせて、病院から10分ほどのとこに大型銭湯ができたから、詰所費を使って行ってみようよって提案があってね。で、仕事終え全員出席よ。例の新人たちものこのこついて来た。

それで脱衣場で彼女ら、すっぽんぽんになるのよ。ほかにお客がいたし、若い体を見せたいってなモンじゃない、ただ羞恥心がほぼないのね。それを黙って見てたらサッと浴槽に一直線する。タオルを腰に巻いて入るのよ。タオルを入れるのは禁止と言っても、「テレビ番組ではみんなタオルを巻いて入るでしょ」って聞かないのよ。俳優のしてることがお手本で、それをマネしてるのね。

言葉だって普通語を、ほとんどけずって言う天才ですね。こんなふうに驚きがあり、恐ろしくすら感じるこの人種。行動、考え方に見境がないし、第一、介護組織の拠り所の、人のかかわりに関心がほぼないんだよ。そんで、やってることには万事気に入らないって感じながら、現在のあたしがいます。

皆で話そう

花子さん：…今回、彼女のお相手をしながらね、あたしはこう思ったのよ。この人は男の人によくあるタイプだって。負けん気が強い、男性なら学歴が低めのサラリーマン。もうバリバリ夜昼なく営業して、休日も取る気がない。一匹オオカミで、同期で一番早く係長になるタイプ。で、もっと大きな視野が必要な部長になってから仕事でつまずき、初めて深く悩むの、「俺の人生は、空しい」と。いるわよね。

　友紀さんはさ、主任への昇進を本心では「やった！」って喜んでいたんでしょ。人生トントン拍子だ。しかし告白してるけど、お体は健康ですが、やたらに劣等感を感じやすい人だからね。その返す刀で回りを見て、自分にあるものは？　ってフト冷静になっているところに、教育指導を任された新人類が来て、彼らはいろんなこと自由にやりまくるので、それがある程度刺激になったんですね。

　まぁ自分の努力で、負けん気で、その結果が昇進でしょう、あたしはこれもラッキーが続いただけと思うけど、友紀さんはこれで、仕事場ではどんなバリアだって超えられる自信があった。しかし彼ら新人類の存在を直視しなければならない主任になって、その自信がちょっと崩れかけた今、どうしたらって迷っているんでしょう。

小さい挫折感ですね、今は。劣等感、それは自分だけのもんなのに、それを持ち続ける人ってさぁ、たまたまうまくいくようになると今度は過ぎた優越感を持ってしまう、鼻もちならん人になることも多いよね。

俳人S嬢…引き続き、ある意味おんなの社会での成功者である友紀さんに一言言いたいわ。ホントは劣等感を感じやすいあなたが今回昇進して、そしてすぐに新人全員の指導係を仰せつかって。ここまでは、今までの懸命な努力が報われたと、わずかでも「うぬぼれ」が出てきたところだったのかなぁ。

でもしょうがないですよ。昇進で枠がったり、うぬぼれ気分になった。その反動で今度は落ち込んでしまっている。頑張る人にも山あり谷ありですから、かような気分にもなるもんですよ。ねぇKさん、男じゃこんな例はざらでしょう？　それが女子の世界でも起き始めているんですねぇ。

今度の新人さんらはまず、世間じゃいまだ勤めたくない、「ダサイ職業」である介護に来てくれた人たちなんですよ。モッチ私は世間のこの評価自体にハラが立ってますけど。ただねぇ、あなたはここで、プライベートでいいから、彼らに思いやりをあげなさい、最大限にね。そして夢叶わないとは思いますが、若い彼女らが今まで見たことがないような、職場のいろんな場面で仕事はバリバリ、でも実態は小粋で情緒的にすばらしい！　と思われる主任を目指すのはどうかしらねぇ。

　そう言うのはね、あなたはお若いから。ご自分では可愛くない顔して田舎丸出しの表情ごと思っているようですが、俳句なんかコネくり回して「何歳に見えるのかしら」って、まぁ恥ずかしいほど世俗的な我ら都会の女群に比べ、確かに仕事に邁進《まいしん》してる分、きびしいお顔されてます。

　でも同じく介護の道を外れることなく歩んでいるこのユトリロ会メンバーの介護員、花子、マキのコンビだってさ、普段万葉集なんぞを肩枕にしてのンベンだらりとやっている私なんかと比べようがないでしょう。

　介護をやっている女性はすべからく、表情が美しいのよ。友紀さんもその流れの女性で、その上あなたの、その「つら構え」。女子に使う言葉じゃないですが、間違いなくそれは道東地区の女性にしか生まれない、すごくイキイキした素敵な顔つきをされているのよ。

　でねぇ、あなたはもう大丈夫よ。小さいつまずきだもの、これまでの反省をちょコっとして、そんで明日から再出発ですよ。ええ、仕事だけでなく、女としても。素敵な男性に出会いたい希望、期待も捨てることなく、大いにやってみましょう。

文筆家ＫＳ氏…話に出てきた新人職員ならさ、おれだったら目の前でおかしいことやったら、その場で「退場！」って宣言して辞めてもらうがな。今の時代は、そんな乱暴はできないってか。思ったとおりですなぁ。今の会社運営、職員対応にはみんな苦労しますなぁ。

さぁ理屈一杯しゃべった花子君、S嬢。居酒屋に行こう行こう。今は春ニシンが出回っているんだ。小樽海岸では海流のせいで塩気が少なく、工場排水も出さなくなったせいか、ニシンが群来《くき》の毎日らしいぜ。で、おまけに安くておいしいんだ。今を逃しちゃいけねぇぞ。

なぁKさン。今回の相談話に最後までいてくれたみんなは普段、カツかつの生活。S嬢は年金生活してるってかい。飲む金、遊びのための予算は持ってないからねぇ、どうか勘弁してやってくれ。そんで今晩も勘定のほうを任せます。

第9話

因果の鎖

正直不動産屋が
はやっていると
その事実に春先　出会った

病院職員として苦労して働き
私の若さは　エネルギーは
もうこれまでと悟った時だった

ひどく格安な土地家屋を
我ら若者に提示して
同時に大変な物件との
情報も流してくれて

ブラック極まりない
情報があったとしても
そのままそのまま
知らんふりしよう

これで我ら2人は
見事なまでの
しあわせのベースキャンプを
持つことができる見通しなのさ

相談

ついに病院のリハビリ部門の副主任になりました。7年半ものハードな勤務の末です。ずっと実家から通ってます。ええ、生まれも育ちもこの地ですから。

そして、勤めてから次第に仲が深まったのが今の彼です。彼はこのリハビリ部門全体の独身女性から憧れられるタイプの男性で、私も出会って初めてしゃべった時から、ああこの人と一緒になりたい、そう思っていたんです。彼も遅い昇進ですけど、この春に指導員になりました。

2人とも昇進し管理者になったので、それじゃと一緒になる話が具体的になっています。現在、彼は小さな民間アパートに住んでいますけど、これからの住まい問題になってきて、彼が「どうせなら家を新築したい」と言うのです。夢をいよいよ実行すると、私に比べて一層その気分が高まっているんですわ。しかし具体的に価格をきくと、我ら若き庶民には高すぎる。

その矢先、お得情報があると不動産会社から連絡がありまして。なんと地価が周りと比べて半分だと。やっぱこれを渡りに船、チャンスとして、つかもうとするべきでしょうか。私には今ひとつ不安がよぎるんです。

（26歳　理学療法士・女性）

余話

相談者の横倉さんとの最初の対話は、B女史が担当しました。

「よく来ましたね。この手の話なら、ご両親との相談が一番適当かなって、私はそう思ったんですけど」

……やっぱそうですよね。B先生もそうおっしゃいますか。ただまだ、我らは正式な夫婦の約束の話を双方の親にはしておりませんしね、親には言っていないことが一杯残っているんですわ。

それで彼の方が若くしてリーダー職に、私も部署の副主任になりまして、2人そろっていい運が足もとに到来したようなもんで。それに輪をかけて、それほど現実感のなかったところに地代が安い住居の件が目前にあり、夢の新婚での新築住宅の話がトントン拍子に進んでしまったわけ。町の不動産屋さんも積極的に進めてくるもんですから。

「それはとてもいいことよ。運気に乗ることですから、私らもそう思うわよ」

……ホントは、彼の方の夢なんですわ、B先生。彼は夢を語るのが趣味。目的に向かって突き進む。それはすっごいです。果敢な男性で、私を引っ張ってくれる。ま、格好いいんです。サラにこの数年、遊びらしい遊び、旅行もせず、まぁ無駄な支出は一銭もしていないんですよ、見事なくらい。毎日病院の食事で済ましていて、それを見かねて、私が食事に誘ったことが最初で、私ら2人の関係が深まったってなわけです。

彼の実家は遠い日本海の地ですので、彼は滅多に帰らない。豊かでない暮らしをしているので、彼は今まで金銭面で実家に頼ってきていないんです。学院時代から彼は何でも自活してたようで、私のように実家で生活の不自由をせずやってきた者から見れば、すっごい自立した人です。

それが最近、家が手に入る可能性がちょっと浮かんだら、すぐ本格的に新築の家の間取り、キッチンや居間、寝室を、このひと夏かけて毎晩自ら勉強して設計し始めましてね。先日でき上がったんですわ。

「まあま、彼の無駄のない動きは素晴らしいわねぇ。けどその分だけ、あなたの不安もつのるってなわけなのね」

……先生、そうなんです。実はここに来た最大のわけですが、不動産屋の若い方が言うには、正直なことを話すと「物件は今はサラ地になっているが、かつてここに住んでいた方が悲惨な死に方をしたらしい」と、それだけ、我ら2人にしゃべってくれまして。ええ、私は驚いちゃってねぇ。彼は黙りこくっていました。その後も、動きや発言はずっとありません。

でも、女の私は動きました。お恥ずかしいですが、まず知り合いの占い師のとこに行きました。それも2軒。ま、所詮は八卦ですけど。それが双方から、我らの家を建てようとする土地は家相運気が悪い、と宣言されました。特に、恋愛運で当たるとうちの職員間でうわさの方は、間取り、それも寝室の方角がよくないと言うのです。

最後に言いづらそうに「地代が高くても別のところに決めることを勧めますね」と言われました。彼にそれを告げると、占いなんぞと全く意に介さない態度です。ほんとどうしたらいいのか分からなくなって。私の力じゃ現状をどうしようもできないと落ち込んでいます。

皆で話そう

文筆家ＫＳ氏…相談者は28歳で夫になる男性は29歳かい。若いけど君らは立派だね。一緒になり、家を新築する意欲があるなんて。辛抱してお金を貯めてきた男性も大したもんだ。現代のしっかりした立派な若者の代表じゃないかい、君らカップルは。

それで相談は女性からで、資金不足で二の足を踏んでいるところに、ひょいと格安物件があって、じゃあと彼が練りに練ったハウスの設計図を作ってみたら、今度はその方角が悪いと占われた。

相談者の女性は疲れてるな。まず一番にここで休養を取った方がいいよ。もっち有給でね。眠っておいしいものを食べてさ、そうすると活力がもりもり出るから、それからだよ、問題解決に取り組むのはな。

こんなことを言うのは、おれにとっては2人して悩むことはないと思う件だからさ。なんもさ、彼の素人設計図を破棄してさ、この際、その道のプロの設計士に任せるんだよ。いくつか案を作ってもらって、これから2人でどれにしようかと楽しい話し合いをして決めればいいしょ。え、違う？　そんンな簡単なことじゃないって言うのかい、花子さん。

花子さん…ええ、横倉さんが家を建築予定のとこは格安なサラ地らしいけど、「事実は小説より奇なり」のいわくつきの土地で、ご近所じゃもう知られてしまっている。そんなうわさの場所は、人口密度が高いとこに暮らしているとざらですけど。

でね、基本は気にしない言々の考えがある一方で、そんなとこに長く住めばいずれ不幸が来て、長い平安を担保できないという考えも根強くあるの。いわくつきの土地って、省みるとねぇ、そこに住む方の悲しい出発地になっていたとの話をよく聞くわ。あたしもそう感じてますの。


俳人S嬢… 花子さんの話に続きます。

よくここに来ていただいたわ。一緒になるおふたりにとり、大事な人生選択の問いだと思ってます。

その根拠は、まず世間で最近はバカにされる一方の方角方位の考えや歴《コヨミ》判定。これら種々の占いごとはね、たいていはないがしろにすると、若い方だけでなくどの世代の人もね、大きな失敗に絡んでしまうもんなんです。平たく言えば昔々からある占いはね、大事に扱っていただきたいのよ。日本じゃ庶民の間に長ーく続いているんですから。

意を決して横倉さんが占い場に行くとなると、そこでは常識的な世間の枠組を溶かすような、なんとも言えない迫力で迫って来るでしょ。地下街の占いさんでも熱く人の相談に応じる。

彼や彼女らは勉強していて、この問題は最終こうなるはずと絶対的な確信を持って宣告します。実際は当たるも当たらぬも八卦ですけどね。前置き、長くなりましたがね、それに準じて自論を語らせてもらいます。

現代家屋はそりゃコンクリートに囲まれるしかないですよ。それこそ周りには緑なぞないし、周りの道もアスファルト舗装でしょう。自然音が聞こえる環境なんかに庶民が住むことはない。そんな時代にいるんです。しょうがないことですが。

で、現実的なことを言えば、今度購入予定保浦の土地は、それほど昔ではない時に、そこで悲惨なことがあったんでしょう。それは個人問題で片づけられていますが、しかし以前にそこに住んでいた方々が、心と体が落着かない環境であったことは、推論ですけど、見逃せない気がいたしますのよ、私。これが見えにくい「因果の法則」なんです。

その点を気にしてくれそうなあなたが、今度彼を説得して設計変更をしてもらい、それがスムーズにいかない時はさらに積極的に、別の土地を探しましょうよと提案してほしいんです。今回は無理はしない。つまり新居作りは一旦計画中止、延期の方針に変えていただくのがベストだと。それが私の考えです。

家を作るのも転居することもね、そのつどの家庭の事情で簡単に変わるものなんです。少しでも気になる点があるなら、ためらわずに計画変更があってしかるべきですわ。

ええ、KSおじさん？ もっと私が言いたいことだありそうだってですか。さすが鋭いですねぇ。あります。

私が横倉さんに少しでも考えてほしいのは、どうかこれからは体だけじゃなくて、あなたら夫婦の精神が安らぎを得る気持ちになり易いところに家を求めてほしいということで。希望ですけど。言いすぎちゃってすみませんねぇ。

第10話

金銭の束縛を逃れて

ここで働いていて
おもしろいよぉ
ケア職員さんですよ

もう珍しくて
いつも新鮮でね
驚きの連続なんだ

え？　感じるとこを
言えって言うんですか
そうねぇ

介護の世界は
やっぱ楽だよってな
とこだな

あんまり「やる気」は
要らん職場だからね

中には少しずつ
深い味を出す
おばさんケアも多い

だんだん飽きてしまって
逃げ出すことしか
考えない男子もいる

で　実入りが少ないのは
大欠点な職業だなぁ
都会人なら勤まらないしょ
さて　俺は……

相談

病院でクラーク、医療職のサポートから病棟の雑務雑用までをうけたまわる仕事に就き始めました。ええ、33歳という微妙な年齢で独り身です。事情があるんです。

病棟でのよろずの下作業が中心で、例えば重量が大きい医療用の器具、製品が毎日のようにあるわけですが、それを病棟に出し入れする。そんで勤務中はほとんど休む暇がありませんけど、単純なもんばかりなので、そのことは我慢して働いています。

この仕事に行き着いたわけは、60代半ばでオヤジが重症の脳卒中になってしまい、最期の1年は寝たきりで、この病院の療養病棟でずっと看てもらったからです。

そんでこれから先、俺はどうやろうかと考え中です。地元の友達がいろいろ誘ってくれるし、耳あたりのいい話も持ってきますが、正直、今一つ信用できないんだ。それでかえって混乱してきている。で、曲がりなりにも病院クラークをしてるんで、介護員相談室の先生、俺の相談にものってもらえませんか。

（29歳　男性）

余話

またまた相談の初回は、花子さんが対応することになりました。相談者の東さんは、見た目はやっぱ芸人風というか、お水系に花子さんには見えました。背丈がね、１８０センチもあるし、でも細身でロングヘア。「あれ！　あなたヤングマンを歌っていた青春歌手に似てるわねぇ」と（スターのおうら？　も持ってるし）と思わず言ってしまい、それから彼に謝りました。

「今考えていること、できるだけ正直にしゃべってみてくれませんか？　東さん」

……ええ。わかりました。古里《くに》に帰ってから、毎日のように地元の友人らが遊びに誘ってくれる。でも俺は彼らが昔の奴らじゃない、大きな変化を見てしまった。だからウソばっか付いているような気がしてる。

中でも1人はこれまでの仕事を全部やめて、もう資産運用一本でやってるっていうンダな。近く、地元で小さいけど会社を立てて、バイト人材斡旋をしたいそうで。嫁さんももらい、家も持ち、楽しい生活をしているって事情を俺に話すわけさ。

俺はやつと違って、早くにこの地に見切りをつけたクチさ。高校を出たらすぐ兄貴を頼って東京へ行った。失敗だった。ええ、5歳上の兄貴は中学時代からバンドを組んでいて、俺は兄貴の命令で下手くそのドラムを担当してた。せいぜい学校の文化祭で演奏した程度ですけど。兄貴は才能があるらしく、東京で歌手のバックを務めて喰っていたんで、俺もそこで修業するつもりだったんだ。

しかし直後、コロナのせいで音楽活動ができない状態になって。兄貴は結婚して子供もいるのに仕事なしになってしまい、これで住まいや食事を頼るわけにいかず、こっちは、以来寝るところにも事欠く始末さ。どうしようもなく、ついサラ金に手を出してしまい、手当たり次第にバイトをやったけど運からも見放されて、むしろ負債を作ることになってさ。街金にしつこく追われ、泣く泣く親を頼って8年ぶりに地元に戻って来たわけなんだ。

「現在の心境は、自分で表現したらどうなるかしら」

……花子先生、それは「どんな仕事も運がなければ金は入らない」。期待を持って都会に出たのに世にそっぽを向かれてしまい、逆に大きな借金を持つ身になって古里《くに》に帰った。若き失敗者だな、俺は。でもそん時、オヤジと一緒になって金をもうけて、きれいさっぱり返す約束をしたのよ。オヤジも許してくれてね、で、それから一緒に働いてきたのに。その半年後よ、オヤジは卒中に当たり、寝た切りになってしまった。ああ次々にうまくいかない。どうやって借金生活から抜け出そうかと思っている矢先、あの高校時代の友人が再びひょっこり現れてさ。

「その地元の友人って、あやしいわね」

……ただね、オヤジが倒れてどうしたらと迷っている時、俺を遊びに誘ってくれて、慰めてくれた。ありがたかったよ。ただ花子先生が言うように、しばらくして彼が、この街で有名なウソつきって言われているってうわさを聞いてね。

そいつは上着を脱ぐと筋骨がすごくて、ドしてと聞くと、「アイスホッケーの全日本選手を育てる私設チームのヘッドコーチをしてきた」と言う。でも、その話は地域事情でそのチーム自体が消えてしまったそうで。でも、彼が街で生粋のホラ吹きと呼ばれるキッカけが、それだったらしいなぁ。それ、彼の勝手な妄想で、全く具体性がなかったというんだからね。

その彼から俺は、遊んでいる時に「大層金になる話がある」ともちかけられた。ここから車で2時間かかる町から、日高山脈を3時間かけて山に入ればダムがある。そのダムの再建工事現場で春からひと冬過ごせば、お前の借りた金は十分返せると、彼はマジな顔をして言い放ったんだ。

俺は当時、パチンコ店で住み込みをしながら、焼き肉店の店員としても超忙しく働いていた。オヤジがぶっ倒れたんで、そうするしかなかったんだ。

「あなたは背に腹は代えられないと、その山奥の工事現場に行ったわけね」

……そう、心はむりむり。彼は建設会社から俺の紹介料を先にもらっていたらしく、執拗に頼んでくる。見に行くだけでいいと言われ、それに俺も街で死ぬほど働いてたきたけどラチが明かないから、じゃひと月、ここで仮働きしようかと思ってね。

でもそこはケガや病気が当たり前の、最悪のところだった。山奥だからか早めに対応しようとしないから、集まった人もそれをきっかけに逃散。闇夜に消える。兄貴らが昔歌ってた刹那《せつな》的なロックを叫びたくなる世界だったねぇ。

「まあ。うわさに聞く現代版〈たこ部屋〉ね、そこは」

……その現場から俺を助け出してくれたのは、意外にも入院しているオヤジの病院からの連絡だった。容態が悪化するとしょっちゅう携帯がなるのよ。こんな奥深いとこによく、そしてこんな時間にかいと思ってたけど、考えれば相手にこちらは見えないからなぁ。「病院ですけど、お父様の容態が今朝から悪くなりましてね」、電話の向こうの看護師の語りはていねい。できれば数日内にいらしてほしいと。

こんなことが繰り返され、でもすぐに帰るわけにはいかないからしょうがなく、あの「ウソつきホラ男」の友人にさ、俺の代理で病院へ行ってもらってた。けど何度目かに現場の親方にさ、「オヤジのそばで最後の介護、親孝行をしようと決心した」と告げたらあっさり了解してくれて、山を下りることができたんだ。

しかし金づるは途絶えた。冬が来る前まで半年頑張ったけどね。ケガせず病気にもならずに、よくやってこれた、奇跡だな。食事の世話をする飯場のおばさんがいい人で、力仕事に慣れない俺に目をかけてくれた。それで続いたわけさ。

「東君の話は面白かったけど、この辺で相談内容と結びつけようか」

……病院に行ってみて、オヤジの容態が悪化してることはよくわかった。それで山を下りたことだし、支払いをきれいにしてしまおうと、ダム工事で稼いだ金、現金の札束だよ、それを丸ごと持って病院会計に行くとさ、支払い額が変なんだよ。それが分かってね。

あの友人を頼ったこっちが悪かったんだけど、ヤツが俺のもう一つの口座から勝手に金を引き出していたんだ。それも倍くらい大目に。入院にかかる細々した費用なんだけど、俺の管理がおおざっぱだったせいで、もう確かめようがない。俺は彼の言いなりの額を、その都度送っていたんだ。

それにダム現場での収入は、町のバイトに比べ桁外れによかったけどさ、実は半分くらい紹介者のヤツの懐に消えてたらしい。回収はもう諦めてるけど。

そんなわけで俺は相変わらず、一日でも支払日に返済が滞ると、街金から執拗に迫られる身です。

ただねぇ、町に戻った結果、俺の目の届くところにオヤジがいたから、危篤の知らせをもらった俺がすぐ駆けつけることができたんだよ。

今はさ、借金以上に仕事とは、が分からんくなってて。喰っていくにはどんな仕事につけばいいのか。やっぱヤツのやってる投資か？　手っ取り早く相談室の先生らに教えてほしいんだ。

そうそう今、とりあえず地味な仕事を病院でやってるけど、そのわけは病院の玄関で〈クラークさん募集！　壮健な青年を望む〉って貼り紙を見てさ、この町でどんな仕事で喰っていこう、でももう口がうまい友人には頼らないぞと思っていたんで、つい申し込んでしまったんだ。

したら力持ちが必要とのことで病院から喜ばれてね、この話に乗ってしまったわけ。「亡くなったお父サンも喜んでいるわよ」って仲間にも言われるしね。
そんでこの4か月、病院で働いてみて、これまでとは違った感想が出てくるんだわ。病院といえばさ、救急部で命を救う、医師や看護師たちの全力行動が今までの俺のイメージだったんだけど、このリハビリ病院じゃ、いろんな職種の人が患者さんを中心に共同作業をして、その時々で内容に適した職種の人が先頭でやってるんだもんな。

ああ音楽でいえばさ、これは間違いなくジャズだ。それぞれ演奏者が感じたモンを表現してひとつの曲を作っていく。だからクラークなんて院内での役割はさ、底辺かと思ってたけど、それほど低いと今は自分は思っていない。

でさ、話は戻って累積借金なんだけど、不思議だ。月々減っていくんだ。まず山にこもって半分に減ってさ、さらに安い給与のクラークしてさ、なのに思ったより借金は減る。あいつが俺の山での収入からくすねた横領分は帰らないけどさ、それを考えたら腹が立つけど、もういいや、話し合ってもラチがあかん。ヤツともう付き合わないって悟ったし。

でもこの病院で働きはじめてから、確実に借金が減ってる。月々細々金融会社に返してるからか。これ、おかしくないかい。

皆で話そう

文筆家KS氏：おれにこんな件でものを言わしちゃいけない、単純頭だからさ。お金に詳しいA先輩よ、世は株価が上がり放題で、これを機に国が音頭をとって長期資産運用を勧めてるんだろ。この人のように金が足りん、もっと金を！　と切実に願っている人にとり、やっぱ株、土地建物売買なんか、やり方次第で大儲けできるもんなのかい？

おれの知り合い、遠い親戚で律儀に年賀状をくれる証券会社勤めがいるンだけど、俳優や有名歌手と一緒に笑ってるとこをカラー写真にして送ってくる。ま、それを見るたびに経済重視時代で都会生活真っ只中を歩んで大儲けしてる野郎がいるんだなぁと思う。やつは経済面のテレビにも出たことがあるし。

ただなぁ、ハガキ何十年もらっていてもさ、彼に一度たりとも尊敬、リスペクトを送りたい気分になれないんだ。これ、おれの貧乏人のひがみ根性かい？

俳人S嬢…このままじゃ、話し合いがつまらない現代の貧困問題で終わっちゃうことになりませんかねぇ。私は資産運用音痴のまま初老になり、たぶんこの後も経済については何も知らずで死んでいく。こんなおんなが東君にしゃべります。

今度、偶然でも「医療・介護系のお仕事」をし始めて、相談室の男性諸氏はこぞって、これで借金も減るし、地元のほラ男とも関係なく生きていけてよかったとほめるかもしれません。でも私は、今回の話の主役が若い男性であることを忘れてませんの。この点でやっぱ東君にいらだつのよ。

花子さんが最初の対面での印象で君のこと、「ま、かっこいい！」と思ったらしいわね。かような見た目がいい男性はさ、女子からもらい慣れする子が多いわ。あなたにはホントにそれがないのね、不思議だなぁ。工事現場で飯場のおばはんが親切にしてくれたくらいですか。それ、やっぱ問題じゃない。まるで3枚目じゃありませんの。あなたが女子には興味なし！　ならそれはそれでいいんですけど。

仕事のやりがい、生きがいについては、やっぱ千人千様ですけど、事は急ぎませんが、どうしたらと考える段階にあなたはいますよ。私ら初老のモンが実行してる健康法には、「医者でもそん時そん時で言うことが変わる。だから自分の頭に浮かんだ方法で養生する」というういいものがあります。で、これが若くして地元で生活していきたい方だとまず「自分の生きたいように生きる」。

これは女子にとっては最近手にした発想なんですが、男子はどうなのでしょう。生きたいようにやる男性は、世間で死屍累々になっているなぁと私にはそう見えますの。ヤッパ悲惨よね、これは。

確かに一部男性の活躍は経済面で目覚ましいけど、この辺で私は、これまで自分の発想で苦労ばかり重ねて来た東君には、もう一段賢く生きませんかと提案しますわ。それには、ある程度しっかりした土台を築いてる会社で、その社長につき従ってやっていくしかないでしょう。まぁ土下座就職で、へいこら社員になることかなぁ。

つまり、「生きたいように生きる」方針を一時収めておいてほしいの。稼ぎを第一に思い、いずれは日が当たる生き方を目指す。癖のある言い方になりますが、「2枚目なのに

3枚目でいい」を意識しながらやっていけばね、あなたは女性に好かれる、楽しいしっかりした生き方をスタートできるかなって思いますの。

え、それはどっから注入した考えだ、教えろって言うんですか、KSおじさん。ご明察通りで、「源氏物語」からのものです。さぁ私は出典までさらしたのよ、今回は。K主宰もKSおじさんも、今日は若いイケメン東君になりかわって、私に食事なり飲み物なりで、特別サービスをしていただきたいわね。

閑話「本が売れない季節が続く」

ずっとである。

その気節の中で当方も完全に流され、売れない出版を繰り返す著者になって、はや10年になる。ただの1回も2刷がないんです。物書きに家庭や奥さんがいれば、崩壊家族ですっぐ離婚される。でも当方は何とか医業をしているから、その余技で本を出してきた。よく書いてきたと褒める部分はあるけれど、当方の癖でちょっとでも描く際に生じるストレスを感じたら、書くのをストップしてそのままにする。

そこに同業の、しかし名のある読者様から手紙をいただいた。何でも同業のせいか、苦労しないで我が住所宛名を知り手紙をしたためたという。

内容は普通の読者感想文である。契機は面白いかな。飛行機に飛び乗って九州の宮崎にある学会へ出張する際、出発便の待機時間に空港商店街にある小書店で目がとまり、我が本を買ったそうで。羽田で乗り換えがあるし、旅行移動時間を持て余すのもなんだから、気軽に読もうとして買ったと記されている。

それをめくっていて、その道内の病院経営者の男性の言うには、自分は物事を上から目線でつかみ取ることで病院をやってきたので、今回もその手法ですが、あなたが書いた本はすでに〈終わったことしか書かれていない〉。

周りの介護をなす人が今しがた、仕事するうえで悩んでいる。それに少しでも助けを出すには、この本はもう遅すぎで役立たないいしろモンじゃないかと。この本は介護系職員さんの希望の終わりが延々と書かれていると記載されていました。

そうですか。その読後感想へ当方の反応は。読者様がそう思われたのでしたら受け入れるしかありません。全面的に受け入れる気分にはなれませんが。それよりも、書店で目をとめてくれたんですか。札幌の名だたる本屋、大型書店も閉店していく時代に、新千歳空港には書店が残っていたんですね。

そこで有識者のあなたに偶然のように手にしてもらい、飛行機に乗っている時に読んでいただき、そしてお手数にも当方に感想文を送っていただいた。もう感謝しかありません。

当方は、この1通の手紙をつまらん！　と吐き捨てることなく、彼のメッセージにかねてからのこちらの創作命題、「今、介護組織で見慣れた風景を、この相談話を通して、お悩み職員が明日から見る景色を変えることができるのか」についてまで、忠告的なささやきを感じてしまったわけで。

それにしてもなんという偶然、転機でしょうか。当方はこれを機に介護系職員さん全部を話の主役にし、伝えたい悩みや問題を、そのままここに形にして提供してみようと思ったのでした。で、今回は組織で上位にいる理事長、会長さん、院長や施設長さんからの相談が始まります。もっち、すそ野には一杯のエッセンシャルワーカーさんがいるのは今まで通りですけど。この本の主演者が、脇役から主客に代わる化学変化を考えてしまいました。

ほぼ一瞬でしたね。編集者に黙って今回から方向転換しました。会のメンバーにこの件をぼそぼそ当方が話しますとね。仲間は「実は俺はさ、こんな名のある運営者から直接相談事をいただいたことがあるぜ」とか、次いで名を伏せますけど、と、やはり運営に関しては介護病院で地位を持つ女性から「少しお知恵がほしい、よろしいかしら」と、控えめで切実な悩みの申し出が最近よくあるわと。でもここじゃ対象はケアさんですから、ずっとこちらも手も口も出さずに黙り通してきたんですよと。

これで決まり！ です。多分、ＳＮＳでは守秘されない可能性が大きいからでしょう。当方はかように先の介護組織運営者から読後感想をいただいて、舞い上がって過剰反応を起こしていただけでしたが、当会にかような変革のキッカけをいただいて感謝しています。

それでこれから記す内容は「介護員詩誌」のままですが、対象が医療者全体に広がり、医師、ナース、リハ職、検査技師連の全ての医療系事務職員、その他の話題にいたしましたので、よろしくご了解ください。

第11話
研修医の条件

地元普通高校から
代々医学と無縁の人種が
平気で地区にある医学部に

今がその最盛期で
俺らたくさんの普通の人が
医者になろうとしてる

あ　ここで言うことは
文字通り　事実バッカ
俺の研修してる病院物語は

もう野蛮で世の調和からほど遠い

患者の急変や緊急入院の連続で
寝る暇もなく朝が来て日が明け
も少し冷静になれば
不安な感情を抑えることが
できそうな日もくるかなと

この場所を信じよう
希望を持とう
そして美しいモノを知ろうと

一瞬　思うんだけど
すぐにもう　恐ろしいものが
ベッド脇に立っている気がするのさ

相談

地方病院で初期医学研修をしている30代寸前の医師です。世間も病院も、俺には明るい未来があると何となく信じており、俺の考えているところなんか考慮してくれたことがない。でもさ、こっちには積年の悩みがあり、最近じゃどんどん増えていくんで不安になってきましてね。

この辺で相談を送り、一部でも解消したい気分です。ご助力や協力をお願いします。

余話

相談室での最初の面談は、マキさんが対応しました。

若きドクターがここに来て相談しようとしている。相談室ユトリロ会が開かれて初めてのことじゃないかな。同年代だけど、こっちは介護員の身分。いつものガサツなあたしの対応でいいかしら？　とマキさんは真っ先に感じたのですけど、そんなことは考えなくていいと先輩花子さんに後押しされたし。

会の主宰者のK先生は一応ドクターなんだし、一医師だからなんだっての気配りはさ、もうやめにしよう」と言う。確かに会のメンバーがこんなミーハーな発想を持っちゃ、つまらんお答えしかできないしねぇと思いながら、それでマキさんは容赦ない問いで口を開く。

「ここの相談室は本来、恵まれないワーカーの力になりたいと開かれた相談室なのよ。分かってます？」

……もちろん。このユトリロ会の発信を何回か見て読んでさ、いつも面白い回答をするんで俺は気に入ってるの。で、こんな言葉使いでいいかな。そうですか。

マキさんはじめここのメンバーさんは、それぞれ言うことに味があるっていうか、俺は感心してきた。それよりも、あの、本来介護員さんのお悩みで会は一杯だとお聞きしてさ、そんで時間的に難しい状況なら俺のはスルーしても構わないと思っていたのに、今度採用されたんでラッキーと思ってるんだ。

で、俺の働く病棟にも介護員さん、看護師さんがいて、みんな厳しい職種だってことはよっく分かってます。俺は今、研修中で、まず院内では半人前扱いです。当然です。それをベースにさ、毎日の病院生活で様々のことが起きててね。え？　四の五の言わずにあなたのご相談を言ってみてくださいってですか。それはまた厳しいな。

まずレジデントの俺の生活はさ、まずもって給与が低いんだよ。昨年結婚した奥さんも医師で、札幌の総合病院でレジデントをしてますが、互いに忙しいし、休日は近くの病院から依頼される当直業務があって。もう俺ら夫婦は、この冬は3か月間まったく休みのない日々。つまり丸一日2人でいられた日はゼロでしたよ。記録的だなぁ。

え？　その結果ですか。言っちゃっていいかな、マキさん聞いてくれます？　そのせいかどうか自分でも分からんけど、実は俺はこの病院の病棟ナースさんが好きになってしまって。ええ、深刻に悩んではいないけど。

相手は36歳。少し年上。まずきれいなんだな。職場では清楚で、この点じゃ俺の妻よりもさ。おまけに誰にも優しくて真面目です。患者様からも職員みんなからもダントツで好かれてる、彼女は。小学3年生のお嬢さんがいるらしくて、母親らしく心が広い。俺はもうイチコロの寸前なんだ。

同じ病棟にいるからどんどん彼女に心が傾く一方で、このままあと1年も研修を続けることになれば、俺は既婚ナースの彼女についに恋愛してしまいそうです。ええ、向こうも満更でもない様子が分かるし。

この間、職場での集まりがあって出席したら、向こうが「もしか、先生は今日は来られないかもって心配してたんですよ」そう言いながら大胆にも平気で俺の隣に座るので、俺を好きなんだなぁって知ってさ、嬉しくなって相思相愛かなぁって思ってます。

そんな事始めがあって、しかし連日診療で大忙しのなか、今度は研修の一環として、秋の地方会での病棟患者様の症例報告を大学医局から指示されてさ。それで病棟での滞在時間はどんどん長くなって、毎日夜8時近くなるの。

気がついたら彼女も夜勤してることがあって、互いに顔を合わせて、あら！ってなわけで。その症例の症状をこっちから聞いたりして、さらに彼女の休憩時間に持参のおやつをいただいたりして、それでこっちから家庭のこと、向こうも家事情をぽつりぽつりしゃべるわけ。

そうそ。最近は近い将来についても話すんだ、彼女もね。あれはめったにないことだよ。だって相手の話は旦那抜きの将来の話なんだからな。

こっちがいずれ10年以内に地方で、そうね、今は牧場になってる土地を購入し、そこにクリニックや施設の総合医療介護リハビリ組織を開業する計画、夢だけどね、それをついしゃべってしまったんだ。そしたらさ、今度は彼女がお返しに、娘は絵を描くことが好きで才能があるんで、高校になったら早速札幌の専門学校に行かせたいと。自分も近くで看護師を続けて、子供のサポートをしたいと語るんだな。え？ それじゃ旦那様との別れが前提じゃないかと気がついたんだけど、俺は言わなかった。

そんな夜の病棟でのおしゃべりが月に2、3度あったか、周りもあんたら2人、息が合ってません？ と気がつき始めているらしくて、小さなうわさが上がってきた。

そんな時、外から見ればねぇ、あの人は子持ちの立派なナースをしているいい奥さんだし、こっちもここから1時間の札幌に新婚の妻がいるんですよ。それもさ、妻はもう嫉妬深くて怒りっぽいんでね、浮気なんてできるわけないでしょと笑って返して、それで互いにごまかしている。

彼女の旦那さンは本社が名古屋にある大手自動車ディーラーらしくて金回りもいい。しかし、ちょこちょこ話すとどうも旦那さんに満足していない様子がありありで。

そりゃこのリハビリ病院では、救命病院で生命は保てたけど、大きな後遺症を持つケースの患者様ばっかおられて、ここでのリハビリ目的で長期入院している。そんなわけで、ここで活動するナースさんは、お金では換算できない、真心を込めたいい仕事をしていると俺は思っているんだ。

そうねぇ、テレビのドキュメンタリー番組に出てくるような人が彼女だなぁ。それでねぇ……。

「あんたら真面目な人なんだねぇ。ああ、病棟で発生しかけているW不倫が今日のテーマですね。でもなぜか医療関係者じゃ珍しくないでしょ」とマキさんは言い、さらに「ここじゃ、男も女も仕事漬けになりやすいし。まぁ患者様第一の熱心な人がたくさんいるってわけかな。あたしはこれ、仕事中毒なんだと解釈してるけど。

だって家族持ちのナースが、家に帰る時間なんか考えないで仕事し続けることがあるんでしょ。目の前にいくらでもワークがあるんだから。もしそれが習慣になって超勤や夜勤が多くなっても、体さえ続けば収入も増えるというメリットもあるしねぇ。周りが黙っていたら、半年近くこんなスタイルで働き続けた看護師を見たことがあるわ。ま、真面目な人でしたわよ。

けど1年は保たない。結局うつ病になって精神科通い。で病院を辞めていく。だから周りの師長らの気配りは大切よう。「あの人を見てちょうだい、働きっ放し」だなんて、周囲におだてる言葉を言うとダメになるの。沢永さんの好きなナースは、その手前じゃないのかな。

でさ、それより決定的なというか、2人だけの事件、思い出があるでしょ。それ聞きたい」

……マキさん、マキちゃん。まず俺はあン人とは、あれはしてないから。一緒にホテルなんて行っていないし、ずっときれいな仲なんだ。

彼女は俺が症例レポートづくりをしている経過を、静かに見守ってくれてる。何と言ってもここじゃ指導医はハッキリしてないんだ。大学医局の先輩と週1回スマホで交通するだけでやってて、よその研修施設に比べて指導体制が手薄なんだよ。そんでさ、代わりに論文もたくさん読まなきゃならんの。それを駆使して症例を外に出す、生きたケースにする、これが医学なんだ。これは大変だぞってこの病院ではじめて分かってきた。

今までの学生時代のような暗記一辺倒の勉強じゃない。それで論文の中核、「考察項目」に入ってからつまずき始め、自分は地頭が悪いぞって悟ったのは、この頃よ。

発表まで2か月を切って、しっかしそんな時に限って、朝からまず職員と自分のコロナウイルスのワクチン接種をしてから、急患や対応が難しい入院ケースを俺が引き受けなきゃならん羽目になり、当直もあてられてるし。もうどうしようもなく時間もなく、余裕がなくなった。

そんで午後遅くにはあのワクチンの後遺症が出てきて、39度の高熱に耐えがたい頭痛と吐き気さ。目も当てられない事態になって、最悪な当直の夜になってね。初の症例発表を期日までにできない恐怖が募ってきて、高い熱が再度出るし。朝からずっと飯も食わず診療はし続けたけど、水しか飲む気にならず、まず医局に閉じ籠り、ソファに転げ込んで1時間ほど経った夜8時ごろに、医局のドアを叩く人がいる。

俺はそん時、疲れ切った体なのに何かを期待していたんだと思う。開けてみるとやっぱ目の前にはトレイに何種かの温かい食べ物があって、その後ろには彼女が微笑んで立っていた。ぼんやり頭だったので夢のような、いや夢が実現した状況。

その前にわずか小一時間ソファベッドで寝込ん

で熱も下がり気味で、俺は元気が回復しているって感じてね。彼女はいつものように化粧はしてなかったけど、化粧水の若いおんなの匂い、いい香りがしてたのを覚えてるさ。

育った札幌と出身地の炭鉱町との、都会の気取った雰囲気と一方で素朴な風が混じった面立ちの彼女は、食事のトレイをおずおずと他に誰もいない医局の中に運んで中央テーブルに置き、次いで隅っこにある小さい厨房で手際よくお茶とコーヒーを立ててくれた。

わぁいい。おいしそうだなぁと一気に食い気が勝ってね、今考えればそのまま抱きつけば、私服でいる彼女はキット俺に身を任せただろうと思うんだけど、しかし現実の俺は、ありがたいと感謝して喰い気がすべてで、そして、娘さんが待ってる自宅にお帰りなさいと言ってすぐに医局のドアを閉めたわけ。

不甲斐ないって言うかもしれないけど、俺はこんな心身を仕事に捧げるナースを見て、一瞬で好きというかこれはすごい！　ってリスペクトしてきたんだ。そばに寄って来てくれても男女交合なんかは、やってられるかの気持ちだったんだ。現実、それをやってしまい、恋人の夫君に刃物で刺されて殺された同じ大学出身者の話が頭をよぎったし、最後の理性が俺にも残っていたんだなぁ。

「わ。あたしは、若いお医者さんこそ仕事漬けなんですねぇって実態が分かった気がしたわ。診療のほかに専門医試験があり、論文や学会発表もあるんだろうし。で、そのほか、相談はあるのかしら。手短にお願いしたんだけどね」

……金も、生活資金だけど、それが足りないことだよな。

病院診療後にたまたま大衆飯店に入って夕食をとっていたらね、奥の方に病棟ケースワーカーがいて、遠くから手であいさつをしたんだ。これは!! って俺は彼の代金をここで払っちゃう手がある、それで喜ばれるチャンスと直感してね、支払いの時にレジの人に「あの人の分も」と申し出たら、なかなか計算が、数字が出てこない。

どうしたかと思うとさ、よく見るとねぇ、地方医療連絡室の全メンバーが、彼といるんじゃないのさ。それにリハビリ諸君の顔も見えるし、総数10人は下らない、それらが大飯食っている最中なんだ。これからカラオケにでも行くんだろうか。

ああ覚悟したね。結局、出てきた支払書は4万を超えてるんだ。偶然明日払う予定の家賃5万円が懐にあったからいいものを、こんなちょっとした金欠は医師になってから続いている。

俺は今まで、爪に何とかで倹約して、200万の貯金をもってこの病院に来た。仲間はそうしていくからね。でもジムに行ったり、買い食いも時にはするしさ。札幌の妻に会いに行くためにガソリンも買う。

なんの贅沢もしていないし、カツカツの生活をしてるんだよ。けど減る一方なんだ、貯えが。それはさ、基本給が薄いからだよ。足りない分は当直をもっと増やすか土日も宿泊するしかない。結果、つまり3か月間1日の休みもない珍事が生じるってわけさ。

妻の方は病院に救急があるんで俺よりもっと基本給が多い。でも女だから無理はさせられないし、先日聞いたら、急患はオール受けで運営する病院だから、一晩で10人以上も引き受けることもあるんだッテ言う。何とそれを2人の卒後2年目の研修医でやってるって。彼女も週末はほぼ泊まり込みなんだ。

札幌の我が家は、彼女のお母さんが一人で守ってくれている。たまにしか行くことがないんだけど。俺たち夫婦は大学卒業時に一緒になったんだけど、この2年は滅多に家に帰らないから彼女のお母さんにも会ったことがないし、話し合う機会も少ない。何かあった際のこれからのことが心配だよ。

そんで、俺の方ではより地方遠隔地の病院に2日続けて休日当直をするように病院から指示があって、そん時かな。夫婦で一緒になれる時は。彼女は無役で、俺は当直業務をしながら一緒に当直室に泊まるんだ。

うちの妻が研修してるとこだけどさ、時にはもう殺されると思うほど、働かなきゃならんらしいよ。それを考えれば、俺の研修先はじゃは自分の時間があるし、給与除けば天国だよ。

しっかしこの期間中に100ケース、2回の学会報告、そして来年の春には専門医試験があるから、またまた受験勉強。バッカみたいだな俺の人生は。受験生さ、いつまでもね。

でもそうしないと無能医師の烙印でしょ、で、一歩間違えれば不倫の末、離婚や家庭の破滅。過労死、うつの発病も目の前にあるんだ。ちゃんと生活ができる医師として成長できる体制は果たしていつ来るのかねぇ。

皆で話そう

文筆家ＫＳ氏…まずさ、この若い医師の将来にエールを送ろうぜ。大したもんだよ、日本というか、北海道の研修医ってな奴らをよ、おれはこれからも応援するから。な、マキちゃん、それくらいでいいだろう？　あ、Ｋさんは医者だし、思うとこあれば言ってよ。

Ｋ先生…正直、相談者には一口で言えば「貧すりゃ鈍す」ってな言葉を送りたくなる、僕は。沢永君はさ、体は病弱でもなさそうで、でも今は貧している状態。しっかしここで根性がしっかり保てば逆境も貧乏も、いずれ切り抜けられる。

研修医がへこたれるのは心根にどっか意気地がないからじゃないかなと僕は思ってたの。重い環境に負けそうになるのは、君の考え方に依るってなわけだ。あの職員、学生全部が元気でさ、まるで体育会系かといわれる道内医大を出ているんだから、堂々と、気持ちもフレッシュに振る舞ってほしいな。

で、奥さん以外のナースを好きになっても、双方離婚するわけにもいかないでしょ。今そんなことを選ぶならさ、社会的に君の命が危ないってことは分かるよ。そん時、誰も助けに来てくれないから。だから研修時代の良い思い出として、君の胸の奥にしまっておく手がある。

で、僕の結論は、このまま今の病院にいるのは良くない。よい先輩のいることを真っ先に考えるとき、君は別の研修病院を探して、そこで再度しっかりやればいいんじゃないかな。

俳人S嬢：あ、それ！　医師のエリート主義にまつわる精神論、根性論から来てるもんでしょ。でもこの相談者さんへの私の結論も、今の研修病院を早めにひと区切りつけて、Kさんの言う良き先輩がいる別のとこに移るのが第一ねぇ。それにその病院が奥さんのいる自分の家と近いことが第2の条件です。

今回は若い研修医さんの「俺は泣きたい」との告白みたいなもんですが、内容を聞いた私らからすると、まぁ研修病院って思ったより野蛮な世界なのねと、それがナマナマしくてリアルに語られていて面白かったけど。

で、あなたは大変な環境にあるようですけど、私ら庶民から見れば、そんなに厳しいのかなってすぐには納得できないんですの。泣き言を言いながらも、しかして本当に泣く人が少ないのは世の常ですから。

でも将来の計画をしっかりと抱いている沢永君ならね、この辺で泣き言からきっぱり離れてはどうかな。我ら庶民の明日、そしてこれから何が起きるか知れないと考えざるを得ない生活のことも思ってみてくださいよ。

あなたは将来、古里に思い描いた立派な医療コンツェルンをつくり、その代表さんになるような気がいたしますの。そんな方が、泣いて涙を流すのは厳禁ですよ、あなたは地域医療の基点になる人物なのですから、そのためにどうかしばらく研修に今以上、存分に頑張ってみてくださいよ。

きついことばっか言いまして、ごめんなさ

い。これを聞いてくれる、心優しき沢永君、またきっとお会いしましょうと約束して、今日はお別れしますわ。

第12話

私生活

彼と別れた日
「おやすみ」心で言って
そのままひいきにしてた
台湾飯店で一人で
大もりチャーハンを
たのんだ

偶然に部長に
昇格話をされて
そのまま港屋台に直行
で　苫小牧

ほっき貝ラーメンを
2杯食べて

正式に50歳の
11月の誕生日には
独りカラオケで
みゆきの地上の星を
歌う　泣きながら

それぞれ選択はあった
今晩　駅前の店を出たら

偶然　夜10時着の
特急北斗が駅に入る
あ　そのまま乗って
彼の住む札幌に行こうか
迷ってしまい
1人　夜　道路に
立ちつくすわたし

相談

50歳目前になりましたが、3月初め、急に部長に呼び出されて、あれがばれたのかと不安一杯で駆けつけると、「今度、介護部長代理に就任していただきたいのよ」と言うじゃありませんか。青天の霹靂。こういうのは。

占星術で今年は急変が起きる運勢と心してはおりましたが、自身に起きるとはとびっくりしたんです。これまでこの介護施設じゃ特別な働きはしていないし、本音を言えば、働く意欲の方もわずかになっています。それに顔ボウの衰えが隠せなくなった。目の周りや口元もタレ下がってきて、手術でもしようかと。50歳はおんなの区切りの年ですね。

日常でさぼり気分もありましたし、それが特に目立たなかったのは、班リーダーという目立たない地位であったからなだけで。あ、昨年末にリーダー長の2人の先輩が相次いで病棟での人間トラブルに巻き込まれ、その責任を取るかたちで次々に辞めてね。会社が慰留しなかったのもあって、管理体制が弱くなったと思っていた矢先でした。

ただの部下としての感想ですけど。

　病院の管理に真剣じゃないのはわたしの悪い点ですが、これが長く働いて来られた理由なんですわ。それが今度昇進なんぞ。これでわたしの無責任ブリが天下にさらされるのかと、夜中にうなされるほど心配なんです。


（49歳　介護福祉士・女性）

余話

　今回は長年ヒラのケアさんを貫き通す会の名物メンバー、花子さんが相談者の由紀さんに対応することになりました。〈あら、お美しい中年さん〉と、いつものようにぶしつけな印象を持ちながら、花子さんは相手に尋ねました。


「由紀さんですの。こんにちは、元気がないですねぇ。でも心配ないですよ。そんなに不安なら、いっそあたしのように会社に無官を願い出ればいいだけですから。今はそんな考えはないんですの？」

　……あの、確かにね。わたし、それなりの考えで会社でフリーな立場になり、良き人生を生きたいと思ってきましたの。で、最近は容色も目立って衰えてきましたし、「終活」を第一に考えているんです。それなのに、横から無理に別の生き方をしなければならないようにされそうで、頭が混乱してしまいまして。

　でもわたし、今度の最後の昇進話を前向きにとらえたいともチョっと考えています。それで英知の塊のユトリロ会メンバーの先生らのお知恵をいただきたいと考えまして、ご連絡差し上げた次第なんですわ。

「先ほどお聞きしましたけど、あなた不倫やっていたんですか。それも7年ですって。ずい分長いですね」

……ごめんなさい、今回は話さないでおこうと決心してきたんですが、花子さんにお会いして、本筋の老後についてお聞きする前に、この背景はどうしても避けられないような気がしまして。

「じゃ、しゃべってもらえますの」

……ええ、花子先生。あなたは介護員の〝じだれ花〟って呼ばれてて。あのKSさんとは別の意味で、数多いケアのみなさんからひどく慕われておりますものねぇ。

そんで私ごとですが、正直言えばそうなんです、独身女でありながら、色事に夢中だった中年時代を過ごしてきたとも言えるわけです。ねぇ、花子さんなら分かってもらえるかな。実際のところ、ずい分と息苦しい時間を過ごして来たなって、今さら感じてますけど。

「そう由紀さん。それを先年終了したってわけね。あなたの方からの引きでね。え？　双方の考えですか。じゃ、見事なことじゃないかしら」

……花子さん、花子先生。なにを言いますの。それは悔しいの一言ですよ。今でも夜中になると、彼の住まいでも職場にでも、ガソリンを持っていって火をつけたい気分になります。数日に一度くらいの割合で。ええ相手は、我が法人の初老医師で、おとなしい、穏やかな人です。

こっちも隠花のような行かず後家でしたから

か、ま、気が合ったわけ。彼は1時間離れた札幌に家があって、病院内で当直業務もしながら数日寝泊まりする生活をずっとしてまして。で、週1回程度買い出しなんかを頼まれたのがきっかけです。ずい分と感謝されて、じゃ食事でもと平日に誘われて交際が始まったんです。

それから交際は深まり、でもそうですね、月1回程度の密会。定期的でして、彼が札幌に帰る途中の空港のホテルで会うんです。

「美しい密会に見えるんですけど、実際はどうなの。あたし一生、そんな経験できないから。そんなことを続けて生活、仕事のテンションが上がるもんなんでしょうか」

……週刊誌に連載してた『黒い報告書』みたいな話かなぁ、実際は。会っても特に話し合うことなんかはありませんの。やっぱくちづけに始まり、お互いを腹いっぱい触り合う、そんな肉体の交渉が全てでしたね。

不倫小説、女流作家の書きもんはウソ八百ですよ、花子さん。相手も無口なんでそうなったのかもしれませんが、とっても人には言えないもんです。部屋のカーテンを開けると空港が丸見えで、そんな風景を感じながらね、わたしも恥ずかしいほど燃えました、2人は体が合っていたんでしょう。わたしはそう思ってますけど。

「でも、別れたんでしょう、なぜ?」

……きっかけは、相手が法人を辞め、北の過疎の町の病院に一家ごと移るという話でした。上のお子さんが東京の私学に入学するんで、お金が必要になって、これからの仕送りも半端では済まないと。そう聞いて、家庭の事情じゃしょうがないと諦めたんですわ。ええ、これがホテルの室内で2人が初めて身体関係なしでした話し合いでしたよ。笑っちゃうでしょ。

互いに7年前のはつらつさはもうとうに失われていたし、相手の格好よさも、こっちのおんなの美しさも確かになくなっていたし。でまぁ、終わりですねってすんなり納得しました。

お礼金ですか、ええいただきました、500万円を現金でね。それまでも会う度、おこづかいはいただいておりましたけど、これほど多くはなかった。ま、とにかく2人とも派手じゃないので、関係が職場に漏れなかったのは奇跡としか言いようがなく、そこは幸運でした。

「ま、由紀さん、ずい分しっかりしゃべっていただいて。もうやめますか」

……花子先生。急に仕事の話になるんですが、そのあと今度の昇格の遠因かなってことが職場で吹き出しましてね。

ウチでは入所者さんとの「語らいタイム」が前からあって、わたしはたまたま、1年前からその責任者でしたの。こだわるわけじゃありませんが、今の世じゃ最高に皆から叩かれる不倫をしながら、一方の手でこの「語らいタイム」が大事に思えるようになってきてねぇ。

そこでは毎回、入所者さんが代わるがわる自分を語るんです。お婆ちゃんの場合、煎じつめると女性として生まれたが故に味わう憂いの日々であったことや、もう悔やんでも仕方がないこと、自分の出生への恨み話なんかも多いんですけど。

今こン施設生活になって、もう全てが終世になってしまった。でもこんな時になって、ようやく自分の本心を知った。「あの時よね、失敗だったんだわ。ほんと今さらですが、こうしてしゃべると後悔や無念の気持ちが溢れてしまう。でももう死を目前にして、諦めるしかないですよね」と。

放っておくと際限がないくらいに、入所者さんの胸の中にそれぞれの物語があるんですわ。それでね、わたしの役どころは、語りの最後にね、「大変な面白い、興味深い語りをみなさま、よくしゃべってくれまして感謝いたします。それでこれからも一日一日、もっと明るく生きていきましょうね」と呼びかけをすること。

ホント、かような年老いた人たちでもこんな前向きの心境になっている。じゃあわたしなぞ、まだまだってな心もちに毎回なってしまうんですわ。そのせいか、わたしは入所者さんへより寄り添いの心になっていく一方です。仕事だから当然なんですけど、彼らのために精一杯のケアをしようと新たに心するようになってきましてね。

しかし今風のケアさん中心に、この集まりをむしろ胡散くさく感じるのか、嫌う人たちが増えてきている。恐らくおしゃべりする入所者さんの大半が、最後は涙ながらになるのが通例だからです。

ま、話はそこでストップなんですけど。何と言っても進行役が大泣きになってしまっては締まらない。共感の意で止めてこそ、聞き役のわたしの魂も納まり、気も心もスッキリする。それでこっちは明日からも、頑張ってケアの仕事をしていこうと思えるようになるんです。

ええ、さっきも言いましたように、今の若い子にこれは通じません。日頃のケアでの疲れはあっても、それこそ仕事を終えてカラオケ屋に行けば消えるってわけで。それで明日も働く気になるって言います。

ただねぇ、もしかしてその仕事の様子を上の方が見聞きしてね、それが今度、過大に評価されて昇進話にまでなったのではないかと。だとするなら「いえいえ、わたしは本来性愛の女なんです」って正直に叫びたくなるんです。

皆で話そう

文筆家KS氏…欧米の有名テキストじゃさ、どんなに歳をとってもそれは何らハンディにならないってはっきり言ってるんだ。ただなぁ、向こうの報告だから。ありゃやっぱキリスト教の教えを言ってるんだろうって感じる。日本じゃなあ、やっぱ年老いて自然に衰えて、やがて死んでいくのが人の在り方だと思うのが普通だろうさ。少なくともおれにはその方がすんなり入ってくるんだよ。

で、どうだいS姉さんの意見は。たいそう真面目でお悩みのこの人に、少しでも心の安定になる意見を言ってやってほしいんだけど、おれとしては。

俳人S嬢…私を指名してくれたわけ？　うれしい。それじゃまず、世の不倫について言います。

私が好んでいる古典の世界ではねぇ、まず読みやすい『万葉集』ですけど、まるでエロの勧めなんだわ。もちろん風土や叙情を歌ったものがほとんどなんだけど、いきなり胸の大きい女性の話が出てきて、それに目がくらんでしまい男性がみんな恥ずかしげもなくその女のうしろをついて歩く、なんてはしたない歌もある。ええ、天皇さんが町の乙女をナンパする歌だって載ってます。

で、ご相談者さまの長い不倫生活は、まぁ大変でしたでしょ。コロナ禍もあったしねぇ。え？　その前に終わったのですか。それでも総計7年間ですか、息苦しかったでしょ。2人ともだんだん鬱屈《うっくつ》した気分になってしまったんですか。おかわいそうにねぇ。

それもこれも、世情でずっと不倫叩きが正義との倫理観が続いているからです。もしあなたの不義が外に漏れたらまず職場にいられなくなる。特に医療介護の世界でのバッシングは相変わらず強いですから。

あなたは息を潜めながらよくやってきました。あなたら2人は男とおんなの結び付き、それを大切にして保ってきたわけで、事情があって終焉になったのは、それはそれでよかったんじゃないでしょうかね。私はそう思うわ。

あなたらは千年を超えたこの日本の伝統である、老いも若きも色事には夢中になりやすい国民性の延長上にある人なんですから。止められないもんですから、私はあなたをバッシングする気は一切ありませんのよ。それにも増して、その不倫経験を以てしてのち、あなたが働く場で入所している方々のお話の聞き役をされているのは、まぁ仕事とはいえすばらしいわねぇ。

最後にあなたは「忖度」、これも日本伝統のよき感覚を持っていらっしゃるでしょ。つまり、これからどんなことがあっても出る釘にならない、控え目さを持っているんですわ。これはまぁ究極の処世術ってわけでね、今回降って湧いた昇格話は受けても大丈夫ですから。昇進できてよかったと。天からのおぼしめしと考えて、静かにお引き受けされていいのですわ。

まぁ、「それじゃおれ、不倫でも始めようかな」って言うKSさん。呆れた方ね。それより喰い気と飲みたい気分が何よりも優先するあなたはね、この海岸に打ち上げられた大量のほっき貝でも採りに行かれたらどうですか。

それをバター焼きにして今晩一緒に食べましょうと誘ってくれるなら、私らの男女交際を許してあげますけどね。

第13話

生前贈与

さえない平凡な俺一家の
生活の歴史の内容かい

昼食は　この十数年
職員食堂でみんなと
おんなじもんを食べて
一昔は弁当だった

ちっちゃい箱に
いろんなもん
ミニトマトとか
ウインナーとか
詰め込んでくれて

母さん
家計に苦労してたんだろ
まだ小さい子供がいたし
俺が　街のおんなに
月々のお手当てを
持ち出すんでね

ただただ会社を辞めずに

そんな食事を続けてきた
で　そんなんで
仕事の能なし俺を
今のような病気知らずの男に
してくれたんだろうかな

相談

自分勝手にしゃべっていいかい。俺はさ今、生前贈与を考えてるところでねぇ。この点で、会計士や弁護士に行く前に、相談室のメンバーに良き方法をお聞きしたいんでここに来ました。

（70歳　介護員・男性）

余話

わたくし、名は九城といいます。見ての通り、今年で70になる。まだ老人病院で働いているんです。とっくに65歳の定年を過ぎてますけど、事情がありましてね。定年後は単年度ごとに契約更改を繰り返しまして、向こうもまだ役立ってもらいたいとか、もしか退職金の一括支払いよりも、なだらかに月給で払う方が病院側に有利なのかもしれん。でもこっちも生活があるし、なんたってきちんと時間守って出勤退職し、そのせいか体はどっこも悪くない。全面白髪ですけど病院の階段なら自前で歩けるし。

ええ、入社時は電子カルテ導入を前に、この狭い情報操作室に数人が配属されて、それから一貫してここにおります。古い仲間は去り、私だけになったけど、どんどん優秀な若いメンバーが入ってくる。で、今ですかぁ、電子カルテ関係の仕事は私にはほとんど廻ってこない。若いメンバーの連日の超多忙を横目で見ながら、実はこっそり頼まれる、院長絡みの外仕事をこなして時間を稼いでいるんだ。

で、いつの間にか院長の私設秘書みたいなことになってしまって、病院職員で一番きちんとした着こなしをしているとの評判をいただいています。ワイシャツにネクタイをしてるだけですけど。

まぁ、いろんな仕事をこなしてますわ。そうねェ、院長さんの急な出張での飛行機の切符取りとか。院長は学会幹部をされているから、それこそ高齢の会長が開会当日に体調不良で欠席、なんかはよくあってね。まさに急きょ会場に駆けつけて、そこであいさつ、講演もしなきゃならなくなることもありますから。そんな時は私ががんばる。手配ができて、院長が病院から千歳に向かうタクシーに乗る時は、ホットするよ。

ええ、そのほかはね。大きな声じゃ言えない彼の特異な趣味、北海道特有の小動物愛好家の件ですわ。自分の家じゃ怒られるんでしょうね、病院の第2幹部室の片隅でひっそり飼う。その動物のお世話を私がする。彼は忙くて、そもそも病院にいないいんですから。

私も慣れないころに餌をあげた際、指を噛まれてあ！　って言う間にサッと逃げ出されたことがあって、あれには往生しました。大きな部屋にいるんですが、簡単には見つからないし、人は呼べないし。捕まえるのが難しくて半日かかってしまったりしました。

こんなもんでしてまあ、言葉にすればやっぱ、病院から給料をもらえるまともな仕事はずっとしてません。でも春になるとまたまた契約延長になって、それでしのいできました。

あの、今までもまさに個人情報ですけど、Aさんですか、電子カルテだと法令順守、外部への情報漏れが一番心配事です。これからする話もそこは完全に守りたいんですが大丈夫なんでしょうかね。心配ないのですか。それじゃ。

私が今悩んでいるのは、すでに言いましたが財産の生前贈与ですよ。家族関係がねぇ、ま、めっちゃ複雑なんです。

家族なんですが、まず本妻がまだ元気でいます。それと同じ町でお店、飯店をしてる愛人がひとり。それにもう二十数年前の若かりし時に一緒になって、子供を作ってから別れた女性がいます。埼玉のほうにいて、娘と一緒に生活していま

す。この前妻はバレリーナだったんですわ。お金がかかる女でして、当時の私は薄給だったので苦労しました。

で、私の実家はこの地では珍しく代々農業でしたから、大きな土地持ちでして。この地域はそれが工業用地なり工場に買収されてねぇ、ラッキーにもその地代財産が残ってます。これは大筋でずっと触らずにきた。

またこれ先代の株券が少々。こっちもホント無駄使いはせず、ただね、前妻との子には請求がある都度、お金を送ってきましたな。看護学校に通っていて、つい最近、就職するまでになりました。2度会ったことがあります。母親に似てきれいで頭もよさそうで。ええ、今じゃ子供は自立してます。

うちは私を除いて頭がいい家系らしく、本妻と

の間の2人の子も、姉の方は市の福祉関係の仕事をする男性と知り合い結婚して、自身も今も札幌で福祉施設の事務員をしてます。弟の方は大学を出て、今は東京でＩＴ関係の会社でサラリーマンをしてます。

ま。やや悩んでいるのはねぇ、この町で一人でずっと飯店をやってる、私の愛人の件で。店の支援金として今までは月10万。最近は20万ないとやっていけないそうです。コロナ後に景気が悪くなり、店が傾きかけているそうで。女だてら、けなげに店を切り盛りしてきた彼女も、考えれば70歳前になり、もう出会った昔に比べ、顔も皺だらけ。もう抱く気にもならんわい。別れたい。もともと愛してなんかいなかったんだし。でも手切れ金を法外に請求するだろうなぁって不安だ。

この本妻や前妻、そして腐れ縁の愛人の3人のおんながそれなりにやっかいでね。だって妻とは一緒に暮らしているけど、私のために何か特別にしてくれた記憶はないんだ。ええ夕飯だっていい加減で家の掃除もいい加減で、日中家で何やってるんだと思うけど、そういえば私も会社じゃ何もしないで椅子に座ったままの日もあるしなって、彼女に向かって怒るのは抑えてます。でもその反動で、週に2回程度はあの飯店でゆっくりうまいもんを喰ってきた。単価は高くつきますけどねぇ。

ああ、そろそろおしまいにしたいんですか。で、先生らの相談経験からどうでしょうか。現在、生前贈与してしまった方がいいのか、そしてどのようにしたらいいでしょうか。その際の心づもりで大事な点を教えてほしいんです。すみませんです。

皆で話そう

マキさん…このじいのお話を聞いてさ、ついこの間読んだ、とてもいい歌詞を書く方のエッセイをの内容を思い出しましてねぇ。

彼女は自分の曲を買ってくれるみなさんに、申し訳ないって謝ってるの。歌のテーマ、主人公にした女性の設定が、最初のものと後半とで大きな変更になってしまい、でも曲が自体は大ヒットになったことを泣かんばかりに我らに謝っているのよ。その人の誠実さにこっちは恐縮してしまうほど。

この方はどうでしょうか。人生の、そして病院関係の大先輩に言いすぎですけど、あたしはその作詞家さんに比べて、かなり誠実さが落ちて見えるんだけどね。

文筆家KS氏…この話を聞きながら、まずあんた、働き続けている病院、院長さんにもね、おれはあるユーモアを感じてしまってさ、人情話に聞こえるんだ。もっち思いつきだよ。

でも例えば、多分病院にはないと思うけど、あんたが2階のバルコニーからバケツの汚れた水を捨て去る。そしたらたまたまその下に数人のユニホーム姿の女性介護員さんがいて、頭、体が濡れてしまい大騒ぎになる。その下の声を聞きながらあんたはさ、サッと立ち去ってしまう。こんな状況にいる人なのかなぁって思って笑っちゃうんだ。

一部始終を見てしまった会のメンバーが「それってどうなんですか？」って聞くと、あんたはクスリともしないでさ、「老後の予定は思い通りにはいかないですなぁ」とか言うことを想像してしまったな。

全部作り話だから悪く思わんでくれよ。つまりさ、あんたの問いは、やっぱあんたご自身で決めなよ。そうねぇ、女同士の争いは必須でしょうな。相当に荒れる。でも落ち着くさ。

だって九城さんは、今も株で儲かっているんですしねぇ。土地持ちだし。それら原資があるんですから、最後は法令の定めでそれぞれ分配されますよ。遅くない時期に収まるんじゃないんだな。おれは心配してないな。

俳人S嬢…マキちゃんと違って、私のほうは60歳の還暦記念にあの『徒然草』をじっくり読みましてね。実に耳の痛い言葉が多くて往生しました。そもそも〈命長ければ辱《はぢ》多し〉から始まるのね。原則が〈四十《よそじ》に足らぬほどにて死なんこそ、めやすかるべけれ〉なんですから。40歳過ぎた人は、色恋のうわさをするなとかも載っているのねぇ。

この間週刊誌に、五〇歳前後の女性国会議員さんがは才女でしょうに浮気相手と歩き、唇にキスを求めているようなお姿が載ったとき、私は『徒然草』じゃ即アウトねぇと思ったんですわ。それ以外にも〈老いたら引っ込んでろ〉〈五〇までにものにならぬ芸はやめろ〉も、私にとってきついわね。兼好法師が『徒然草』を書いたのは50歳前後らしいンですが、最近の研究だと、彼は70代後半まで生きたみたいね。

彼の警告は「老害」、みにくき姿を指しているんです。まぁ見た目を気にされている方なんですねぇ。けれど、病気も恐れている。彼のこの弁に対して私の感想、意見を述べますと、老いて力がなくなって来たのは間違いないんですから、日常では結局無理しない、それを超えると病気になると釘を刺しているんですわ。

今回の九城様も、恐らく最近になって迫りくる死を敏感に思い始めて、生前贈与を考えられてお悩みになったんでしょうね。死はすぐそこにいるんだという状況を理解すればねぇ、身の処する法も自ら出てくるんじゃないでしょうか。それが私のお答えですわ。

あら、会メンバー最高齢のK主宰からそれに反論があるってですか。まだまだ、成し遂げたいことが目の前にあるって言うのですか。でもね、私ども古典好きなものはね、やっぱここじゃ兼好さんの言うことはもっともで、無理して実現させようとすることは結局、せいぜい病気になるだけだって感じてお りますの。

みなさま気をつけましょう。そうそ、飲み過ぎは一番ダメよね、KSおじさん。

第14話
セクハラ

早いのなんの
おはようございます
6時に院内放送が
施設入所者さんは
5時前に動き始める

キチンと守る
朝食のカロリーが
規則通り500キロ
厳しゅくな規制がある

館内は朝が寒い
コロナ予防のため
全館一斉の通風で
いつも寒々

時間通り　始める
ラジオ体操は
職員の号礼で
全員出席で人で一杯

介助業務はきつい

はいせつ　着衣
しょくじ　身体清拭
寝たきりの方は全介護メニュー

これが午前の正規仕事で
介護労働につかれて
オレはこの動きで　すでに
今日一日の全ての力を
失いかねないのさ

相談

近頃不安です。介護は女性の職場でしょ、簡単にセクハラの疑いがかけられるんです。オレは中年の独り者だからなぁ。

院内一美形のうわさが高い女史がフロアリーダーになっていますし、おまけに今度は若い女医さんがこの療養病棟に赴任して来て院内で話題になってるし。このドクターは美人。とびきりの、結婚してるけど。それに相手の男おんなを意識していない模様で、何でもハッキリ物言いをします。

オレが日替わり介護リーダーの際、言葉使いに気をつけても、どっかまわりの女性職員にセクハラっぽいと疑われてると思う。この間なんてドクターズオーダーを聞き逃さないように聞き耳を立ててるとねぇ、「顔、寄せ過ぎてるよ！」って怒られたし。フロアリーダーの真後ろを歩いて回診ラウンドをしてる時に、彼女が急に立ち止まるので、つんのめって背中にオレの手が当たったら、彼女は「何か？」ってオレをじっと見るんです。

こんな目立ったことだけでも、もう毎日何度も「それ、セクハラ!」って指摘される寸前のことが周りで発生してます。

これからのことが思いやられて、もうオレは胃をやられる次第です。

（33歳　介護福祉士・男性）

余話

相談者の李君はいかにも気が弱そう。顔色も白いし。彼に同情したマキさんは気が楽になり、彼を交えてユトリロ会メンバーで「セクハラ」について車座で話し合うことを主導しました。

まず、A先輩が口火を切る。

「前の院長って、介護系男性職員にも気を使ってくれる人だったんだけどね。あの人さ、すぐカッとなるんで大丈夫かなと見ていたら、やっぱ院内でのセクハラ、パワハラの両方で外部からも投書があってさ、それが決め手になってお辞めになってしまった。

その後、新院長赴任を契機に病院側が反省を込めて『セクハラ対策委員会』を立ちあげてさ、さらにきびしく男性職員の言動が統制されることになってるみたいだ」

A先輩の情報に頷きながらも、ベテラン介護員の花子さんが相談者の李君に話しかける。

「それはいい傾向だとあたしは見てるけど。でもさ、どうしてそんなにびくつくんかなぁ、李君は。どんな男女交際をしてきたの。もう33歳だし、経験もそれなりにあるはずでしょ?」

「大体オレ、日常でも旅行での買い物でも、いっつも知らん人には引いてしまう。例えばコンビニで支払いする際、200円の買い物なのに手許に5千円札しかない時なんて、『すみません』と謝りながら出してしまう。しょっちゅうなんだ。

で、花子先生には言うけどオレはさ、素地として異性恐怖症というか、女性と対するといつも怖れ多く感じてしまいます。理由はわかりません」

李君のその言葉を聞いて、文筆家を自称するKS氏が何かを思いついたように言い出しました。

「李君はさ、もしかしてね。幼稚園や小学校通いのころから、例えば列車の遮断機の前でずっとシャがんだまま1時間も居座るような坊やじゃなかったのかな。ああ、やっぱそうかい。

子どもの発達の専門本なんかではさ、そういう類いの少年期を通過しても、次第に部活や勉強を通して大人になる、金も稼げる人になるし、女性と平気で口がきける、大半はまぁ普通のおとこになるから心配ないって書いてたけど、どうかなぁ。

大人になる過程で、ま、つまずきがあるのよ。ただねぇ、男の生きざまはさ、院長職になる男が身近にいることもあれば、時に失脚させられる人もいるんだし。おれははさ、君はまだ幼い部分を残している男性なんだろうと思う。恐らくこれからだよ、女性に揉まれて、セクハラだとか言われながらさ、次第に大人になるンじゃないのかな。

まあおれからみればさ、「ただの男」になるんだな。これが〝野郎の世の上がりすごろく〟だろ。生きざまなの、簡単に言えばな。おれが言いたいのは、君は今のままでいいけど、きっとこれからセクハラバリアを少しずつクリアしていき、心の成長や少年からの脱却をしていくんだ。大丈夫さ」

KS氏の長広舌をK先生が引き取る。

「李君でしたか。とっても感じのいい青年だなぁ。お聞きしてたらまぁ情緒もあるしね。でも現実じゃ、目の前の異性に良く思われない面が多いみたいで、毎日ご苦労さんってなとこだね。気苦労症の君に拍車を掛けているのが職場でのセクハラ問題ってわけなのだろう。それでここに来たんだねぇ。

この座談の前に、ユトリロ会の女性群が自分らが若かりしころからこれまで、いかにセクハラを受けてきたかの実体験を吐き出すんだもんな。これは勢いだよ、やっぱ時代もんだよ。

男にとってはおっかないけどさ、でもそんな当たり前、男女同権の社会でセクハラを起こさないように、男が気を使うことは大きいと思うんだよ。僕はこのセクハラへの意識は、男女が互いを思いやることができるきっかけになったりする、結果、結構大事な考えだと思ってるんだ。

思うに現在も働く女性は、周りの野郎の行動を見てて、ずいぶん慌てて、自分に接近したらさ、迷惑をかけてくる人種かもとまず思っているんだろうさ。これも女性たち自身のみじめな体験から来るもんだから、しょうがない。つまり、彼女らは周りの男性を自分と違う人種と信じているんだよ。

でもその行動をひもといてみればさ、これは男側から見れば裏返しなの。こっちだっておんなのことばや行動を見せられて驚くし、迷惑も受けてるし。ホントのところはやっぱ〝おアイコ〟なんだ。でもこれは、大っぴらに言えない。僕も男性だから女にはペナルティがあるからねぇ。

皆で話そう

俳人S嬢…車座座談会の結語を私に言ってほしいと言うんですか、無理ですわ。ただみなさま、真剣なまなざしで相談者氏に語るし。李君もそれを聞き逃すまいとする姿を見て涙が出てきて。すみません。

冷静に言えば第一に、今のセクハラ対策は行き過ぎと私は思っておりますの。病院内セクハラ委員会ではね、普通の地位の女性介護員さんが、院長はじめ上級管理職諸氏の態度を評価することも始まったそうですね。で、早速、幹部連は見事なほど態度が変わったとの良き結果が出ているとお聞きしましてね。

お忙しい病棟医師は看護や介護の職員の評判を気にするあまり、時には必要な患者様の検査オーダーも控えめにしたりして、職員がオーダー通りにできない、しなかった時もよ、ま、昔の医師のように職員を叱らない。それより職員に迎合しておだてる。それで女性看護師、介護員さんの中にはすっかりお嬢様育ちのOL気分になる人も出てきてるって話でねぇ、内部密告情報ですけど。

その一方で、このひと月に病棟の若い女性職員が2人もアッサリ離婚しましたものね。離婚の翌日に「私、名字が変わりました」ってケロッとしてて、あら、あなた！　お子さん2歳になったばかりでしょと口に出かかりました。これは職を持つ、自立している女性の特権でしょうけど、私は女の方からあんまりにも軽く夫婦別れするんで驚いて心配していますの。

かようにセクハラ、パワハラからようやく遠くになった女性が、その後毎日機嫌よく暮らすためには、女性の方から言い出す「アッサリ離婚」は仕方ないことなのかしら。

それでね、日本のセクハラ嫌悪思想は一体どこからやってきたのかしらと考えてたら、それは封建社会からの長い歴史モンがあると、かような女性哀史の結果なんだと私はすぐ分かりました。

幸いにも、そんな目に会わずに来られた男性連中は、この考え方に驚かれるでしょうけど。女性にとって、身近なところで起きたセクハラはもう屈辱なんですわ。私はそれでいいと思いますけど、我ら女性が男性からのセクハラを感じる際は、ただ被害者意識として反発しているだけじゃなくて、そこに男女が真に分かり合う精神性を求めての思想だと思ってほしいのよ。

文筆家KS氏…ああ俳人はしつこいのう。最後に李君、すみませんが、おれから君のためにしゃべりたいことが残っているんだ。

ズバリ言うとさ、あんたは恐らく学校教育課程で理不尽な指導というより、指導不足があったンでしょうな、対人関係なんかで。具体的には、人のいるところで我慢するとかさ、自分に合わない人や思い通りにならん職場の仲間と、何とか折り合いをつけてやっていかなきゃならん事態で、相変わらず戸惑っているんだろうさ。そうだろ?

でもおれはさ、世間でずうっと君のような幼くて純なお心を持ち続けてる男性に、さぁいよいよ心を決めてください！　って言います。我らが社会で最も勉強しなけりゃならん最大の資質はさ、忍耐じゃないか。嫌な野郎、オンナ、きびしい仕事を経験して、それに合わせる忍耐力。

そんなことを今さら言うのはなぁ、やっぱあんたは遅くなった社会での心の訓練、人の心を読む良き感性を今からでも、明日からでも身につけようぜ。そんで今度はもっと大きな社会活動ができるようになる気がするんだ。

ああ、こんなことを言い出してね。李君は今疲れているのにと、S嬢はこっちを野蛮人の如く非難しておれのことを悪し様に言ってるらしいなぁ、しょうもねいな。

じゃさ、今晩は李君も一緒にさ、同じ穴の下町ムジナとして一杯どうだい。近く取り壊しになる古い新札幌地下街にあるおでん屋で飲んで語り合うってなプランはどうだろう？

第15話

面倒のない生き方

介護はハードワークばかり
それが当たり前の
職場を辞め新たに働き始めた
病院通勤の車の中から
頭が白い樽前山が見える

ここまでくれば
病院に着くまでは
あと5分だけど
いつも何度でも
あとどれくらいで

仕事が終わるのかと

そんな期待ばっかしして
やってきたなぁ
でも一旦終了はあっても
すぐ次の課題が
目の前に現れてしまう

いいよ　いつも
出たとこ勝負だし
決まったセオリーを

持っていないから
ただねぇ「ふつうのこころ」
でやっていきたいんだけど

キツイことバッカ要求する
前の職場上司にオレは
「普通でいこうや」と言いたいの
それは大切なセリフだと
今は思えてくるんだなぁ

相談

32歳。とうが立っています。つまりつい最近、それこそ流行のカラオケ営業のサラリーマンを辞めたんです。30代はそこで懸命に働き、しかしい

つまでも昇格しないしね、きつい仕事なのに給与にも反映しないんです。中でも一番コマったのは、上司に恵まれなかったことですね。

そんでついに転職して、療養病院で勤め始めまして、地味で目立たない一本やりでじっと我慢してここで働いていたら、また春が来て、気がついたらもう少しで丸2年です。かような介護系の病院で働くのは始めてですし、経験深い介護相談のユトリロ会の先生らに、このままここでやり続けて果たしていいんだろうか、満足感が得られるものなのですかと、そのほんとのとこをお聞きしたくて連絡差し上げました。ご面倒をおかけします。

（33歳　介護資格なしの男性）

余話

「沢藤さんですね。今のお住まいはこの近くなんですの」

まず会では花子さんが対面相談に応じ、いきなり個人情報を聞きました。一般社会じゃ禁じ手の一つ、プライバシーやセキュリティに関する質問から入るのが花子さんのいつもの手法です。

……え？　ああ、この駅沿線の町なんです。後ろは飲み屋街ですし、前は列車が走るので騒がしい。前の市営アパートよりはいいけど、やっぱ手狭なとこで、引っ越ししたいといつも思ってます。

「ご家庭は。奥様お子さんはいらっしゃるのかな？」

……家族構成は言わなきゃならんですね。ええ、妻はいません。一人モンです。結婚願望はあります。だんだん強くなる。でも家には母親がいて2人暮らし。母は元気です。

ここまで聞いて、花子さんはこの人、沢藤さんに誠実さを感じていました。それとどっか体の弱さもね。それですぐ、どうして前の仕事を捨てたのか疑問が生じまして。

「前は営業マンだったんでしょ。何かきっかけがあったのかなぁ？」

……前の会社のことですね。そこで起きたことが相談のきっかけですから。

花子さんもご存じでしょうが、「S興産」は道内でも有名な会社で。ここんとこから言わねばなりません、ホントは。

この数年はコロナが猛威を振るって、どこも影響を受けたと思いますけど、カラオケ業界もいいだけ落ち込んでしまった。深刻な業績低下です。そんでできるだけ早く回復しなければ、ここを乗り切らなければの悲痛な檄が本社の部長、次長から毎日のようにありましてねぇ。いい営業成績を上げないなら、おれら社員の居場所はような覚悟を迫られまして。

「そんな社員の中で、あなたは思いのほか醒めた思いを持つ社員じゃなかったんですか？」

……え！　そんなことが分かるんですか。さすがだなぁ花子先生。

おれはね、トラックの免許も持ってて、若いころは運送会社に勤めていたんだ。夜通し深夜便が当たり前の会社で、さすが疲れ果ててきてさ、まずサウナや飲み屋通い、そして仲間同士での簡単なギャンブルを覚え始めた。好きじゃないけど気晴らしにね。2年間であっと言う間に200万という借金塊をつくってしまい、この頃市営アパートでじっと静かに生活する母さんにドンだけ迷惑かけたか。

で、会社に行くたびに仲間の運転手が返済を迫ってくるし。そんなの遊びだろうって放っておいたら、こんどはなんとその筋を使って脅すんだ。で、仕方なくサラ金も使ってね。それでもやっていけなくなって、街でもっと稼ぎのいい運送会社を探してるうちに、ようやく前のカラオケ機器の会社に就職できたってわけ。

それで初期は上の命令に忠実に働いた。でもさ、借金は減らない。ここの本俸が少ないんだよ。それにトラック運転手の時と違って、営業課長がさ、いつもきびしい命令ばっかしてきて、配達ばっかしないで、暇があったら着いたとこで営業もして来いよ、お前って。

今までそれなりにいい加減でやわな人間だったんだけどさ、今度という今度はもう営業の鬼っていうのか、変身して働いたのが20代後半だったなぁ。そんでも深夜便を辞めたから体がさ、少しずつ健康になってきたんだ。

ええ、でも営業のほうはさ、おれは才能なし。成績は低いまま。しかもかように直属上司の課長に厳しく当たられる。で、仲間と飲んでしまってね。営業で飲むンじゃなかったんです。昼間の仕事のストレスの解消にお酒が必要だったわけ。

腹の中ではしっかり働いて、前に作った借金200万を返そうと考えてた。しかし借金額が変わらないのよこれが。特にサラ金会社の方は全然減らない。リボルビングで返済しなきゃならん額はむしろ増えていく。この頃からかおれの腹の中じゃ、うるさい課長のことをさ、「なんだデスクワークで、いい身分だな、この口だけ人間」てバカにする気分になってってね。ええ、もちろん言ってませんよ、そんなことは。それでもコロナ前は営業の自然増もあってね。成績は努力の結果じゃなかったんですけど。

コロナ前から毎日、成績言われてもね、できるだけやってますからと居直りながら過ごしていたらさ。やっぱこの数年のコロナ禍のために、会社の売り上げがどんどん減っていく。町のカラオケ店が閉めていくんだからしょうがないよ。でも課長のあいつ、どんどん営業成績主義がエスカレートしていってね。で、毎日出勤すると途端におれと上司との口ゲンカさ。年は2歳上に過ぎんでしょ、こっちも言い合いじゃ負けなかったんだわ。

「まぁ、男の営業部なんて内から見れば地獄体験なのね」

……ケンカの毎日だった。おれ以外の3人の仲間も上司の彼につくしね、おれ一人になってさ。そんで3年あまりという歳月が過ぎ、ついに年末を迎え、正月休暇に入る直前でしたよ、事件が起きた。

その日も、これが本年最後のけんかかと思いながらおれは、上司と相変わらず言い合いをしてたら。その根拠はおれの年度内の営業成績が、ちょっと上向きになってきて4人中2番だったんだし。でも課長のFはさ、もっとやれただろうって、だらだら言うんで口で反抗してたらさ、目の前で彼が突然「頭が痛い！」って言い出して。うずくまったんだ。

も一人の仲間とすぐに病院に送ったんだ。で、意識もはっきりしてたし頭も楽になったと言うし。でも脳の検査では軽い脳出血があると言われて即、彼は入院し安静をとなってしまってね。彼のご家族も血相変えて病院にかけつけて来てね。

ああ、そこで分かったことはさ。彼は、この5年間、会社で順調に昇進して、おれが入社する前に結婚して、今度は家を建ててさ、男の子が1人いるんだもんな。親戚筋もみんなどっと病院に来てさ、心配してずっとそこにいたおれになんかに「倒れる前は、どんな状況でした?」、なんて詳しい症状を聞こうとするんだ。言えないよ。おれといつもの口論し、おれも絡んでいるなんてさ。

「それであなたは、その会社を去ろうって決心したのね」

……格好いい言葉じゃおれは職業難民かよって笑っちゃうよ。心はいつも安住の地を求めてるんだけど、かえって、さ迷い人になる運命なんだなぁって落ち込んでいた、病院に勤める前はさ。仲間ともうまくいかなかったし、相手40歳は軽いけど突然脳出血でおれの目の前で倒れるしね。びっくりしたよ。幸いふた月経たずに退院して職場復帰してきたし。これは、この人と関わっちゃいけないと思ったさ。

そんでカラオケ機器会社を自主退職し、ほとんど日を置かずに新聞の募集記事を見てから病院の介護員として働くことになったわけ。当時はさ、まず27歳の若さで。当時住んでたのはまだ市営アパートだったし。介護の3か月の研修は受けた。まだ正式な資格はもっていなかった。

え？ ここを選んだのはさ、毎年職場検診で診てくれる先生や看護婦さんがいつも感じ良かったし、ここで働くのもいいかなって。仕事よりさ、職場をを選んだんだ。しかしそれよりさ、この病院勤務してからさ、おれの大命題、生涯借金がさ、少しずつ減っていくのよ。2年かけもう少しでなくなるのよ。

サラ金会社の人がこの間、〈沢藤さん、春にはうちと関係なくなりますねぇ〉で、どうやって返済が可能になったんでしょうかと不思議そうな顔してるんだ。それにさ、健康も取り戻したね、酒やたばこが減ってよく寝るようになっただろうさ。それこそ駅前に新築カラオケ屋の前に体育ジムがあるんで週2回は通っている。カラオケ屋には行かない。ええ、飲み屋にも行くなんて考えられない。飲みたい気分にならないんだから。

ええ、それに介護資格について病院の教育係先生はまず完璧。このまま介護で働くのなら、病院側はあなたに配慮しましょと、近々札幌の夜間介護学院に働きながら通うことになりそうなんだ。いいことはさ、周りの人も出来がよくてね、始業30分前に出社してスタンバイしているんだから。若い人も年配の人も言葉使いもいい。真面目で、おれにさ、あいさつもしてくれる。これじゃ全員が完全な職員なのかと思ってるんだ。

え？　ちょっと見ていなさい。中にはできそこない職員もいるもんよと花子先生は言うんですか。水差さないでくださいよ。ははは。

こんな状況だからさ、おれがここで言いたいのは生き方の根本のことなんだ。

前の上司といつも言い合いの根はさ、やつのことは病気して分かったことだけど。土地の娘さんで知り合って結婚してさ、地域で家を建て子供を産み育てて国産自動車に乗って朝、家族に見送られて家を出て行き、会社で懸命に働いて夕は定刻通りに帰ってきてたんだろう。一方おれの方はさ、おれの母さんはさ、夕食を食べる際には「普通でいいんじゃないか」と何度も言ってた。あいつとおれの2人だけ知ってることだけど。

ねぇ花子さん。ほラそんでさ、ヤツは病気してしまった。営業成績をあげ幹部に認められたい、そして家族環境をレベルアップしたい。それをやつは体で表わしたんだなぁって今思うよ。で、おれはさ、実は普通でいいじゃないかと思ってやってきた。その都度その都度、臨機応変に結果をなんとか出してさ、その場を乗り切って来た。トラック運転手とか機器運搬、今度は営業に走り、その間、賭け事して当然借金もして親、たった一人の母親に迷惑もかけて、ずい分大人を慌てさせたけどね。

介護をやってる今は、そんな気分はなくなりつつあるんですわ。驚いたねぇ、今まであった周りのあつれき、一番は借金だったけど、それに健康不安も自然になくなって。ただねぇ、介護の仕事に特別な考えは浮かんで来ない。ただやってるだけってことなンでしょうか。だから介護施設じゃ目立たない一方だし。でもさ。このままでいいかなって。

そりゃ奥さんがいない。来ない。それにいつか平安な毎日に急変が起きないかなって心配です。心を許せる彼女一人いないままなのも困っている。大抵の女子はそんな普通思考男なんてさ、嫌っているでしょうから。

皆で話そう

A先輩：俺のしゃべりはいつもパンチがないらしくて。君は生き方という大命題を掲げてここに来たんだし、それには反論も浮かばないね。確かに俺も知らずに年をとってね。シャキッとしたお答えができていないから。糖尿病のためか、時には意識がはっきりしない時が訪れるんだ、
そんでね俺はさ、相談にいらした若者には多分、疲れている君に「ちょっと肩を貸す」そんなつもりでしゃべろうと思っている。相談会じゃ俺の役目はそれくらいだろうからKSおじさん、よろしく頼むよ。

文筆家KS氏：ここに来た方に肩貸し程度のア

ドバイスじゃ足りないだろうさ、えA先輩。会のおれらは経験っていう武器を持っているんだから。

でまずもってさ、沢藤君にとり一番大切なことを言ってしまえばさ。今さら聞けないよ、こんなことってなる内容ですよ。おれはこの相談室を、これからの人生を豊かにすることが学べる教室を目指しているって思ってるんだけど。君のように転職組、つまりある程度年取ってから介護で新たに働く人のために、秘密の場所があるんだよと教えたいんだなぁ。それを目的にしてるんだ。だから高まいな「君はどう生きるのか」なんては言いたくないいな。

そんで沢藤君さ、お聞きしたらま、今時人使いが悪い上司かい、その人が体壊すまで働いたんでしょ。君も同時に倒れる寸前だったようにみえるなおれには。そんな会社で勤め続けなくていいさ。すぐに辞めざるを得ないでしょ。そこにとどまるのは愚かモノだよ。

仕事は必須なのは気力テンション、体力だからさ。世の中は体力あっての健康な生活がはじめてできるんだからさぁ。それが病院勤めでできそうなんだろ。じゃ四の五の言わずに仕事を続けることだよ。

近道うまい道はどっかにあるんかなあって思って来たんだろうがな。男子は、いい仕事を一生探すもんだ。ほんやくすれば今より格好いい職種はないかなと。ねんだよそんなの。40過ぎで官僚を捨てて医学部、そして地元で開業した、ま、真面目で頭脳優秀な人の手記を読んだけど。ありゃ国の官僚仕事の中にお前が格好いいワークを見出せなかっただけじゃないのかい。

　人のためか。役立つ仕事か。それは君は心がけ次第で今の職種のまま、やっていけるとおれは思ってるよ。沢藤君もこの考えを参考にしてくれよな。


俳人S嬢…いい歌詞を書く方のエッセイを読んでね、間違いなく有能な彼女は、自分の作った曲、レコードを買ってくれるみなさんに、申し訳ないって謝ってましてね。歌詞で最初、街のズベコウを描くつもりができ上げは、お嬢さん物になってしまって。どうしてか分からない。設定が途中で変更せざる得なくなって皮肉にも大ヒットとになったそうで。それを泣かんばかりに謝っているのよ。その先生の誠実さに私感心してねぇ。この観点が面白いと思ってるのよ。物事を達成する経過で、最終物が変質してしまうってなことがようあるんですわ。古典モンでも。

　これを男性介護員さんに多い。「仕事が面白くない、転職しよう」の考えに反対したいの。先のKS爺さんの言う、仕事職種よりもね、大事だと私が思っているのは、やっぱ仕事をどう面白くやるか、そこに生きがいを持てるかが大事じゃないかしら。それが最初と違うとこで、効果があってもしめたモンでしょ。あなたがまず長年沢藤君の縛りまくってた借金地獄ですよ。それが介護をしてて消えてきたって……素晴らしいことでしょ。私、涙が出そうですわ。

　もう一つ。会社での上司部下との間のあつれきごとは、やっぱり女性には実感できない事態かなぁって思いますの。避けられないことなんですね、対応は分かりません。で、職場でその、異なる考え方の違いで男同士が争うことになる。それを考えたところ、私の観点はやはり「テクノロジーと人間性との反発」が争いの軸にあるんじゃないかな。

え、そんな単純じゃないってですかA先輩。じゃなおさら私にはどうしたらいいのかは分かりません。しかしね、お互い反発ばっかしないで、相手の新しい考えも受け入れるしかないでしょうかと。

沢藤君じゃ例えばAIも面白い、楽しみだとでもあなたはパートナーとの出会い、関係を深める考えでいく。でね、介護じゃ仕事をただただ真面目にやってるだけで月末に給与が出ます。仕事の成果や成績は数字にでません。時間通り働いてさえいれば、ああこれで今日も生活資金の確保ができたてな、お気軽なモンですわ。

それが介護員に心の余裕を持たせてくれんですのよ。あなたは今、借金も完済寸前、健康維持していて、目立ったストレスなしの生活をしてて、生きがいなんてもっと後で考えてよろしいしろもンじゃありませんこと。若い時代に結構激しい働き方をしてきたあなたにとっては、しばらく介護で踏みとどまり、その中に面白さ、生きがいを見つけながらしばらくやっていく。

そうそ土地、住むとこも大事よ。自分を支えてくれてるお母さんにもこれまでと違った対応をしてあげてほしいなぁ。市営アパートから脱却を図るのが当座の目的でいいでしょう。

できるわよ。現在迷うことは、あなたに選択肢があるってことですし。で、このままでやってみてはどうでしょうか。

第16話
オン&オフ

ドラゴンボール見ながら
まずコカコーラ飲んで
それから袋のえびせんを食べてさ

町内の音楽仲間が呼びに来てくれて
空き家で打楽器を適当に叩く
こんなことばっか毎日してて
夜を過ごした中学時代

三流高校通うと近所の女の子が
遊びに来て体寄せチュウをしたがる

ようやく介護学院時代になって
落ち着いてきてね
2階から星屑をみて

ああ俺の半生はさ
体制順応主義？　っていうのか
出口なし　挫折と不安の若者と
評価すると新聞でみてたけど

そこでいわれるほど
俺は心折れちゃいないし

もっち腐敗してないし
嘘っぱちを言うなよなと
つぶやきながら
それから独りで眠るんだ

相談

施設で平の介護員をしています。こうなったのは俺が大学に進まなかったからが原因になってる。まず中学に行かなくなったのは……、ウチクラスは40人以上いて、誰がだれだかさっぱ分からんし。みんなきたないし、うるさいし、それでねぇ、勝手に休むようになったんだ。そんな変な経過がありました。そして今は、いろいろあってのち、介護学院を経て介護福祉士になってから老人介護施設に勤めて2年以上経ちます。

で、悩みは。まずこの施設は問題もなくきちんとした会社だし。職員への教育などをしっかりしてくれてる。でも。俺はいつもの癖、そろそろ、もういいかなってね。やりがいが感じられなくて、辞めたくなってる。

理由ははっきりとは自分でも分からんのよ。それでねぇお決まりのコース。古里で喫茶兼食堂をずっとやってるウチの実家があるんだけど、おやじ、おふくろも年取ったし、そこに帰る手もあるなぁってこの間、久しぶりに帰ってみたらさ、ま、驚きがあったんだ。それでね、俺の思い通りにゃいかんとすぐ分かった。

そんな家庭内事情を含めてこの際、それをユトリロ会メンバーさんに聞いていただきたくてさ。どうもいろんな背景があって俺の中で渦巻いていてよ、こんがらかっているんですわ。

（24歳　介護福祉士・男性）

余話

会見場は向こうの指定を受けて、新札幌駅地下街の古い喫茶店で。わざわざ来ていただいてと、彼の方が謝って〈今時こんな古びしいサテンに来ると、我が家に帰ってきたみたいな気分になって、気分が落ち着くんだ〉と言い訳をする。どんな話が出るんでしょうとマキちゃんは身構えるンですが。

そういえばさ前にも、若い男性の相談があってアン時は、話し合いはうまくいったような気がする。その後彼は音楽の軽音楽の世界に転職したって聞いたけど。成功したとは聞いていませんけど。まだ2年ちょっと前だしねと。アン時、彼は結局介護から外れてお水の世界、音楽に行ってしまったけど。感性で相談へ応じればさ、大変なことになるしねぇ。今回は、じっくり相談者の思いを聞こう。その内容を会のみんなに持って行こうと思っていたのです。

で、アイサツがすんでからマキさんは口を開く。

「あなたの文脈から、まずドラムビートなんかのサウンド世界に、もしか未練があるって感じるんだけど。そっちと真面目に取り組んでいる老人介護の世界が相競い合って、それで悩んでいるのかな。それと古里実家の食堂喫茶店をやってる、ご両親の件も絡んだお話があるようですけど。どう違う？」

……会のマキさんは、事をすっぐ分かってしまう頭の良さ、スピードにに驚いた。逆にこっちの頭の回転の悪さはさ、学生時代勉強してこなかったからかって今さら反省してる、誰にも言ったことないけどさ。

「おほめにあやかって。あなたのような生活、仕事の体験から湧いてきた話は、聞く側からいえば面白い。しゃべる内容は物語、若者ストーリーだからね。最後相談者佐分利さんの話が、どう起承転結に収まるもんか興味持って伺っているんですよ」

……へぇ。でもさ、そんな見方をされてもさ、俺の話なんか誰も面白がってくれたことがないな。今度もそうだと思う。そうでさ話はさ、まず親の現在なんだけど、それを見て知って、これをどう解釈していいか俺にはよくわからんと率直に思ってる。それでマキさんは聞きづらい話なんだけどさ、言っていいかな。

ウチは札幌からJRで小一時間の道央地。その繁華街から外れたとこで十年以上も喫茶兼レストランをしてるんです。元は爺さんが駅前一等地で喫茶店を始めて体を壊して店を整理し、それから娘、うちの母親が親父と一緒になって今の駅から離れたとこでコーヒー店を始めたってわけ。

「そう、商売を今もやってるその親からどんな影響受けたのかな」

……影響は受けた、ショックだったね、まず。つまり、俺の今回の相談はさ、俺の住まいの問題かもしれない。俺がガッコさぼってた学生時代からずっと両親はすっごく忙しく働いてて、俺には目が回らない。こっちは学校がつまらんから、週刊紙や漫画を家で読んでたし、音楽も聞いていた。勉強はしない。

で一時、俺の希望を聞いてくれて、地元に音楽方面の学校はないか探してくれて、音楽科のあるとこに行くことになってさ。え？　そこで打楽器を得意にしてた先生がいたんでちょっと勉強した。面白かったけど、長続きしないね。

じいさん世代では場所が駅前の食堂だったし、シャれたレストランとして成功したらしい。メニューの「おむれつカレー」は地区コンビニでウチの弁当が出たそうだし。

「それで、あんたが久しぶりに家に帰ってみて、お店はどうなっていたの」

……相も変わらず、住居兼レストランをやっててそれなりに忙しい。中年還暦をすでに超えた両親父母。それとシェフ、50歳代の佐伯のおじちゃんと3人でやってる。

驚いたね。彼らは朝8時半には開店して、夜はいつまでやってるのか分からんの。決まっていない。大体11時に店を閉める。町内じゃ小腹が減ったらイッツも飯が食えるところとして、だらだら店ひらっきぱなしなんだな。当然働く3人はオンもオフもない。1週間そこに滞在して観察してたら、おじさんと母ちゃんはさ、夕刻5時過ぎに銭湯に行き休憩するわけ。その夕時間帯はオヤジが独りで厨房もきりもりして、7時過ぎにおじさんと母さんが再び出て来てオヤジはそのまま奥に引っ込んで寝てしまう。

でさ、この辺から、3人の行動が普通じゃないおかしいと俺が気づいたのよ。3人は店の2階にそれぞれの個室3室が並んであるんでそれが気分次第だよ。誰かそれぞれの個室を訪ねる。時間経ってから出て来るのはいいんだけど時に、そのまま彼らは一緒に寝てしまうこともありみたいで、特に母さんとシェフさんは、いかに親しいっても赤の他人じゃないか。それもオヤジがそばにいる前、堂々と。これってあり？　マキさん。これが一番悩んでることです。

今の高齢者はまず体力が若返って精神年齢だって若い。調査で女性は10歳も若がえっているそうだし、施設のおばちゃんらはここに入る前まで「70代女子会」に集まっていたそうだし、まぁ元気ですわ。

「まぁあなたのご両親と昔でいえば〈使用人〉との、色が混じった交流にあなたは戸惑っているのね。それでもっと大きな、今後のことで佐分利君さ、何かやってみたのかい」

……ええ。実はさ、近く転職を！　と介護施設に気づかれないようにこっそりやった。あの有名なL、全国チェーンのコンビニに就職したくてね。新規開店で人募集聞いて、面接を受けたら、何と2度も落ちました。

え、こんなのあり？　仕事の内容も単純な支払いで終わっていない、カード利用が普通だし。売り物もね、まぁいろいろある。小さい銀行やATMもあって電気水道代の支払い、サッカーコンサの予約販売もしてるし、それでもこれが今のツイートじゃ、手に技術がない輩がつく「底辺仕事」と呼ばれているんだそうで、確かにそこに行ってみると外国の社員2人もいる。

驚いてるんだ。ここでの俺の感想はさ、有名会社の目立つ仕事は俺にはすでに無理かなって。

やっぱSNSでいう腕に技術がない俺なんか、相変わらず底を這う仕事に就くしかないか。格好いいエリート仕事を望んでも、そんな会社はないんじゃないかと分かった。

日々、介護のようなこんな格好悪い仕事をして、いずれほんとに嫌になって辞めたくなるんだろうってね。介護職をこのままやっていけるには、いつまで精神年齢を若く保てるかが問題だろうって、俺は感じてます。でも不安になっているんだ。

「だいたい、シャベリはこれで終わりですか、コーヒーお代わりするわ、あたし。で最後の質問ですけど。音楽への道は、もうどうでもいいのかな。打楽器の仕事へ転職は諦めているのかしら」

……ええ、こっちはさ、学校できちんと教えてくれなかったし。クラシックは受け付けないし。で、どうしても演歌か軟弱音楽に走るしかない。

実は昔、町末の飲み屋に毛が生えたような、楽屋じゃネズミが走るような店でドラムを叩く修業も、介護学院時代まではしてたんだけどな。今もちゃんとは譜面を読めないんだ。正式勉強してこなかったからどうしようもない。

1年間だけ音楽大学に入ろうと予備校に行くため都会で生活してたんだけど、金がなくて続かんかった。そん時、短い間だったけど生活と学費は、国元喫茶店で休みなし働き放しの2人の両親と、変わりモンのシェフが稼いでくれたもンだったんだな。

なんでか近頃。こんなことを言うのか。それは、しっかりあれを思い出したんだ。東京じゃ小さな下宿で夜はバンドマン修業でバイト代はなし。金がない生活で汚い一室のルームシェア。友達は同じ予備校通学生。でも時にガールフレンドを連れてくるんで3人が一緒に過ごしていたみたいなもんで。物置きみたいなとこでさ、俺に気を使いながら彼らは裸でベッドに転がっていたしな。

それでさあ、あこれ、あのシェフおじさんとうちのカアちゃんがやってることかなと思い出したんだわ。これを思うと、近頃の俺の周囲で起きることはすべて大したことじゃないって。それより、俺は女の人とやることが芯から嫌になってさ、介護員になってから女性には触らずに生きてるんだわ。俺も家族も、どっかおかしいでしょ、マキさん。俺は「オンもオフのない血の家系」とふざけてネーミングしてるんだ。どうですか。

皆で話そう

A先輩：中途はんぱだなぁ、佐分利君は。もっと衝撃的な人物や型破りの野郎に出会うといんだけどなぁ。若い君がわずかでもいつも普通ぽくないことを感じているのは、それこそ、オン&オフの感覚、生活が区切りのない日々を目指すことが果たして良いものかと悩んでいるんだろう。

ええ、本来のオンオフ生活とは一昔猛烈会社員をいう。身近なとこじゃ、研修時代の若いドクターが年中無休で病院暮らしするようなな。それもオンオフなしですよ、しびれる生活ですか。君のふらふら時代のころ、君の生活を支えていたのは、国元のあの猛烈ワーカー3人でしょ。俺がいかにめんこくない人間の証明になるから言いたくないけどさ、やっぱあなたらはさ、みんな世間の中流人種でいよう、下流に落ちたらいけないって必死に頑張って来た人なんですな。

地方にとどまって働いている方は大半がこんなもんでしょ。オンオフない区切りなしの生き方が地域じゃ繰り返されている。この程度しか俺は言えないけど。

文筆家KS氏…さすがA先輩はいいことを言う。それを引き継いでおれは。さて今時代のこの異常な株高を見てくれよ。おれの身近にも介護や病院、医療系で院長、理事長さんはさ、株で儲けてる人もいるわな。でも介護員さんで儲かっている人はいない。

株高でワーカーは少しも恩恵がないんだよ。投資努力で株高を得てさ、車やマンションを買った法人会長さんがいるけど。これを支えてきたのは介護職員だってことを忘れちゃいけないよな。オンオフなしのしびれるような働き方は、メッセージとして魅力的だけど、それで先の同じ会社でもリッチマンとプアマンができつつあるってなことは、深刻に考えなきゃならん点だよ。

日本じゃ同じ介護職場でも断層ができつつあるんだからな。株で大儲けして生活をエンジョイする人がいるのはいいけどさ。実は社会を支えるエッセンシャルワーカーとの間で上下層ができる、これは無視できないことでしょ。

どうしたらいいのか？ってか。俺にはわからん。その身分じゃない。この矛盾解決が介護世界の大きな課題でしょうな。佐分利君。こういうことですからこれからのことは自分で決めたまえ。

文筆家KS氏……人それぞれが快適な生活を実現するためにはさ、まず大きな課題があるんだな。それにA先輩がいいこと言い出して途中でやめてたけどさ、あなたも親兄弟、親しい従業員さんもこれは世間の「下流層」であり決して「中流家庭」にいるって思わんことだよ。この認識からこれからの生活を作っていくのが大事と思う。

え？ ずいぶん手厳しいことを若い方におっしゃるんでねってですか。確かに階層矛盾はそうそう解決はできんからな。それで言ってみただけ。こんなきびしいことを言うのは、相談に来た若者には逆効果だって心理学の報告があるし。おれはそれを正しい見解と思っちゃいるけど、だから叱る行為は避けているんだ。が、つい今回言ってしまった。すマン。

そんでS嬢やマキさん今夜どうだい？ いっこん。気疲れをとるためにさ。

俳人S嬢……お2人の爺さんコンメンテーターが言われてますけど、私は、相談の佐分利君に対し、まずいいセンスを感じてますのよ。まずあなたは潜在転職希望の若者ですけど案の定、ふらふらしてるとか、中途はんぱだなぁと言われます。でもあなたは物の好きずきは、それは成長の現れですわ。ですから希望の行く道が決まらないのです。でも好きなものがあることは自分を大事してるってなことじゃないでしょうか。

そう見れば親もとの喫茶店に戻って働くことは、まずスムーズな転職コースでしょう。親従業員グループは一皮むけばドロドロ関係にあるみたいですし、でもそれよりも街自体が衰退してますでしょう。そんな背景で、あなたが新たにお店をやっても、来ていただけるお客さんは減り、お店先細りは目に見えてますでしょ。それにちょっと有名会社に転職したくて面接2回も受けたそうですが、ブランドをかざす会社は入社もその後も働き方のハードルは高いはず。

そして趣味が高じて音楽ドラマーになりたい希望はねぇ。いかにも若い人がつきたがる職種ですけど、これだって同じような思いをされている人がごまんといるはず。つまりあなたは現在、自分の希望は満たされないらしいと直感していて、いらだっているんですねぇ。今そんな音楽などの仕事につくきっかけは、多分偶然性でしょうから、宝くじに当たったらラッキーだとの妄想に近い考えなのでしょうし。

長くなりました。あなたが今もつ偶然必然の再就職転職は、同世代の男性介護員の持つ考えなのかもしれませんわよ。ですからその思いを持つのは正しいの。ただねぇ、26歳の介護福祉士さん。あなたに今足らないのは……。やはり勤労の対価についての考えを深めてほしいんです。給与をはじめ、そのほかのことで意外にねぇ、今の介護は高齢者はもちろん、そのご家族も巻きこみ、周囲にはいろんな医療・看護・介護職もいて。高齢者介護の仕事を振り返ると、ずいぶんと社会とつながり廻りまわっているんじゃないかしら。

それなのでねぇ、具体的にはこれをやって何とか喰っていける見通しがたてればいいわねと私は考えました。例えば、実家の喫茶を継ぐのであれば、オンオフなしの働きかたで何とかまわしているご両親様は引退してもらっていいと思います。地域はコーヒー飲み来る大人は減る、しかし反面介護が必要なご高齢者さまが小さな町でも増える一方でしょ。じゃ、そのためにあなたは乾坤一擲《けんこんいってき》で。そこで地域介護センターを立ちあげるのよ。

在宅介護の開始です。これはひとつのアイデアに過ぎません。でもね、ここでそれをやったなら、佐分利君は精神年齢を若く保てることにならないかしら。ぜひ参考にされてほしいわね。

で、おまたせ、KSじいさん。なんですって。あんたの考えには反論はしない代わり、近くの路地でうまい中華飯店をミっけたのでと言うんですか。料理もいけるし中国酒がうまい。ロックして飲めば1本軽くいけて、値段が驚くほど安いのが気に入ってるって。じゃ、お付き合いしましょ。一緒に肩並べて歩けば、この3月の寒空もなんとかしのいでいけそうですし。

ねえ、だんまり続けるK主宰さんも行きましょうよ、お財布を忘れないでねぇ。

第17話

ウスノロ理学療法士

学院の親友の送ってくる
スマホがさ最近見事な
句になっているんだ

〈今日もまた
実のない一日で
実習生泣かせ
寒々な2月かな〉

あいつのとこもか
朝早く　雪ん中

停車場で20分待ち
バスに乗り込んで

リハビリ病院に
30分かけても
こうじゃなぁ
役立つ学びにならん

おおよそ分かった
ここでもよそでも
北国じゃ実習はどうせ

相談

25歳の新進気鋭の自分が、こんなことを言っていいのか。おたくの説明チラシに、できるだけ正直に簡潔に現状を記載してと記載がありましたでしょ。そんで僕はリハビリ職の卵、新規理学療法専門学校の学生身分ですけど。そこはいずれ大学扱いになる見通しですが、僕の在籍時ではかなわないようです。でも、自分で言うのもどうですけど、同期クラスでは、2年間にわたって1番の成積を維持している者です。それで理学療法で知られたこのT病院に、4月から週3回実習に配属されて半年になります。

え？　それで相談はなんでしょうかとユトリロ会に聞かれますとね。実習してる病院のリハビリ責任者の件です。そこで、ようやく立てる方、マヒが強くて歩けない、足膝が曲がらない患者様を最新のロボット歩行器を理学療法士3人がかりで廊下を歩く練習なんてを目の前でやっている。道内屈指のリハ先端病院なのにまあ、こんなでたらめをやっているんだ、それもトップの人がねと驚いているんです。

先生は55歳くらいの人で、そこには40人以上いるリハビリ科職員の代表者。で、あだなが「のっぽ（先生）」。主に毎日外来通院している脳卒中後遺症患者様の四肢のマッサージ治療を担当しています。それに腰痛などの高齢者患者様も少しです。

傍でついていたのですが、リハ代表者のっぽ先生は、付き添いで来ているご家族にばかり話し込んでしまい、まず、世間話をたっぷりします。真っ先には患者様の様態に目も向けず、耳も貸していない様子に「これはなんだ！」って最初からびっくりしました。ようやくのリハビリになっても、やり方がどうもおざなりなんです。患部の足手の筋肉、肩や股関節の部を触るだけみたいで、ある日意識がハッキリしているご高齢の患者様は、「もみ方が弱すぎるよなぁ、何の効果もないしょ。あの先生にあたると貧乏くじだ」と文句を僕の方に言います。

質問時間に〈どの程度きつく、もみ治療をしたらいいのでしょう〉と治療への疑問反論をお聞きすると、ノッポ先生は「弱くていいんです。強くすればもんだ後にもみ返しがあるんで」と、しらっと言います、その間の理屈理論は言わない。学生だと思っているんでバカにしてるのかと思う。すぐ〈え？　それ、ウソでしょ、あなたはおざなりの治療師だよ〉って叫びたくなりました。

この3年、高校時代はスポーツに身を入れて卒業し、で、入学試験がゆるでも病んでる人への道、理学療法を目指す道がある、それを歩もうと決意してここに来ました。今までずっとこれからいくものに希望ありと感じた毎日なんですけどね。だからなおさらガッかりなんです。

ノッポ理学療法士代表とは病院で何かと小さい講義や打ち合わせで何度か接触があるんですが、代表からは本学講義内容のように理論理屈がハッキリしないし、いきなり家族との世間話でしょ、そして実技で。理論がないもんですから、これが嫌でしょうがなくなり勉学意欲が低下していき、レポートもすでに赤字が付くことが目立つようになりました。でも目立った対立はしないでいます。でもこんなんで本学院、学生成績トップの地位が危なくなってきました。ユトリロ会の先生に叱咤激励の指導をお願いします。

余話

会の29歳介護福祉士マキさんは、若い男性の相談には、どうも出番が多い印象ですがメンバーはみな黙っています。ただ会で最年少のマコト君は正直に「それ餅は餅屋ってことかなぁ」とつぶやくと、KSおじさんはすかさず「相談に来る20代の若い男性ってさ、当たり外れがあるからな。時に暗い流れになってしまうし、向こうの考えに強引に引かれることもあるし。主宰のKさんも〈若い男性相談者は苦手だ〉って言ってたな。え？B女史はそもそも彼ら世代を〈好きじゃない〉と考えてるみたいだしね。こう見ると、相談会の50代以降のメンバーは、孫世代に思いのほかきびしい視線で見ている気がするなぁ」

みんなで話そうの前に、会じゃこんな心情の交流がありましたけど。

しかしメンバーで最もヤングのマキさんは、男性の介護系の卵としっかりおしゃべりできることも収穫だと考えているらしい。やはり若さゆえか。未婚女子特有の異性への興味心が、彼女の若い男性のお悩み相談への熱心さにつながるもんなのでしょうとメンバー全員が賑やかさ、華やかさの興味を持ちながら、2人の対面のスタートになりました。

マキさんはそのリハビリ学生の相談には、介護員の違いを感じながら、しかし彼から、できれば、学びの初期困惑を切り捨てさせてあげたいなと、そんなまじめな設計図を思い描いて面談に向かったのでした。でもでもやっぱ、いつものまきチャン流軽いタッチでね。

「まずさ、その代表者、のっぽ先生とやら、ほかのリハビリ職員の評判はどうなのかなぁ、沢光君」

……のっぽ先生以外は、そこの先生はみんなキャラもいいし優しいし、聞くとしっかり教えてくれて、やっぱ実学は学校の講義とは違うと実感してます。それにこれも僕が尊敬する本学の講師H先生が「若い人が一流のものを学ぶことは大事だ。ぼくみたいな二流教師の下で学んでばかりいては、君らの学問実力の進歩が望めないからな」そう言って我ら学生を鼓舞して実習病院に送り出してくれたんです。いえね、その講師H先生は、控え目な人で、でも最もいい指導者だと僕は思ってます。

ええ長くなりました。それでね、その実習病院の先生とのっぽ先生はしょっちゅう笑い合ってる。勉強してるんかな。そういえば僕はさ、本学院でリハビリ科講師先生が20人の学生に、たっぷり語る姿になれててね。この2年間、教室の真ん前にいつも座って聞いて、このスタイルが好きだと思わざるを得なくなっちゃってるのは認めるけど。

ただ最近、次第に僕以外の仲間、あの親友Wでさえ、頭は遊びのことばっか気にしてるようだし。講義と次の講義のわずかな時間も学校引けてからの外遊びについてのおしゃべりを、みんなが嬉々としているし。学院生がこぞって、ぱちんこ麻雀、映画ポルノや女友達とのダンス、カラオケなんてほんと学業以外の、お遊びが好きなんだなってあきらめてます。

実習のここに来ても、そんな無試験で入れる学院の学生と病院現役リハビリ職員とは、もしかして地続きじゃないか。学業よりも、遊び芸能を好んできた現代若者の仕業が、ここの先輩リハ職員さんにまで続いてるんじゃないかとの考えになって心配になってます。

それはそうと、〈リハビリは医学の立派な治療ジャンルだ〉と繰り返し教えてくれた本学先生の言葉に酔ってしまった僕は、このリハビリ学を教本で学び、そしていよいよ実習段階にはいってさ、のっぽ先生に出会ってしまい、もしかして、僕は今まで無理をして学んできた、つま先立ちして講義を受けてきて、そんでこの病院実習で、その無理をしてた「つま先」が痛んで来たってわけなのかもしれないなぁって思っています。

「まア、これまで聞いていて、あなたはまぁ見あげた学生さんねぇ。そんな好青年が悩むなんて、なんてかわいそうなことでしょ。新千歳リハビリ学院きっての優等学生、雄一君。あなたは今「リハ実習」修業のため日高リハビリ病院に来て、職員の指導に出会ってさ、そこじゃ誰も満足な学問を教えてくれない！ と不幸物語の中に入ってしまっているってわけね。これから会みんなの意見を聞いてみますよ。

けど。ここで個人的な意見は差し控えるのがユトリロ会の原則なんだけどさ、それを言っちゃえば、あたしが学生なら、そんな、のっぽアホが指導教官だったら、かえって気が楽でラッキーって思うんだけどな」

皆で話そう

文筆家KS氏…ここじゃおれほど、名前のハッキリした形がないやつはいないな。KSおじ、K兄さんとか、S爺さんと呼ばれてきた。雄一くんかい。あンたをユウちゃんとかとおれが呼ぶとさ、嫌な顔するタイプなんだろうな。

そんで言うけど、あんたの真面目な告白を聞いてて、やや同級生をばかにしたようなさ、ま、能力主義でいえば、成績が低い、時に落第していく仲間学生を見ていて、そういうやつもいるさあというより、君は彼らを「あほ」って思ってしまうタイプかなあってておれは心配なんだ。つまり、君の考える基準が成績、学業で高点数主義に偏っている気がするな。

おれは一度だってクラス1番の経験はなし。ア、言っちゃいけないけど、農業高寮に住み始めのころ先輩連が新入生のトイレでおれの両隣に立つので、おかしいって思っていたけど1週間後〈新入生あそこ格付け〉、つまり陰茎のデカさ表を寮の玄関掲示板に張上げてさ。ええ? それがいれは15人中2位だったんだな。こん時はうれしかった。マ、馬鹿言ってしまってスマンすまん。

でも雄一くんさ、結論から言えば学校の成績なんか、そんなもんどうでもいいんだぜ。成績優秀野郎はごまんとこの世にいるんだしな。おれはさ、印象だけど、最近うっすらと施設の医療軍団で、医師やナースや介護員に挟まれて、リハビリ職員の立ち位置が分かってきた気がするな。医師や介護看護さんがやっていることを見ながら、さらに独自で患者さんの生活自体に障害の部分を見出し、それを少しでも是正する手伝えをする仕事だろう、違うかなぁ。

じゃさ、調べたわけじゃないけど学業1番生じゃないと、まともな仕事ができないのかといえばさ、それはさ、どうも違うってすぐわかるだろう。ハッキリ言って学校の成績と社会は違うんだってことかな。

ところで俳人のSお嬢さんは、ガッコじゃいい成績者だったのかい。雄一君へのコメントも聞けたらうれしいけど。

俳人S嬢…中卒の私に学校生成績について聞きたいですって？　イジワルを言い出すのね、KS爺さん。しかもいよいよ、オトコの一物について平気で言い出すのね。困ったもんですわ。しっかしこれで、なんて率直なの！と、あなたの固定のファンが増える一方だろうなぁと思んですわ。

私はその路線はとりませんが、でも私の成績なんか、いいわけないでしょ。中学から頭馬鹿の女学生だったんです。学業低下を貧窮家庭のせいにしてきましたけど、どうでしょうって今は思っていますの。私、がっこの教科書を通読できませんでした、読み始めで頭がくらくらしてしまう。もし高校に行って訳分かんない英語、数学ああ化学物理というんですか、それに国語さえ、テキストを開く気が起きないし、授業なんてじっと聞く気が起きなかったわ。それで高校に行かんかったのは正解でしたね。やりたくないんですから。

それが今、古典文学を読み続けて、俳句同人さんや地域の源氏物語を読む会に呼ばれて講義するなんて、昔の私を知る人がいればばえぇ、冗談でしょって言われますよ。いつもKSさんばかり、バカばっかやってとはやし立ててきましたが実際、こっちの方が学生時代から、正真正銘の無学無能の半生だったんですわ。今さら、地区俳人協会役員してますと恥ずかしくて名乗れません。

で、今回相談にいらした雄一君に今言えるのはね、理療学教科書を空で言えるくらい勉強しなくてもねぇ、これから立派にリハビリ職をやっていけますということですよ。古典文学と同じようにリハビリ医療にも良き伝統があるでしょう。実習指導のっぽ先生も家庭介護をするご家族のお心を大事に考えて、世間話をされているんじゃないかしら、私にはそう見えますけど。ま、植木屋さんみたいに仕事休んで、患者様への次へのアイデアを考えているかもしれませんねぇ。

ご家族の役目まで目を届かせている、のっぽ氏の実習も、雄一君も、見ておいて損はないでしょう。今あなたに、勉学でガッカリさせている張本人、のっぽ先生はもしか三度の飯よりも臨床リハビリが好きに私には見えますの。不思議ですねぇ世の中ってものは。

で、あなたの右腕には理学療法の理論を教えるシャープで鳴らす本学講師がいる。そして左に学問の次元よりもっと深みを考えているらしい世間知溢れた実習指導教官がいる。そう考えられませんかねぇ。

こんな若さでもう学問を究めるシチュエーションが揃ってる雄一君。上級学校の府に足を踏み入れたことのない私に、あなたは、なんてシアワセな方で栄光への道にいると見えきて、よかったわねぇと涙が出てしまんうですわ。

ええ、何ですって、マキちゃん。相談者雄一君は、私の話を聞いて少しも笑っていないって言うんですか。仕方ありませんよ。こういう時こそ「おあとがよろしいようですので」、で終わります。

第18話

偽り崩壊家族

住み続けたいまち
道内3位に選ばれた
ですって

住むこの町は嫌だ
確かにここは
夏だって秋もよ
フルーツが採れる

古い伝統の神社さん
寒い季節でも沿岸

漁業が盛んでそんで

外国の観光客も
いっぱい訪れる
おいしい食べ物
こころ癒す風景

でも私は
季節　春だけ
家の玄関先に
一本の木があって

その地の下で
寒さを乗り切って
春には桜のはなが咲く
風が吹く

奇跡みたい
これを見る若者に
進む場面が整っている
そういうわけなのか

相談

あのこれ、全部しゃべちゃうとさ、もしかして刑務所送りになるかも知れないんだ。名前性別年齢は言えない。ええ、あたしは今、介護の専門学校に通いつつ、札幌の介護施設で働いてます。ずっと児童保護施設寮に住んでて、そこで育ててもらったようなもん。今は本院病院の寮に住んで2年目か。アルバイトも時々してて体がきついしね。でも夜間学院はやめないで通い続けている。ええ、今まで昼の弁当がひどいもんで、いつも栄養不足だったんですけど、現在は栄養状態は普通ですね。

相談ですが。それはさ、仕事場のフロア休憩室でしばしば職員の金品がなくなることがある。犯人は内部モンだろうとみんな分かってますが。もしかその犯人が、あたしじゃないかと一部職員に疑いがかけられているんじゃないか。それで悩んでます。

そん一握りの幹部しか知っていないはずです

が、両親がさ、あたしが小学校半ばまで刑務所に入ってて、ええ今は仮出なんです。その昔、町じゃ話題になる事件でして、親が10年近くうちら4人家族を、泥棒で養っていた事件でした。手口はこそ泥、盗み金。聞いたモンがびっくり事件です。

捕まえてみれば、犯人には妻子ありの家族もちで男親は当時37歳無職のままずっと、町の空き巣を続け、奥さんもいろいろ、盗みの手助けをしていた、まぁアキレタ家族だわ！　と新聞に大きく書かれ、親2人とも逮捕され刑務所に入ったんです。うちじゃあそんな背景があるんで。もう10年前の昔のこと。

でもねぇ、働く職場で金品がなくなると、あたしがまず疑われるんだろうなといつもびくびくします。そん家族背景を背負ったまま、ええ今までずっと真面目に働いていますけど。気にしないでいいとは思いながら、いっそ介護みたいに大勢いる職場を離れ、家で独りでできる仕事や、例えば過去が問われにくい夜のお水商売に転職すればいいかなと日頃から悩んでます。

あ、夜間の介護学院は2年目で、あと1年で卒業。国家資格が取れる予定なんです。

余話

花子さんが対応に出ました。相手は自分からは積極的は話し出さない。小顔だ。そのせいかよけい美形に見える。仕方なく花子さんは言い出す。

「あの。職場での金品紛失なんては日常のことですけど。そん時もしかあなたに疑われるような落ち度なんかがあったんですの？」

……ないです、全然。落ち度みたいなことはありません。ただねぇ、今まで児童福祉系での寮生活をして来てさ、ないからと言って、こっちがやってないと言われるかどうか。

毎回どっちに転ぶのか言い切ることはできませんから、まぁこっちはいわば溺れかけながらやっとのことで生き伸びてきた一家ですから。両親が相次いで警察に捕まった時から、このまま死んじゃうのかと何度も思ったし。学院とか老人病院で、学歴とか家族歴を書かなきゃならん項目があるの。そん時さ、こっちは社会から出る最初からぼろぼろの家族、学歴だと思い知らされた。

そう言ってまた黙って下を向く。

〈かわいそう〉。花子さんはすぐ同情したんです、彼女に。しかしあなたはなんて小柄で美しいんでしょ、あたしの不細工なビッグフェイスに比べようもない、かわいい。そしてショートカット。考えた末にその髪型にしたのかしら。あ、あなた、今パワハラで話題になってる、あのタカラヅカでしたか。この際、ださい介護よりも、あっちにも向いていないかしらと一瞬思い、それを、口にしようかと花子さんは迷った。

それもこれも「ああかような家族歴があれば、社会に出るとなるとね、多難な就職活動になるわね」と平凡な感想しか花子さんには思い浮かばなかったわけで。解決へ、いい方向にいける考えを出せないで、花子さんは焦る。そしてすごいもんですね、相談歴、介護職歴合わせて10年はくだらない北国の花子さんは、ついに言い出す。

「そうそ、つい最近小説を書いて賞をもらった北海道出身の女性作家は何者にも、臆さない面構をしてることをなぜか思い出すわ。あたしだって同類、ええ頭が物書きできるほどの頭はないけどねぇ」

そしてすぐに〈え？　あんたさ、失敗する前から反省すんなよ。確かに今までずっと失敗だったかもしんないけど、しかしこれからは絶対にいけるよ！〉の根拠ない言葉を思いついたのですが、やっぱ空虚ですぐにはそれを言わない。花子さんは飲み込んでしまう。で、ここで2人、しんと静まりかえるわけで。

ささ、相手は半生の家族歴をしゃべるのが目的でここに来ていないんだ。明日から学院通学介護施設で働き続けたいとの期待を持って、それで大丈夫かと心配しているんでしょ。

「じゃ言いますけど、あの、この会じゃ口が悪い、オヤジKSさんがいる。爺ちゃんから譲りうけた土地を法人に提供して副理事長に納まっているけど、今報酬なしらしいけど。そのオヤジの言うにはさ、今現在、道内の介護系法人を運営する幹部に〈これは！〉ってな人物はいないそうよ。だから一般介護職員は、大きな気分で自由に働けばいいってね。その次にこう言うの。あなたのような若いケアさんを会社は育成しなければならんでしょ。でもいくら上が気を使ってもね、成果は思い通りじゃない。そんで彼の最後のメッセージはさ、まず個々にたわいない言葉をかけ、しゃべりかけることだなぁって。どう思う？」

……そうですねぇ、会社や寮、学院でね、たわいない言葉をかけてもらうのが好きです、嬉しく感じます。

「そうなの。それならこの無学資格なしのあたしでもおしゃべりだけは大得意だからさ」

……だけど、花子先生、花子さんか。会社で例えば、職員のお金が休憩室やロッカーで盗まれることがあれば、あたしを名指しじゃないけど「あん人、手くせが悪いって聞いたことがある」とか言って、「ここじゃゥウソつきはいるから。泥棒だって必ずいるわよ」と盗まれた悔さで、数人が束になって「しもの癖と手くせは直らんからねぇ」と言い始めるかもしれないのよ。こっちへの当てこすりがいつか近々あるんじゃないかなぁって心配なんだよね。

モッちうちで会った全てを知ってない模様だけど、貧乏で福祉児童所出で家庭に事情があるはずとは分かってるから、みんなは。でも花子さん、あたしは性的な嗜好はなし。それに癖の悪さも、場所変わってもやったことない。でもねぇこれには自信ないの、血があるから、いつかよね。ウチはドロボウ一家だと、昔から商都小樽の下町じゃそう言われ続けていることを、あたしは知ってるし。

「この辺で、投稿者とユトリロ会メンバーとの談義はいったんやめていいかなぁ。これからKSさんとか仲間にバトンタッチしてみるわ。これだけ言いづらい情報をいただいてるし。きっとユトリロ会じゃあなたの癒しになる育成法？　なんかを言い出すわよ。あたしとは違う。この人にはこうだ！　の育成法がひらめいたら、会メンバーは迷わず披露してくれるから期待してよね」

皆で話そう

文筆家ＫＳ氏：こんなびっくりポンの悩みごとが持ち込まれるんだ。時代かな、ついていけないよ。で、おれなりに考えはさ、それはさ、相談者のあんたもおれもな、いわばレールを外れた線路なしのとこを走る車かもしれん、同類の者同士じゃないかなぁって。こんな思いに至るのは、いい方策は言えんから。だから期待しないで聞いてくれよ。

まず、あんたは家全体がさ、長く恐らく静かにまぁ息ひそめ、まわりに気を使いながら生活してただろうな。あ、昔からさ、大泥棒や宝くじがあたった男なんては、その瞬間から質素に生き続けるもんだって言う。相談者の今は親が司直の手にかかって刑期を終えているけど、生きるスタイルが変えられないでいる。これは面白い、スッごいねぇ。これが第一の感想。

さて。誰にも言えない事情があり、ま、おれ腹の中じゃさ、まともな相談事じゃないと思っているんだけどね。それでさ、先に言ったようにあんたの前には、もうレールが途切れていると言ったんだ。そこを分かりながら走って行かなきゃならん運命だと、自分に言い聞かせるしかないね。それがはっきり分かったなら、この先の生きざまは決まったもん。

そうそ、走る鉄路は今の介護職かもしれない。ならそれをひたすら時刻表通り、毎日ひた走る。国鉄、今はＪＲか、そこの鉄道マンも負けそうなくらい、きっちり仕事やり遂げる決意をするのよ。ま、面白おかしくもない毎日を送ることも覚悟してな。ついでに自己表現は差し控える。いかなる時も目立たないのを旨にするんだ。モッち出世や目立つ職階を目標にしない。

もっとあるぜ、給与アップも要求しない。今の定期給与をありがたくいただくだけで満足する。仲間を募ってベースアップだとか職場環境改善だの、正当な会社への要求をする際だって、あんたは黙って仕事終えた時点でさ、わずかな満足感を得えられたら、まあしあわせといえるような日常にするのが正解じゃないかい。でもずっとじゃない。永久じゃないぞ、当分なのさ。ま、心が満足する相手に出会うまでの間かな。

このセオリーは守れないよ、あたしはお金が大事よ。そのための一家だったんだからと言うなら。もう話は別さ。若いうち、介護みたいな「ださい仕事」をすぐやめてさ、金が一杯入る援助交際系の生き方をおっぱ始めるしかないだろ。

まぁおれの差し出す方針でやってみて、悲惨な首切りなんての仕打ちにでもあったらさ、別の介護できるところを探せばいいんだし。今のとこだって恐らくあんたは勝手に気をまわして、秘密を暴露されるのを恐れているんだけど、まずかような件は漏れないんだ、不思議だな。ましてかえってあんたのヨ常の態度を見た周りはさ、これまであんたが受けたことのなかったような暖かい扱いを受けることになるのよ。あんたには相当の覚悟を俺は最初から感じてたんだ、だからさらに大丈夫だ、今のままで。

俳人S嬢…ま、お写真をお送りくださって。住んでいた家の玄関先に桜の木。その前に、あなたのご姉妹、そしてお母さま。おきれいな方ばかりの美形一家。でもお母さんのお顔にぼかしがが入っているのね。もったいない、とびきり美人なはずですわ、

そうねぇ、今度持ち込まれた相談に、それで私はまさに介護施設で入所者様記念写真を見た時と同じような、ぼかした感想しか、お答えできませんけど、いいかしらねぇ。でも勝手にこっちはテンションが上がってしまっています。それだけいい話だったと思ってますの。

え？　お母さんから先日、あなたは手紙を頂戴したってわけですの。やっぱり。お父さんは先日お亡くなりましたか、ご冥福をお祈りいたします。結核で服役は実質1年あまりで、その後、監視付きの国立療要所で3年近く療養していたんですが。以来あなたは一度もお父さんにお会いしていないんですねぇ。

で、立ち入ったことですが、母さまは手紙でなんて？　そう「先にいったものはしあわせねぇ」と書いていたんですか。そのほか、「女性刑務所でこちらが何を言っても刑務官さんが」「泥棒でウソをつかないもんはいない」。根性は生まれつきで変わらないと、対応にかたくなな厳しい態度を取られてしまい、その刑務所の2年刑期が長く感じて々辛かったと。

去年春、社会復帰されたお母さんとお会い

されてる。そん時の写真なんですね、これは。短い時間でしたけど、妹さんは準看護の学校に通っているし、姉のあなたは病院の寮に住んで高齢者の介護施設で働き、資格取得のため学院にも真面目に通っているとしゃべると、お母さんは「よかった、生きていて」と、今まで見せたことのない晴れやかな顔をしてたそうですの。

よかったわねぇ、今お母さまは札幌のビル清掃業をやっている、独りのままで。ああまだ猶予期間なんですか。でもあなたのお母さまほど、子供の先々のことまで考えていらっしゃる方は、この世にいませんよ。監視期間終了は翌5月ですか。そん時あなたら母子は、きっと新鮮な親子関係をよみがえらせ、ふたり姉妹は親の思いやりの情のもとで、それぞれ個性をいかした介護系の女子として、そろってデビューする。ま、ちょっと生臭いですけど、それでよろしいんですのよ。何たってお母さんもあなたも妹さんもまだお若いんですから。

え？　感想の結論を早く言え！　ってんですか、ＫＳさん。じゃ……。あなたたら一家はね、亡くなったお父様が残されたあなたら一家の十数年にわたる荒んだお気持ちを、一緒にお父さんが天空に運んでくれたはずですよ。で、あなたもお母さまの肉体も、シャバにお戻しになっているンです。え、俳句の先生さん、私を泣かさないでくださいよ、あなた宗教者じゃないでしょうってあなたは美しい口元を動かして、そう言うんですねぇ。そして最後に「うちの母は体重60キロであのほっそり体から、ふとちょになってしまってます」とふざけましたものね。

　そうでしょそうでしょ。で、介護系のお仕事をされている、あなたも妹さんも、清掃をやっておられるお母さまも。私には今満開の桜の花よりもずっとお美しいって思ってしまいながら、涙が落ちてとまらないんですＫＳさん。

　今晩は、ひいきのお店で、一番力が入った、とびきりおいしいお魚をわたくしに出すように言ってください。さぁそれじゃ早速、連れてってくださいよね。

第19話

我らの働き方改革

このところ
笑っていませんの
働きずくめの
毎日ですから

年末近くの昨日
バックパッカーのように
給与明細書き封筒を
1枚もらいました

新年が龍年になってもさ
やっぱ介護の仕事に
変化や変わりは
起きんでしょうね
どうですか

わずか給与が上がっただけで
うれしさがこみあげて
うすら笑みが出そうで
でも世間の目を気にして

やっぱ　庶民のいやしい笑いを

隠すようにまだ雪道でもないのに
慎重に　下を見て歩くんですわ

相談

介護系組織で続けて働いて10年近くなりましたんですよ。でね、なんか貴相談会がこれから様変わりして、広い介護系組織にいる職種の方々の様々な悩みに対応していきたいとのパンフを読みまして。あれを見て喜んでます。

今まで私や介護職員のちっちゃな個人悩みを真面目に取り上げて、貴会メンバーさんみんな忙しいなか集まってでしょ、一生懸命に話し合いをしてメッセージを送ってくれるのを読んできて。無料で相談に乗る、「ユトリロ会」さんには、相談者の介護職員になり代わって感謝しています。

それで今度はねぇ、私の問いは「介護保険改定では私ら介護職員の働き方改革はどうなるんでしょ」です。ええお答えできる範囲でよろしいんです。会社では、普通の職員が分かるよう知らせてくれることはありませんでしょ。NHK番組でも私は何度も裏切られたきましたでしょ。つまり決まって年末前に、「介護職一律1万円ベースアップ」なんて嬉しい新聞見出しが、もう何度でしたか。でも手元にはわずかです。

でも今回は各政党も一斉に介護職の給与を上げなければとしゃべってくれていて。そんで、何かほんと、給与や勤務時間などの点で改善があるんでしょうかねと感じましてね。

余話

介護員相談室「ユトリロ会」の主宰K氏が、相談者直美ケアさん44歳に対面しました。その前、古参メンバー3人で協議がありました。で、みなさまに人気ある花子メンバーがね、

「こんな国会で論じられるような介護に関する政策は、いっつも空白もんでしょ。実効性なんて一度もありませんでしたから」と、はなから相談内容を自ら取り上げる気がありませんでした。しかたなくK先生が「大ぶり過ぎる問いかけなのでね、メンバーは誰も振り向かないでしょ」と、ま、僕がまず対応しましょうかと手を挙げた。そんな事情のもとで、裕美さんがていねいにごあいさつをKさんに向かいしてから対談が開始されまして。

……私は40代の老人病院勤務の病棟介護主任をしています。で、唐突なんですけど、今回改定した介護保険を通して、その中に自分らの生き方、仕事に反映する面の変化があるのでしたら教えてほしいんです、と。それに対しKさんは

「そうなんですねぇ、介護保険システムをケアさんが見直すことがあれば、きっと自分のこれから10年20年先の生きざまに影響があるんじゃないかとあなたはお考えらしいと思いましたので、ご相談に乗りました。これは新種相談内容だと僕は考えましてね、お答えしようと。で、恐らく質疑応答よりもこっちバッカ、一方的にしゃべっちゃうことになるような気がしますが。いいですか」

……ええ、よろしいですと直美さんが答えてか

ら、K主宰がいつものように、変化球から投球を始めた。

「介護保険ですか、まあまず、なつかしいですな、僕にとってね。それが成立した直後、それこそ世の中じゃ、さあさ高齢化社会の始まりだと、今の新NISAよりも大騒ぎでしたね。そんで、すでに介護にいる我々職員はどうしたら？　って。それで介護保険に携わるならまず「ケアマネ資格」が必要だろうってねぇ、老人医療に関わっている僕でも、周りの人もまずケアマネジャー試験を受けましたよ。第1回でした。

で、医師群はかなり落ちてしまい僕は受かりましたが、そん時、ちょっと優越感を持った記憶があります。それでねぇ、介護施設のケアさん連中に請われてですか、僕が中心になり、試験対策講習会を開きましたんです。札樽地域の施設から毎回三十数人が参集してくれて、5年くらいやりましたよ。これ、なつかしい記憶です。

え？　そのほか感想はと言われるとね、一番はケアマネ資格を取った人が現実現場で役立っていないことが分かりました。従来の看護師や介護員さんのケアプランと、ケアマネの作ったものとはそう違いがないわけ。施設仕様ですからね。

施設内ではケアマネになった人がなんか新しいプランでも展開するのかと、期待半分やっかみ半分で見守っていたところ、「従来のわたしらが作って来たケアプランと変わらないじゃない」で、施設じゃそんな印象で終わったわけです。そして介護施設の対応で、給与対応は資格手当じゃゴクわずかのアップでしたしねぇ」

……先生、それはそうと「歴史としての介護制度」を先生なりに言えばどうなりますの。ええ個人的感想で十分。それも参考になりますし。私は名のある福祉総合大学とか国際看護大学の、まるで取って付けたような？　女性教授とかさんのご説講議は実は、はなから聞きたくないタイプのモンなんですわ。だって福祉で名跡になられている彼女らは、本屋で例えれば、きちんとした類別収納戸棚に並べられた本棚ですよ。これが好きになれない。こっちはええ古本屋の、乱雑並べが、どうも好きなんです、キャラですねぇ。

「ああ、あなたはスッごいケアさんだと思いますよ。こういうインテリも出て来たんだと知ってうれしいです。そんでも僕はあなたの意図をくんだ話はできませんよ、僕は。だってボンクラ医なんですから。ごめんなさい。ただねぇ、つかみ的に言えばさ、現在の介護制度には赤信号が点き始めていると考えますね。

どこを基準に危険と言うならばさ。僕ら道内の高齢者医療をやっている医師数人の話題からですけど、そもそも国の福祉予算の範囲内の組織にいる連中は、助成金や補助金ありで何とかやってますから。考えようでは税金逃れの特権階級並かもしれない、こまごま控除や特例が一杯あるんです。で一方、守らなければならん規則は、がっちりです。医師群連中は〈おかみからお金を恵んでもらう身分だから、どうも根性がいじけてる。施設運営もっと稼ごうなんては許されないんだからさ〉と言ってるし。

2つは介護保険制度を取り巻く環境、それを規制する上の者はさ、政府の調査員会、懇談会でしょ。で、介護保険改定は3年に1度、関わるのは厚労省と財務省ですよね。え？　今は改定会議といっても問題がたくさんあって大変らしいけど、公開された内容じゃ介護はさ、「応能負担」方が方向性らしい、直美さんよ。

細かな説明はしないけど、介護保険制度のキーワードは高齢者世代の「健康寿命が長くなり疾病率の低さ。これはもう世界一ですから」。介護職の労使系代表も会じゃこう言ってるらしいよ。まず「人手不足」を訴えている。なんとそれの解決の一つに、ケアさんには生涯現役で働いてもらう。モッチ定年など延長」

……何か少し分かった来たような。間違いもあるでしょうけどK先生、勇気を持ってしゃべってみてください。

「相談者さんから、お答えする我らメンバーが励まされるなんてはさ、まあ珍しい、え？　不名誉だってかい。で、話を続けますと。こうした世の働き改革はさ、女性の参画がキーで、それには家庭仕事は男女均等で行う、国の経済を維持向上にもっていくには生産人口は確実減少する中、人口減少は仕方ないけど年代での就業率は向上させていく。まだ若い直美さんのように家庭を持ちお子さんもいる働く女性では、賃金を官民労働者が一緒になって上げる努力をするって言っているらしい」

……それで私らケア族にもこれから希望の光はあるんですか。それを聞いて今日は帰りたいんですわ。

「政府はじめ経団連、組合連合三者一致して、その近未来の国の状態を前にして営業する病院、施設法人が、ある程度自ら会社組織に投資が必要だと言うのさ。で、新しい組織にして生産能力をアップさせ、各企業施設ですけど、それ同士で競争力をあげてね、その上で利潤をあげてその収入を働くケアさんに分配していく。それで介護系組織もうまくいく、まあるく収まるって言うんだ。つまり国も民間もまず投資し会社、産業自体を活性化させるのが必要だと。懇談会から漏れてきた先生、有識者の言い分をマネしてるだけですが」

……じゃまぁ何か道が遠いですね、Kさん、K先生、私らのいる介護施設の変化を、その見通しでいいですから言ってみてください。何でも知ったかぶりの解説をする池上先生ふうでいいですからね。

「直美さん。もうこれ以上は公的白書の報告書やさっきの名のある女史教授さんに、教えていただくしかない。やっぱ彼らは専門家なんだからかなわんのよ。ええ、それでも結論みたいなもんですか。

まず第一に、その施設利用の高齢者がどれくらい年収入があるのかで、支払いが異なる利用者負担額がハッキリする。その分、低所得の高齢者さんには負担額を減らす、いい話もあるんですね。で、結論は高齢でも働けるまで働く時代になったというわけで、それを「労働者の時代」高らかにと労使双方が唱えているようですよ。

今回の政府高齢者介護制度の委員会じゃ、その方にまとまりそうに見えたなぁ。それで、働ける高齢者は最終ステージまで、介護保険、介護サービスを利用しないで亡くなるってなプランが上にはあるらしくってさ、これこそ四方八方が喜ばしいことだと。どの委員さんの胸のうちも、そんなとこなのかって僕は思ってるんだけど」

……え？　働く介護職員の数はいっつも不足しててて、新規入社よりも離職の方が多い超過職員が年6万人だと数字がでています。その点、改善策は委員会じゃ何か言ってますの。

「介護職賃金が低い、他職種より、あきらかに低いし、ベースアップは年々上がっているけどわずかである。それが介護の離職率の高さにつながるとの認識ですね」

……それへの対策は何かあるんですか、それをお聞きしたいわ。ああそうですか。お勤めの老人福祉系施設での賃上げは、公費投与がなぜか各法人事情で実行されないので、一気に解消する見込みはないのね。それを委員会も容認してるンですか。困ったことですよね。

え？　介護職員のベースアップには2兆円が必要なんですか。で、その財源の消費税が、今もこれ以上あげるのは難しいってわけですね。それは世の政治の争いのネタに発展するからですか。まあ困ったもんですねぇ。

皆で話そう

文筆家ＫＳ氏：印象のみで語るのだったらさ、おれには40年？　前にナウかった介護保険システムが今は古びて見えるってなことだなぁ。当時から応能負担の発想はあったけど、それが関係者にすっかり溶け込んでいるってことかな。

で、Kさんよ。相談に来た直美さんはさ、賃上げは今回もハッキリしないってなとこで、ケアさん関係者の間では、不満が静まりそうなんだろう？　よく介護職員自体が品よくおさまっているな。だっからいつまで経っても今一つ爆発的な改善がないじゃないのかい。

ええ？　そんなに今の介護職に不遇感が強いなら、他職種へ転職サイトでも使って一杯ある職の中から、よりどりでどうぞ、の考え方が時代モンなんですか。

俳人S嬢…介護福祉は、我ら庶民のやっぱ最大政治案件の一つでしょうね。そして現代の政治は経済対策、つまりね、税金の問題に行き着くのよ、さらにこれは歴史問題です、昔から。

つまり税金を取らない！　ってな政府はありません。仮にあってもその政権はそれだけでまやかしでしょ。地方自治体の首長候補が、当選しても給与はいりませんってな方がいますけど、私はその候補者はまやかし政治家と思ってます。平家物語の時代からあるんですよ、持ち荘園から税金を取らない大名は短期で消滅する。その地域から消え去るんですわ。

え、介護保険や高齢者福祉の税金面では、国家はこれ以上、福祉関連の人の言いなりになって免税に走ると、国家滅亡の危険信号が灯ったと私も感じます。高齢者福祉税は、そもそも福祉といえども特に重税でなければ、市民はその税を払って負担するのが当然じゃないかしら。そりゃ税金は増える一方かもしれないわ。それはそれ、考え方でして、市民は税金を払う。やってもらう施策はきちんとしてもらう。これが健康なやり取りだと思うわ。

ええ要介護のご本人様、そして家族、それに組織の職員様もね、もらうだけの思想に染まり過ぎの時代になっていると私は感じているんですわ。え？「あんた、そんなこと言い放ってさ無事に今晩、家に帰れると思うなよ」ってですか。すみません。そう思っているってだけですからお許しを。

だって先日川柳で「電気ストーブも炬燵《こたつ》もない4畳半の部屋で今日も重ね着セーター姿の私です」がその作歌です。これってまるで十二単に見えませんか。ＫＳ爺は、それはみじめな独り身の老女の歌だろう、ってですか。仕方ないですね、現状なんですから。

ささ、Ｋ先生も今日はおつかれでしたわねぇ。会のメンバーも普段と予想がつかない発言をして大変でした。特に過分な発言をして身の危険が及びそうな私のために、今夜は寒いし、全員であの安酒屋に行きましょうか。ＫＳさん、誘導してくださいね。Ｋ主宰は、いつも通り飲み代経費の件、よろしくお願いいたしますわね。

第20話

天下りの真実

今朝の新聞に
新札幌にニュー
高層マンション
売り出しの宣伝が

東京資本に
道内組織が
ついに分け入ったぞ
快挙だ　ブラボウ！

そこには

少し
ほんのチョットだけ
私の手が実ってる

秋にでき上がる
予定だったけど
それが
もう冬だ過ぎ

18階の白い
立派なタワーを

しょぼくれ顔で
見上げる時
風が超冷たい

相談

65歳です。ええ、ここに来る2年前は、北海道で名のある建築会社に勤め、最後は監査役職。次第に仕事が回ってこない時に顧問職さんから中堅病院に来てほしいと懇願されていると言われ、迷った末に会社を退職し現在老人病院の役員をしています。

そこには道庁からの正真正銘の天下りが2人いまして、彼らは「法人副理事長」で私は一段低い「常務」です。で、悩みというか、戸惑っていることは、私の仕事内容が外部、院外からのトラブル事項の解決案件ばかりなのです。ハッキリ言えば、扱い対応次第で世間に広がりかねないもんなのです。それこそ医師群のええ、院長のケースもあり、まさに患者様を診る医療面での、ご家族からの激しいクレームですよね。

病院外の世間とのトラブルが発生する気配を感じ、老骨にむち打つしかないと覚悟していますものの、このところ、心の中、体がストレスで一杯でして、体調不良、不眠や食欲低下でやせてきました。でももう前の会社は退職してしまってるし、老後の経済のこともあるから、妻にはおいそれと相談するわけにはいかないですし。

病院でのうわさでは、介護事務系の職員でも、働く上でのお悩みの方はどうぞとの、貴ユトリロ相談室は言っているそうですね。それに会メンバーさんは知恵者ばかりだと聞きまして。藁でもつかむ気持ちで相談に上がった次第です。

余話

「いい形で職は得たものの、仕事内容が大変そうですね、その因《もと》は前の建設会社の経験が今、あまり役立たないのでしょうかね」

会の60歳、A先輩が口を開くと、穏やかしい相良さんが反応良く答える。

……そうなんです。前の建築会社じゃ汚く言えば「タレこみ」で、激しい抗議口調のクレーム処理でした。今の私の仕事はなんですか、院内のトラブルは、院長や事務長が対応しています。病院側は前の会社で私が、総合部部長の肩書きだったんで、それに期待して就任を願ってきたらしいんですわ。

確かに建設会社でもね、いろんなトラブル、アツレキは絶え間なかった。おっきなお金がからむ問題もありました。新聞沙汰になったものもありましてね。社内社外でも争いごとも、社員個人同士の揉めごとまで、まず私のいる総合部に渡るのが通例でした。それを上級幹部連が上手に収め、最終案として持ち込んだ案件の相手にお伝えするのが私の役目で、まず解決に向けた仕事はなかったんです。

ですからトラブル解決には私は何も関与しないも同然で、形式上のメッセンジャーの役目に過ぎないもんでした。クレーム対応が私のオハコもんだなんては、この施設の買いかぶりです。でもそれを病院はどこでどう聞いてきたのか不思議です。

で、それを聞いた後、A先輩は構わず言い続ける。

「前に在籍してた会社、建設会社は北海道じゃ有名でしょ、冬のオリンピックじゃスポーツ設備、選手村づくりから始まって、あんたのところがどんどん札幌を都市化したンじゃないかなって俺は思っているけどね。世間でもさ、そう思ってるはず。すっごい勢いだったんでしょ。入ってからどんな経験を積んできましたか、少ししゃべってください、相良さん」

……やっぱねぇ、前の会社に、世間はそんな印象を持っているんですね。入社する前のことから話せば、私は地元国立大学を出て偶然入社できた口です。大学時代は高校の教師になるつもりでしたが、卒業前に、これから毎日青い高校生と向かい合うのかと急に嫌気がさしましてね。それよりもいろんな人が出入りして活気がありそう、それに給与が教師より数段上だった建設会社を魅力ある職場だと。40倍ですか、高い競争率の面接試験に私は偶然受かったんです。文学部だったのに。同期入社はみな工学部、工業専門学校出でしたよ、周りも奇跡だと、ええ親は喜んで親戚中に触れ回ってました。

かように入社直後からまず、でき上がる寸前の高いビルの屋上に連れられて行き、フェンスなしのコンクリート空間。びゅんびゅん春風が吹いてるところで。ヘルメットをかぶる作業者が、万が一の命綱さえ付けず一番高いとこに昇ってランプをつける作業をしてる人もいました。私はめまいがして気分が悪くなった、高所恐怖症だったんですね、今まで知らずにきた。そんでこれはだめだ、やっていけないとすぐ退職願いを上司に訴えたところ、「そんなに深刻に考えなくていいから」と明るく返された。

君は大学で日本文学を勉強してきたんでしょ。それを存分に生かし、社内できれいな正しい言葉で会話をしてるとこを全社員、ここのたくさんの労働作業員諸君に見せてやってください。ウチは三井三菱と違って実際のところ、北国特有の荒くれ作業員バッカでしてねぇ、ま、会社自体がガサツなとこなんです。これから君を呼ぶ時も彼らは、いきなり名前だけで呼ぶでしょう。そんな従来のアラブレた会社風土が伝統のとこなんです。それを少しずつ正したくて社長自ら、面接に来てくれた畑違いの文学部出の君に、お出ましを願ったってわけです。会社の隠れた願いが君の肩にかかってるんですわ。

そう言われて。じゃここじゃ鉄材やコンクリートを運ぶこともない、ヘルメットも被らないんだなと思いました。

「面白いな、で、知ったかぶりするけど、相良さんが土木建築会社に入ったころは、まだ建設省みたいな省庁があったでしょ。当時そこ、土木建築関係は世間からダサい、汚いし危険で給与が低いってな、まあ考えるとまるでの今の「介護職」に向けられた世評と同じじゃないないのよ。相良さんが相談を持ち込んでくれて、こんなことを俺は知ったわけで、ありがたいと今、思ってます。

で、当時の国はさ、音頭をとって土木建築職のイメージを変えようとしたんだろうな。まるで介護職で厚生労働省が現在やろうとしていることと瓜二つだと俺は感じるのさ」

……ええ以来、私の仕事は会社宛に無数といえる外部からの手紙類、大抵は自社の売り込みパンフでしたが、それをまず私が読んでそれを関係各部署に送る、そんなレター社内区分け作業をずっとやってきました。ここじゃ落ち着いての座り仕事をやってきて、ほとんど失敗はなかった。会社業績が右肩上がりの時代が続いていたので、私は順送りで幹部職にいつの間にか、なっていました、部下はずっとなしですが。

「あなたが会社にいてこれはよかったってなってことはありましたか」

……常時、拘束なしの閑職です。でも時たま、新規に駅前ビルが建った時、まあれば会社代表として第一声をやらされることがありましたな。これが唯一誇らしげに思っていたことですか。それとちょっとだけ優越感を持った時は、そうですね、大学時代の友人たちが大抵、教師をやっていて、突然地元に寄って行く時がある。そんな古き級友と会うランチタイムの時ですかね。

本社の近くのテラスレストランで天ぷら定食を一緒に食べる、私のおごりですけど。そこで「お前、いい身分だなぁ」と、教師をやってて自分より老けてしまい、古びた背広を着た旧友は、ガラス下に見える景色を見ながらしみじみ言う。こっちは「時々だけだよ」と返すんですけど、確かに会社からの連絡はない、デスク仕事ですので。

こんな時、ゆっくり3時まで歓談できるもんですから相手は、私がすっごいいい立ち場にいるとみられる。そんな際、少しばかり、いい仕事についてよかったと思う時でしたね。

「病院に再就職する前ですけど、会社じゃ相良さんはドンな状態だったんですかね」

……東京資本の大手ゼネコン会社の露骨な地方進出で、ウチの仕事が喰われていく一方で業績が右肩下がりでした。それに。手許で手紙印刷物を扱ってきたんですけど、次第に手紙はなくなりIP通信ですから。各部署に総務を通さず、直接届き、即座にまた反応する交信革命がおきましてね、これで私の仕事は完全な閑職化になっていました。

会社自体の低迷があるなか、こっちはそろそろ首になるとしても、それは当然だと思ってましたが。ただ外から見れば、私は外部社会と交信作業をずっと長くやってきた者と映ったのかもしれません。ま、それに言葉会話には入社以来、気を付けてきまして、この点も評価はあったような。しかし言葉も時代とともに変わってきました。きれいさ、美しさの言葉が現実の意思疎通には役に立たなくなったなぁ、それを一番よく知っているのはこの私かもしれません。

「最後にしましょうか、今の病院に移ってから最大の悩みは何ですか」

……お判りでしょうが現在、病院にかかわる患者様のご家族は、はっきり言えば社会の意思疎通のルールマナーを守らないンです。守ろうとしない人だらけなんですよ。まぁ驚くほどです、ほんとに怒り狂って自己主張をしまくる男性が多いんですから。

こちらが、まず、ルールとマナーをを守りましょうと声かけしていますが、コロナがあって病院施設はお見舞い禁止が長く続いてしまい、それで一層、クレームを後先考えずにストレートに大声で言う風潮が強まっています。言いたくないのですけど、今までの会社で私がわずかに培ってきた対人交渉のノウハウは、ここじゃ無理らしいと分かってきまして、まあこのままじゃまたしてもお払い箱でしょうね。

そう諦めを感じているんですけど、ォ恥ずかしながら、相談室の先生にお手紙を差し上げた次第なんです。

皆で話そう

文筆家KS氏…ああ、あんたはさ。あゴメン、おれは会随一の汚い言葉を吐く。相良さん、あんたは言葉が下品なとこを見ると、もう耐えられないんじゃないかい。この辺がエリート癖かなぁ。でさ、この問題の基本はおれにとっては、大手企業出役員とか、天下り人物がさ、言いたくないけど実際のとこ、いかに無能なのかの問題じゃないかと睨んでるのよ。改めるまでもなく、それは世間の常識でしょ。今時胸張って「私は有名会社の監査職から来ました」なんて再就職先で言うなら、世間はやっぱバカって言われる時代だよ。

今回でおれがぜひ聞いておきたいのは。会社、官庁で偉い人の転職、昔は天下りって言ったけど、ここで相良さんからその当事者の「本音」ってなモンを聞いた気がしてさ、よかったと思ってる。天下り人種は一度でいいから自分のほんとの実力、能力の実態を当人がどこまで知っているのかを聞いてみたかったのでね。

でもこれは悪趣味ってなもんだろうな。かようなお偉い人には、すっごいインテリもいるハズだし。ただねおれは、そんなすごい人に出会いがなかったわけだ。運命としか言えないよな。

俳人S嬢…KSさんがあけすけに再就職さんのことを言ってもですよ、相談者相良さんみたいな大真面目な方がお言葉きれいに、このユトリロ会へわざわざ訪ねて来てくれたんですからねぇ。少しでも、この方のこれから役立つことを、言ってあげないとかわいそうですわ。

それで私、この頃、暇に任せて古典芸能にまで趣味を広げておりましてね、そこで思いついたんですけど、歌舞伎俳優ですけど彼らの歴史を調べると、まぁ面白いんですわ。今も語られるような名跡名優っておりまして。彼らには2つのコースがあると発見いたしましたの。

ひとつは、もう押しも押されもせぬ生まれから天才の俳優の方。ずっと俳優王道を歩むんです。どんな演目でもすっばらしく演じる。一方ではずっと名もない、いい血もなしタニマチもいないのに、いつかすっと現れて最終、ずっと世に語られる名跡になる方もいるんですわ。

その俳優さんはさ、どうも、せまい領域でその能力を発揮しようとしてて、まぁ己を特化するのっていうのですか。自分はこの役しかできないと決めつけてよ、狭いけど、その演技を深堀していくんですわ。決して超名優が演じる方面に手を出さないのよね。これも自分の道を貫き通すってなことでしょ。私は素敵な発想、なんて男らしいことだとウルウルきますの。一芸一道っていうんでしょうか。

　でね、相良さん、どうでしょう。「も一度、相談業をやろう」。まあそれでこれまでやってきたんですし、新たに持ち込まれる相談クレームやトラブルに向き合う、この病院のためにねと。その姿勢一点でいけばねぇ、あなたはこれからもやっていけるかもしれませんことよ。これまでの勤務基本姿勢は八方美人型でやってきたんだと思うのです。仲間周囲にも、ていねいソフトに対応されてきましたよね。敬語も使い過ぎでしたでしょう。

　でもこれからは、きびしいクレーマーさんに限って、あなたはそんな張りぼて張り子を捨ててね、上半身裸の相手に向かい、こっちも上着、ネクタイを脱ぎ棄てて、あえて真正面から素顔で相対してみる。具体的にはもっと丁々発止の気構えでやるしかないでしょう。負けてもともとですから、あなたにはあとはないんですから。

　それにね、病院介護系のクレーマーさんになる人はね、見るところ、元はと言えば前の会社にもごろごろいたはずの、愛すべき作業員、土木労働者さん、下町の庶民サンなんですよ。そんな方が相手なんですからね、あなたはもう批判されても3度目の正直で、そんな厳しく見えるクレーマーさんに、ああそうかいって真っ当に相向かって見るのはどうでしょうかと私は思っていますの。

　実際病院クレームには、インテリが考えやすい理詰めでの応対じゃなくて、むしろ相手の心をあなたがいかによく感じようとするか、感性が鍵になるンじゃないかしらね。

ＫＳおじさん。怪訝なお顔をされてますけど。え？　天下りモンに今後の方策をこんこんと説く必要はねいだろってですか。ええ、そんなやからにゃ「豆腐の角に頭ぶっつけろ！」って言えってってですか、ひどいなあ。ああ、そしてあの屋台料理に行って豆腐を肴に、日本酒を飲もうというのね。あなた、冷ややっこを早く食べたいのでそんなことを言ったんでしょ。

まぁＫＳさんって思った以上に、ほんとどうしようもないオジンですねぇ。あきれてものも言えないわ。それでもあなたは、介護社会に真実の愛を求める人間の一人だと言い張る。私は残念ながら、それを認めますけどね。

第21話
軽薄無頼の長

ええ施設長　ヤツは
人前でスピーチするのが
苦手で　施設設立式典で
まぁ周りは大変だった

そこに行くまで
「スピーチはしゃべらん」と
理屈に合わないことを
主張して

式は本部命令だし

俺ら事務系職員を
いいだけ困らせて
会は無事終わったけど

思い出すと背に汗が流れ
そうそ現状はさ　通勤の度
道端で拾ってきた
変哲のない小石を持ち込み

それに葉っぱ　花梨や
時に空きビンや缶類まで

拾って自室に貯めている
アルツハイマーじゃないか？

先日　業界偉い人同士の
会合で　なのに最後
勘定でもめて
おれが呼び出されて
支払いをさせられたけど
ま　おかしな奴だよ

相談

44歳の、かれこれ10年間も、中くらいの大きさの保健施設の事務次長補佐をしてます。一男一女の家庭で。実は、そこの施設長が介護系組織の決まりで、相談室の先生はご存知でしょうが、1人はいなければならない「医師職」を同時に兼ねているんです、介護組織では普通のパターンです。

で、相談ですが。法人規則でハッキリ10年の内規があるのに、彼は医師であることで、それを平気で破って今年11年目の長を続投をする気でいる。どしてかようなことにこだわるかは、まず施設長には実績がなさすぎます。このコロナ禍盛んな時、施設は対応にてんてこまいでしたし、お決まりの入所者不足、それにただでも足りない介護系職員さんの退職者が入職人員を超過し続け補充できない状態がずっと続く。それはまさに業績不足ですね。

こんなんで施設自体が本州資本の大きな法人に転売かなんかの話もあったとウワサに聞きましたが、今年に入っておれら事務も一緒になって頑張って、経営運営がやや落ち着いて来ましてね。施設長は本部理事長が何も言わないのを尻目に、還暦過ぎになっても内規を破って続投をする気でいます。こんなじゃ自分の将来も含めて、これからの身の置き方も心配になってきて最近じゃ眠れない日もあるくらいです。

余話

今回の初面談、お披露目会はA先輩が行いました。珍しいことです。彼は無頼の愛想なしオトコですから、この任務の相談者さんへのインタビューがうまくできるかは、ユトリロ会メンバー誰もが確信がもてないし、どうなるかを興味深く見ておりまして。で、A先輩は口を開き始める。

「コロナ禍じゃ、あなたも含めて施設職員は大変な毎日だったんじゃないかい」

……ええ、おれなぞ事務系職員はまずもって全員でご家族に連絡電話をすることから始まり、まるで事務室は終日コールセンターでしたわ。そんでも公から助成金がもらえることになって。それだってさ、我ら事務系職員が寝る間を惜しんで、上の役所や保健所に書類を作って提出したからです。やつはなんもしません。

医者だろう？　っておれら思っていても、ま不思議で、黙ってる。それがワクチンで騒ぎがおさまってから、施設長の言い分だけは、しっかりしてて「コロナを乗り切って、いよいよ施設改革のステージにはいったわけで、一緒に頑張っていきましょう」と、まあ随分いい気なもんで。

「ほかにも事務次長補佐の坂下さんには、いろんな事実が積み重なって、その施設長に、今は面白くない気分が固定化しているんだね」

……そうです。相談会のAさんがこっちの言い分を聞いてくださるんで、甘えもありますがねぇ。具体的には、うちの長はもうもうたくさんの内規、規則破りは枚挙なしおとこです。おれはこの人を心の中で「無頼おジン野郎」と呼んでますけど。

だってさ、彼が会社のために何かやったのかの実績がみえません。この年末だって大名年末年始休日を取るしさ。この期、てんてこ舞いの介護職員の時期を知っておきながら、言わしてもらえばいい気なもん。これじゃね。ええそのすぐ向こうに補佐職のおれ自身の定年も見えてきて。あの内規は60歳ですからアッと言う間でしょ。それもあって当然、施設長もその規則に従うべきでしょう。

「申し訳ないんだけど、こんなインタビュー、俺は初めてなんだ。で、話をできるだけ短くなるように協力してよね」

……わかりました。で、考えを言うと、ウチでも上幹部の実績業績を問題になってるンですわ。ウイルス禍の助成金もなくなった途端、施設は赤字に転落します。帳簿を作っているおれがわかってます。その経営赤字状態寸前をしり目にさ、彼はこのところ、忘年会新年会出席が毎日。大半が外の施設や病院、医師会、大学同窓会の会合で。その経費だけでもひどいもん、全部会社持ちですから。

施設はタクシーチケット1枚でも事務長から厳

命されて補佐のおれがチェックしているのに、彼は使い放題。会社の金銭横流しはないですが。ほかに、まっ昼間ランチと称して会社の車で予約したレストランまで運行する。その役目も補佐がやる。彼の行動はすべて総勢5人しかいない事務総務がやってるんですわ。

この際だから言いますけど、ほかに平日でもよく休みを取りますよ。会社にじっといるのが好きでないらしくて、デスクで仕事しているのはめったにない。こんなことで会社のことも、そして自身の将来だって不安になってしまうのは当然でしょ。

「ほかに何かエピソードみたいな、ここに来る前に、あからさまなことでもあったんじゃないんですかね」

……あれぇ、Aさんは相談室メンバーの中で鋭い方だと評判ですけど、さすがですね。じゃ腹を決めてお話ししましょうか、ここまで来たしね、男同士だもんなぁ。

ええ、俺は大学時代、野球部だったんで文化系じゃないもんで単純思考型なんです。世は今年の成人式を超えた真冬の季節に彼を思わぬとこで見てしまってね。彼は知らないけど。そんでさ、これはなんだろうって相談する気になったわけで。

奇妙なことでね。通勤の途中、新札幌駅の地下で暗くて汚いとこに、朝5時から夜遅くまで開いてる喫茶店が昔からあってね、札幌人一部には知られているんだけど、コーヒーがまずいの。でもおれみたいな居酒屋にも行かない、飲めないサラリーマンの常連さんが夕刻には、客のほとんどのとこ。

あれは金曜日6時過ぎ、せわしない時間帯だったけど、そこの近いとこにさ、ミニシアターがあって、奇跡のようにコロナ後もやってるんだな。で、おれが茶店のガラス越しに見ていると、上映終了して数人が出て来て。中に、車椅子60歳代のおばさんもいてねぇ、あぶなっかしいなと商売がら気になってね。そしたらさ、そこにあの施設長が出て来てんだよ。映画を観てたんだな。

そして目の前の車いすを彼が押し始めるんだ。で、傍のタクシー乗り場まで押す。暗めの通路は段差があってさ、地下街地下鉄通路に続くし、なんとも人の流れが多い時間帯だしね。やつが車椅子を押して、乗り場でタクシーに拾われたよ。その際、おばさんはさ、何度も何度も施設長にお礼するんだな。で、彼の方は、去って行く車に大きく手を振ってさ、姿が見えなくなるまで見送りしてるんだ。あれは見ず知らん人同士だ。

上司に聞いたところ、施設長は月に2度、地域文学同好会に出席するために早引きしてる。いい気なもんだよ。でもあれは同人仲間と別れてから、たまたま1人で洋画を鑑賞したあとだったんだろう。わかったのは彼は、金曜は昼過ぎで会社を引けてこんなとこにいるんだなと思っただけだけどね。

人の行動っていえばさ、おれ自身でもあるんだぁ。言いづらいけど。Aさんを信用してこの際、しゃべっちゃうか。これ、ほんとはおれのメインの相談なんだ。

つまりうちの地方社会法人は、よい介護、そしてそれを行うケアさんの育て上げを掲げてる、古いタイプの高齢者介護施設で、そこにはさ、地元三流高校を出て就職先が決まらない3年目終わりに、まるで騙されたようにうちの職員になることがある。4年前だったけど、おれはその会社新人研修会で社内講師になって、そん時、考えれば補佐になりたてで、人生最高潮の時期だったんだなぁ。大量に入社した若い彼女らをちゃんとした介護員にしたいとさ、身の程知らずの使命感みたいなモンをこっちも持ってしまって。先生、ここで笑ってもいいよ、おかしいよねぇ。

あとでさ、「昭和輝きグループ」と周りから皮肉を込めて呼ばれる社内組がおれ中心にできて、その後も隠れ組は続いたんだ、3年近く。最初のころ彼女たちは介護なんて全く知らずだったんで。おれは30代半ば。世間さえ分からん若い女性に、おれの知ってることを包み隠さず教えた経験がある、飲み喰いしながらだけど、懐かしいよ。

え？　そうねぇ、ここの先輩らのやって来たこと、しゃべっただけです。新人さんは目を輝かせて聞いてくれるもんで、社内のこと、恋愛交情物まで語ったねぇ。その前にそうそ、おれは結婚してたんだけど、その内実まで明け透けにしゃべったり。で、じき物知り介護部長がそのこと、うすうす知ったらしく、おれは呼ばれたんだ。

〈あなたはやっぱ補佐ねぇ。あんたの個人的不道徳の経験語りを新人介護員に聞かせて、何か意味があるのか、分かっていますの〉

と言われて、そん時から講習会の講師を外されちゃった。そんなこともあって、組の一人がここをやめたいとの相談を持ち掛けられてさ。これが失敗だった。その晩、彼女とだけ長く飲んでさ、最後までいってしまったのね。で、妻との夜タイムより刺激的でさぁ、数度、こっちから強引に誘ってラブホテル通い。ひと月以上か。恥ずかしながら向こうが「これっきりにしようよ」と、彼女は施設を辞めていったんだ。ラッキーにこの事実は会社のみんなにはまだ知られていないと思うんだけど。

「で相談話の結論はどうなるかな」

……そんな経験をしてきてさ、いつか会社で補佐がとれて次長、事務長になり、介護員さンに寄り添って働きたい、それが夢なんだ。今度、相談室から〈介護施設にお勧めされている方なら職種に関係なくお悩みを言ってきてください〉とのお知らせがあって、思い切ってユトリロ会に連絡した次第です。答えに期待はしてません。

皆で話そう

K先生…あのA先輩にしては対面話し合いがうまくいきましたねぇ、が僕の感想です。ユトリロ会の本部で行ったんでしょ？　そこは石狩海岸の老健施設の、取り壊し寸前の建物でして、もう3年も使っているんだな、木造8畳ほどの旧応接室ですが、こうなれば不法占拠に近いもんですね。

彼は無頼の愛想なしですし。でも話で貴重な内容を聞き出していますね。さすがだ。で、相談者の坂下さんの語りでは、まず普通に育った人らしい。札幌っ子なんですね。親は去年病気で亡くなったけど、市役所教育委員会に勤めていて目立たず休まず、働いていた。住まいは狭い官立アパート家屋で、そこには1000冊はゆうに超える図書があったそうで。相談者さんは、それを手にも取らんかったそうじゃないですか、まあねぇ、「日本教育史」なんてね。

彼の両親とも厳格家で、それでちっちゃいころから何するにもノーを突きつけられてきて、まず通う学校も部活のスポーツや遊び趣味なんても、すべて親の了解がなきゃできなかったらしい。学校はすべて官立。学習塾にも通わせてもらえない。学校の授業で十分との考えなんだろうけど、無理だよ札幌じゃ。で、高校は成績優秀者が行く公立に落ちて三流私立高校だったそうで。もちろん大学も地元を離れるなんては夢物語だったそう。

A先輩：ヤツはさ、まず、この会じゃ、俺を含めメンバー諸氏を先生と呼ばない規定を喜んでいたなぁ。自らレシピエントにそんな優しい配慮をしてくれてうれしいってね。

考えれば、市の教育委員会で一生を終えた自分の堅物オヤジの影響を受けたくない一心で、これまでやって来た感じがしていて最終、自分の考え方には、貧しい身なりをしてもいい、うらぶれても住むとこがあって、職場に通う中古車があればいい。贅沢しない、ギャンブルも手を出さない。酒も飲まんから、そんで赤字の出ない家庭であればいいと奥さんに言ってきたそうで。

でもさ、これじゃオヤジの家庭じゃないかと自分でもがっくりしてますけどね。

花子さん：ついに来ましたか、介護系施設職員の悩み相談に門戸を相談室「ユトリロ会」

が、大きく開いたンですね。で、介護施設系職員対象といえばさ、上は理事長、会長様がおるんですから。万年平介護員のあたしみたいに、その肩書聞いただけで、わぁかなわんってひれ伏すダメ人間は、これから会メンバーとして、早速お祓い箱ですよね。でもまあ、思いもよらないことが起きるかもしれないなぁと、わくわくする考えもあるけどさ。

え？　結論ですか、そうすねぇ、まず会での発言は「短めのシャープなお答えを原則に」。さっきのKさんのように、だらだら子細を語らず、さらっと発言を意識していきませんか。そうして少しずつ上の地位にいる方々の相談の中に入っていくしかないと思うけど。だめかなぁ。

文筆家KS氏…おれは自由スタイルで生きよ。でコン人に、まず以前おれが主張した「上司をハッキリ批判する坂下さんですか、もしあんたが若い介護員さんだったらなぁ、こう言ったはず。

あなたはすっぐに会社が必要としない人になるでしょうとね。でもな、今回は見た目もしっかりしたサラリーマンだからな。ただあんたがこだわる、キーワードの「次長職」なんて、会社に長く勤めていたら、まず誰でもなれる役職だろうさ。あんたは〈そんなことない、大したモンなんだ〉と思い込んでいるから厄介なんだけど。

それにさ、会社での行状じゃ現実、若い女性ケアさんとやっちゃってるしな。偶然君が、会社早引きした施設長が車いす女性を押しているのを見たのと同じくさ、こんなことは誰かが見ている！　ってなことにならんかい。世の中は「知らぬが仏さん」なんだ。

　そんなことも含めてやっぱ、そこで優しくて文化人である施設長を相手にさ、いがみ合いをする前に、君が施設を早めに離れた方がいい気がするなぁ。もう、介護施設事務を身につけているんだし、再就職は大丈夫だと思うしなぁ。


俳人S嬢…まあ私ら凡人は、自分のやってることと、まず自分じゃ気がつかないのよねぇ。ちょっとばかり深刻味な、中年男性の職場上司への確執問題なんですけど、私はこれをユーモア事例と感じたんですけど。

　とにかく相手上司の日常の問題点をきちんととらえてますねぇ、驚いたわ。かように、周囲の仲間との関係で生真面目悩んでいることも含めてよ、あなたは地元私大出であることや、野球部出身ですか。そう言ったもんで介護施設じゃ、それなりプライドを持っておられる気がしますの。

　まず医師で施設長の存在を承認するのをいさぎよしとできない。自分の方が評判も実績もあるし。若き女子ケアさんなんかと飲み会など開いて、頬をゆるめてきたんでしょうけど。45歳、男盛りですものねぇ。でもねぇお話を伺っていて最終、ハッキリ言って職場の色男だと勘違いしてるんじゃないかしらって心配していますの。

　次第に「もう少しの辛抱。早くれっきとした次長職になりたい」と、ご自身の出世コースを夢見ているお姿が目に見えるようですわ。でも実は私を含めた本日出席5人のユトリロ会メンバー全員がね、〈施設長が任期通りに辞め、同時に、あなたの昇進が認められる〉なんては「ない、ないよ」って笑って言ってますのよ。こんな結論が出てるその現実をねぇ、サカシタさんは、も一度お考えみてはどうでしょうか。それが今一番大事じゃないでしょうかね。

第22話

簿外帳簿

高齢者保健施設の
事務職員でやってますけど
いつも静かにトラブルなく
生きたいと仕事してるのに

皮肉なんだ
周りで変化が生じる
それは前事務長の簿外帳簿
こっちは経理しているんで
関係していないのに

ひどくそれで責められてね
一件落着のあと
職員のハラスメント被害を
なくす役目を仰せつかり

職場ハラスメントは
いつも起きる
その取り組みは
上や下の職員を相手に
戦争みたいになるだろうな

どうやって俺一人で
対応していけるのか
解決など一寸先は大闇
雪が解けた季節になって

そん時の俺は
ほぼ自爆モンか
ここは朽ち果てのところに
白亜の施設だけは
きれいに残るだろけど

相談

50歳の老人介護施設の総務部部長をしています。ええ民間の小さい会社を辞めて。まだ介護施設に勤めて5年半です。私は先日理事会を経て昇格しました。各所に挨拶回りをし5月直前に、ようやく終わった次第で、会社規模でいえば社員100人に足りない組織です。

　上からの指示で分かったことですけど今後の私の役目は、介護職員には日常パワハラが多いとの印象がもたれている中、公的義務としてセクハラはじめハラすメント防止が組織に義務づけられたようで、私は事務系といっても、かようなパワハラ、セクハラやカスハラなど、難しい日常問題を減らすこと、それも上手に。それを管理運営するのがメインな仕事になりそうです。

　えぇ、今まで人を相手にというより、請求書、領収書の数字を扱う経理担当で5年間やってきました。それが今度がらって変わった、かような役目を仰せつかったわけで。それもこれもかようなきっかけは、ふってわいた様なもんでして。

この施設運営は、今の今まで自他ともに前の事務長J氏に任されていて、彼は春直前に突然それこそ理事会開催前に、解任されましてね。やつはこの小さい施設の入所定員を2倍強に大きくしてうまく運営してきたので有名ですが、実はその横でま、循環取引の際、水増し請求をし、横領がハッキリした事実が、上に分かりまして。ま、それができたのは私の経理簿が決め手でしたわ。それで前事務長さんは有無を言わさず退任させられた。

事務員は6人しかいませんが、職員順送り人事で、私が総務部部長になった次第です。後任、ほんとの事務長は外部の銀行筋からのスカウト人事で、有能お墨付きのキャリアが着任されてます。この施設でのそんな事務系人事ドタバタ、地に落ちた経営陣の体たらくは、ほとんど誰にも知られていません。あまりに短時間で終了しているから。まあこの辺は上の手腕は大したもんです。

損害賠償請求訴訟を起こすと法人代表は言ってますが、その際、みんなバレルでしょうけど。まぁせいぜい1か月2か月の短い間の、青天のへキれきでしたけど、私自身、びっくりしてます。

それでこれから総務は、今まで以上に厳しい運営を迫られる気配です、新事務長直々のもとでね。真っ先に総務部長になった当方に、そのしわ寄せが来ると思ってます。まずもって経理不正を傍にいて見抜けなかったわけですし、毎日ごと、帳簿を付けながら。ええ。それについては上からの責めはありませんでした。

でも副理事長さんが先日きいきなり、事務長にではなく、私に会いに来て、職員のソフト運営、働き方の管理を徹底的するようにと厳しいお達し、指導が2時間びっしりありました。でもこっちは、全然自信がありません。まずかような仕事はやったことがありませんから。

　で、やっぱこの際、会社を自主退職すべきでしょうか。その辺を経験深い先生らにお聞きしたくて会に来ました。

余話

　今回の聞き役は、ユトリロ会のA先輩です。主宰K先生より年上で知恵もんなので、Kさんやみんなから A先輩の称号を受けてきましたが、近頃歳のせいで言うことに切れがなくなっているといわれています。

　しっかしA先輩は介護系運営数十年の達人で、知り合いも多く、地獄耳の持ち主。この相談を持ち込んできた老人保健施設のゴシップは、仲間内で筒抜けとなっており、彼もすでに知っていました。「前事務長、3千万の横領で急きょ更迭！」とね。

　でもその奥事情は知らない。周りの病院関係事務長内でもみんなタイトルだけ知ってる程度で。それで、いろんな面で初対談にふさわしいと、会メンバーにおだてられて、相談者野上氏とA先輩との会談になりました。

「野上さん、俺も長い間、市役所勤務し定年になったあとに町の老人保健施設で事務長を張ってきたんだけどさ、考えれば全然ダメ長でしたね。ええ、すべての面でね。あなたは、まず前の解任された事務長さんの水増し不正劇を目の前に、経理担当役をしながら最後まで見抜けなかったと言うけど。こんな考えられないことって実際あるんだよな。で。ほんとのところはどうだったの」

……ええA先生、つい先日まで、ほんとにそんな大問題があったとは知らないできました。ただただ、前事務長が、事務室に人のいない時にかぎって私のそばに来て「空調機、15台安く買う契約をした。これでコロナも半減するってわけさ。世間の相場の半額だ。300万、いつもの北潮信金の柳川君が来たら現金で支払っておいて」と言いながら、これも簿外帳簿でいいと、金額書きの小さなメモを置いて行く。こんな具合が1年で3、4回あったかな。合わせて1000万くらい。ずっと問題になっていない。

「簿外決済」は事務長預り法人承認済みと信じてやってきた。私のとこには額は小金、でもものすごく多くの出金、入金が記載の書類を朝から晩まで相手にしていて、支払いの意味とか請求書の意味なんかが、まるで気がつかないでやってましたから。

「でも毎年義務づけられている、法人会計検査をスルーしてきたとは、信じられないねぇ」

……ホント、後で分かったんですけど、事務長は簿外出金を数年間担保にして、ずっと奥さんと一緒になって株証券取引に使ってきて、年度内で静かに金を戻すことができていた。しかし2年間焦げ付き、会社にばれまいとして街金屋に何度も借りては今度も株取引して借金を膨らませ、次第に大きな簿外出金を繰り返したってな事情。私は知りませんでした。

「それが上にまで分かったのは、どんなきっかけなの？」

……秋遅く、ぱりっとした上下服を着た紳士と、も一人こわもて坊主男が施設事務所にいきなり。経理担当責任者として私の前に座り、恐る恐る相手をするとね。

「こっちは債権者なんだよ、貸し付けた金と利息分計３０００万を月末まできっぱり返してもらう」

そんなショッキングなことがあり、それがきっかけです。あわてて理事長へ直連絡しました。

「そうか。あんた、横領事件のからくりで野上さんがどの時点で前事務長の水増しを知ったのかが問題だよな。俺は、まだ法人の上はあんたの責任程度についてまだすっきりしていないと考えている風に見るけど」

……それは。前事務長が施設経理を通さず勝手に備品類の会社と、やり取りするのは慣例だったっていうことで、会社には勘弁してもらってますけど。額がひとケタ多いもんですからね。その街金屋が施設に脅しに来た時点ではすっぐ私は〈あぁそうかぁ、前事務長は奥さんと一緒にある昼間、ベンツに乗ってどこかに消えて行ったことがあった〉って真っ先に思い浮かんだけど、どうしてだろう。それと反射的にさ、ハタって気がついたのは。

ウチが介護施設地区代表になってから協賛、会員会費の集めたお金は、事務長のとここ行ってたはずと首筋から汗が噴き出た。案の上、協会に専従員はいるはずもなく、入金の事務会計は私がやっていたけど、調べると実際は信金会社の保管のお金はすでに一切ゼロになっていた……。これも事務長が協会中央に支払うと言って持ち出していた、もう何をやいわんですよ。

　それからはもう法人は大きく動いて連日、予備費の書類などたくさんの金銭に関する書類簿を持って来いと何度も言われて提出したんですが、しまいに、「ま、よく生真面目に記載してあるね」と、会計公認士さんの褒め言葉？　をいただいて、ようやく事の概要が分かった次第ですが。私としてはやっぱ、うかつの一言です。


「上司の横領事件を知ってね、今の心境はどんなものなんですか」

……〈こんなことしてたの？　事務長さんよ、ま、情けない〉ですか、恨んじゃいませんけど。まず簿外帳簿、事務長決済で起こした奇妙な金券行動は世間で知られたもんでしょうが、まさか私のそばで、バリバリ起こされるとは。

　え？　そのほかの心境ですかぁ。さあ、ただね、新たに会社のために、そして自分のために働く気分にはとうていなれないでいます。気力残量ゼロですわ。それが今日伺った、悩みの中心です。このところ、外に出ると中秋の名月が出ていますのでねぇ、会のS先生のように、「天国には星　地上には泥棒」ってつぶやく毎日なんですよ。

皆で話そう

文筆家ＫＳ氏 … そもそも介護施設の事務室なんてもんはさ、やってみて難しいもんなんだろう。そもそも論でいけばさおれはさ、この原因に、施設代表者が事務経理を全く知らん医師がなってるとこにあるんだと思ってるのさ。

施設長医師ってさ、ほんと言えばさ、身を落とし施設代表稼業もいい商売じゃないかと組織管理者についているんだろうなぁ。広い世界で働きたいと言ってもな。やっぱ介護福祉の世界を知らない。かような医療人がトップにいるから、あんたが見てきたような身近にバカげたことが起きるんだっておれは思ったぜ。こう考えると介護組織で総務、経理のいるところが、相応しい威厳のある場所になる時代はいつ来るんだろうか。

A先輩…普通のケアさんの職場相談内容と違うねぇ。そんで、あんたは自分のことも会社のことも突きつめて思っている。まじめだ。で、俺だったらそうだね、会社内ではできる範囲でやってくだけ。今までと変わらず。そして休日はねぇ、思い切って気晴らし行為をしようと思うけどな。休日の翌日にやる気をもたらすかもしれんなぁって思うのよ。そうそ、お子さんがいるんだな。じゃ一家で休日は家族団らんに耽るのもいいんじゃないか。

俳人S嬢…あなたは背景に今まで、ぼろぼろ学歴職業歴をもってて、ここで首になったら再就職はないだろうって深刻に考えているんじゃありませんかね。それで迫りくる職場での仕事の義務感で、毎日心襲われているんでしょう。素晴らしいとも馬鹿げてるとも思ってるのじゃなくて、ただ違いを感じてるだけですけど。

それと言いづらいのですけど、あなたは会社横領の直人物の傍にいて外的に責任は「ない」の判定を受けておりますけど、やっぱし会社に大実害を及ぼした不正事件に真近なところにいながら、何らおとがめがなかったのね。

そんな立場でいることを、その通りとは、世間は思わないだろうって野上さんは考えていますのね。会社で厳しき視線のもとで、日々おびえて生きてるのが実態じゃないのかしらと思っていますの。それですから、救う手を真剣に考えてあげたいわぁと思っているんですけどね。手立ては思い浮かばないんですの、ごめんなさい。

B女史…私の感覚ではねぇ、相談者の野上さん、あなたは今の立場は真綿で絞められた感じの上から迫られた感じでいる。でも仕事でも、突破口はあるんじゃない？　そこは女の発想でいけば、うまくいきますよ。

横領事件で千万単位の損失があっても、あなたの組織は今まで通りわずかな利用収益を積み重ねていくしかない会社。だからま、損失については考えない方がいいわ。これは最高クラスの運営者の責任が問われるわけで、彼らは簿外帳簿事件について黙り通しますから。

で、あなたが今、新たに実績を問われている施設内のハラスメント対応ですけど。私もこの点を見てきましたが、これには答えはありませんでしょ。毎日こんなことが起き、またトラブルがと、まるで連続しつながるだけ。ここじゃそれこそ俳人S嬢の言う「それでも施設は流れていく」というわけで。あなたが今、重苦しく考えている、組織からの命令もねぇ、時とともに薄れてくるのよ。

　ですから体を壊さぬように、時を過ごしていく、それが正解だと思いますよ。今回で、あなたは転身しなければと考えているらしいけどねぇ、だからと言って、そうそう焦らず、これもただの配置換えくらいに受け止めていいんだと思います。

　つまり、あなたのお悩みは、中年サラリーマン男の特有の心配思考ですから、ここは、女性的な発想をお持ちになってやっていきませんか。応援してますよ。

第23話

画家芸術家になりたい

あたしだけが以前から
持っている家の宝の鍵
中に秘蔵された芸術品は
かけ値は付けられない
アートの真実だからね

アートは
それほど自分に高価なもの
部屋　奥深くに
ていねいにしまってる

患者様のために
一部外へ放出したのを
きっかけにさぁ
なんと宝の鍵は
あけっぱなしになって

そんで今まで細ぼそ
作って来た絵画や写真図が
底をついてしまい
これから意欲をもって新作を
世に出さなきゃならない

これはうれしい誤算だ
世間知らずの
介護員絵描き芸術家が
はじめて知った名声？

アートの真実が
うぬぼれの代名詞に
ならなきゃいいけどねぇ

相談

結構な年齢になっているのに……。まだ夢を本気になって追いかけている者で、誰にも話していませんせん、あたしだけの秘密です。性格は温和だと周りに言われてきましたが、職場で何かアピールしたことはない。特色ないケアだったわけで。が、おとこまさりのとこがあると自分で思ってまして。そこが、あたしの趣味である景色画、風景写真です。

ええ、家庭は夫が2年前に脳出血で突然倒れて、それこそほぼ植物人間になり近所の病院に入院したままです。子供2人娘ははたち過ぎてすぐ嫁に行きましたし、我が家はこの1年以上、あたしたった独りで住んでます。

ええ、悩みのキッカケみたいなモンは院内病棟での展示会ですね。ウチはリハビリ中心の病院ですが、隣の病棟がガン患者様の末期で入院される「緩和病棟」があるんですが、そこでの絵画写真展示会にあたしが募集に真っ先に応じて出展したのが発端で、単純なんです。

写真、絵画の作品はあたしの描いた場所風景。それを懐かしく見る人がおり、緩和の入院されている方々を感激させている。上の方からも次回次々回と院内個展を開いてほしいとの要望が出ています。これであたしの作品は、ひとの心に響くって分かった。

不思議なのは仲間は病院内個展をハッキリ褒めてくれない。それでも家のローンがあと5年以内か。それで、もともとやりたかった風景を写真に取り、それを絵をたくさん描きたい。そんな長年のあたしの夢を実現させたい気分なのです、今こそ。

でもやっぱり無理でしょうね。もう少しでたった一人の老後生活になりますし、それを考えるとかなり無謀で危険な選択になるのでしょうか。

（44歳　介護福祉士）

余話

性格は自分では温和ですが、おとこまさりのとこがあると思ってまして。リハビリ中心の慢性期医療病院に勤めて長くなります。10年勤続者として表彰もされました。それでね、悩みの発端は隣の病棟で起きました。そこはそれこそがん患者様が入院されている「緩和病棟」で、そこでの偶然な出来事がキッカケかな。

勤めている療養病棟は回復期治療やリハビリを終えてしまった患者様がおり、日々の体調に気をつけながら生活動作を介助する、といっても自ら動けない、意思の乏しくなった全介助の患者様がほとんどですからね。起居、排泄入浴食事の介助です。動く量が少ないのでユったりした病棟ですが、廊下をはさんで10メートル隣の緩和病棟では毎月のようにイベントをやります。月の定番行事になってます。

「まぁ直接の介護問題でなくて、こっちはやや安心したわ。で、お隣病棟で何が起きたんですか」

……これまで大抵、ええセミプロさんのギター演奏つきの女性歌手さんの登場が多かった気だする。でもコロナ以来、毎月そんな芸人さんも集まらなくなった時代で、そうねぇ一番の原因は少ないお礼金ですかね。今時、そんな介護施設なんかを舞台にする劇団や歌手は地方じゃいなくなったらしい。

それで病院全体で、ここの職員さんで趣味が高じた演奏、歌い手、それにあたしのような風景の絵なども募集するようになってきたんですわ。それを聞いて、どうしてかあたしは、すぐ反応してしまった……。

わずかながら自信がある四季の鉄道、廃線前の駅風景画や写真を、この10年よね、休みの日にはついに、わざわざ遠い岩見沢地方や空知石狩の田園風景、鉄路を中心に写真を取って、さらにそれを水彩画にしてきた。

今まで誰にも見せたことがないンですよ。そんな趣味活動をしてることさえ、誰にも知らせていなかったのに。我を忘れてかしら、恐る恐る、数点だけを提供したところ。病棟絵画展ではマン中に堂々と。病棟員会からか、立派な額縁も付けて並べられて。それだけで嬉しかった。

それに女性の患者様、とってもお痩せになっている方でしたが、ずっと見つめてる。何でも主催のメンバーに後で聞くと、石狩川周辺で育ったそうじゃない。こんなこともあって、改めて驚いた次第です。１枚の絵が、しろうとが撮った、何げない写真がですよ、よその人の心に一つひとつ、ピンと来るものなのかと。信じられなかった。

「まぁ圭子さんの作品、実は結構ご苦労されての結果だったんでしょうが、それがほかの方にアピールしたんでしょ。自分の部屋に飾って置いただけならこうはいかないわね」

……緩和の音楽療法責任者が、「演奏や歌の楽曲よりも、静かな絵や写真が好きな人もいるのねぇ、だからさ、あんたの手許にある絵は全部出してほしいわ」と頼まれまして、これまでの描いた二十数点が、ひと月後には、病棟休憩室の壁四方全部に飾られましてね。

ここで、相談会の花子さんがまたも口をはさむ。

「偶然ですけど。なんとなく細々続けてきた趣味が、ありがたいことに病院全体で人気イベントになってしまったわけね」

……その通りで、うまいこと言いますね、花子先生は。あ、「先生呼ばわり」はここじゃ禁句でしたか。

これまで10年近くあたしが足を使って、中にはもう廃線になり、駅もなくなったところもあります。これをフォトにしている「鉄女」は少ないはず。２時間近くバスに乗って、それから30分以上は歩いてその場に行き、ようやく撮ったスナップ写真を家に帰って１枚２、３か月かけて描いた風景スケッチ画になるわけ。それがここじゃ突然評判になり、地方夕刊紙でも小さな記事になりました。

緩和病棟での大好評から始まり、名もない病院職員が自ら描いた画集と写真集。その描かれた場所が懐かしさ呼ぶんですか、次回次々回と院内展覧会で、個展として開いてほしいとの要望が出ているくらいで。

「あの、ご家族の理解や協力はどのくらいあるんですか」

……ええ、家庭は。実は夫が寝たきりで脳卒中で倒れてから、この5年以上、近所の病院に入院したままです。子供2人は昨年までに20歳過ぎてすぐに嫁に行きまして独立してます。で、我が家はこの数年あたし独りで暮らしています。

「まぁそれなりに大変なわけね。そういう方、うちの病棟の中年女性介護員さんにもいますよね。そういう職員さんは宴会で夫婦漫才やったり、下ネタも出して無理くり笑いを誘いたいんでしょうか、でもどっか不自然でさ、うまくいかない」

……話が長くなってしまいまして。でも、ひとの心に響くってなことが分かったのがこの病棟個展でした。不思議なのは仲間がハッキリほめてくれない、ご苦労さましか言われたことがない。ここが気に入らないし。

先日、かような病棟講演会についてボランテア職員も集まって会議が開かれて、方向を決めるせっかくの機会に病棟主任が議長格なのに何も言わない。あたしら出演者にお礼の一言もないの。寂しかったなぁ。

「わかるような気がするわ。で圭子さん、この辺でお悩みをズバリ、全体相談会に向けて言ってほしいわ」

……仕事じゃ女性ベテラン職員の域に入ったあたし。でも画家芸術家になりたい。その気が年とともにさらに強まっているんです、バッカみたいでしょ。あたしはこの介護員相談室の本も読み続けてます。で気づいた、事はさ、この会じゃ介護員相談者の経済事情をしつこく聞きますよね。で、お答えには必要な情報かと思いその点をしゃべっていいですかね。

あたしの夫は今も重い脳卒中後遺症で、リハビリも急性期治療も終えて慢性期治療の病院で寝たきり、ええ足かけ丸5年にもなる。家には戻れません。近くの病院でお世話になっている分、ここの職場であたしがもっと患者様に心を込めてお世話に頑張らなきゃと、介護を続けるあたしの意思を強くさせてくれてる源泉ですね。

で、うちの経済ですけど、あれは、もしか自分がかようなことになるってお父さんが病気になる前に分かっていたのか、すごいよね。家族に内緒で疾病死亡保険に入っていて、その額は驚き、4桁だったの。それ、生前贈与できるそうですし。お父さんの療養費は、勤めてた会社の保険で賄える額だし。それに家のローンが5年以内に完済です。

そんで人には言ってはいないけど、変わらない気持ちを正直に言いますから。今こそあたしのささやかな夢について、これを思うと独り、悦に入ってしまうンですが、今まではこんなんでも超忙しい介護仕事を終えてから、時には「ああ、スカってできること、ないかしら」といつも一瞬思いますよ。

介護は、体、からだでしょ、だからか、結構なインテリ風の仲間に聞いたらねぇ。花子さんだけに言いますが「やっぱり、あれしかないんじゃないかい、わたしら」って率直な返答をもらいました。ならこっちには、男の相手がいない。そこで思いついたのがこれで。

……そうかぁ病院展示会で一番受けたのがアタシの作品だ。まぁ細々と静かにやってきただけだけど。そんでかえって「いつも、いつまでも新しいのかも」ね。誰にも呼びかけられずグループなしでやってきた。

で、この頃それに鏡見るとね、「もう勘弁して！」50前なのに還暦世代に見えるのは間違いなし。頭の毛、後ろ真ん中が禿げてきた。姿格好からいえば、もうおしまいよ。いつも介護している患者様の老化を感じているのに自分のことになるとそれを思うとさ、何か不気味で。諦めていますけどね。

自分の心が弱ってきて、だんだんゆがんでくるのよ。仲間はだあれもそれを、言葉を発しない。閉じ込めたまま。だっから、それに比べてささやかでも病院作品展示会じゃ会場にいらした方は、揃って、いかにも満足気でいらしている。これで決まり、これ以上何があるのよと考えているの。

もともと好きでやりたかった風景を写真に取り、家に帰ってからじっくり絵にする。外の人にも見てほしくなってきた。超わがままでしょう？その辺を相談会のメンバー、先生らに意見をお聞きしたいと思いまして。

皆で話そう

A先輩…どうなのかな、この相談者圭子さんのお話はね。煎じ詰めちゃうと、どうも俺にはベテランなのにさ、子供っぽい介護員さんの話じゃないかと思ったね。決して若くない方だから、やっぱ年齢と自分の考え、思いとのギャップがあるってある程度自覚してるらしいけど。で、話を振られたこっちはこれは困ったことだな、嘆いているところなんだけど。

ある意味挑戦的に感じるんだ。長年の介護を下敷きにしたベテランさんが、いよいよ長年の夢を実現したいと言ってきてる。そんな君を見て、こんなことを外の職員さんが、みんながマネをして実行でもする施設になればさ、いったい介護はどこへ行ってしまうのか？　って俺は心配になってきたなぁ。

俳人S嬢…私の捉え方はA先輩とは違うの。この手の悩みは男の人に多いですけど。偶然のきっかけで病院内ではこれは傑作だ！　と評判を呼んだあなたの作品。これは無垢の産物よね。で、そこで、あなたは「ずっとあたしは、これをしたかったんだ」遠いとこに置きっ放しにして長年持ち続けてきた、あなたの夢プラン。それを、やっぱ仕事、子育てやお金のために、自分の心を抑えてきたと改めて実感してるんでしょう。生き生きと自分を表現したい、結構激しい望み希望ですよ。現実の介護がナマナマしいからさらによね。

ガサツな私なんぞが推測すれば。圭子さんはきっと、とても素晴らしい心象風景画を感じている、それを実感できる現実場についに来たんですネ。でねぇお答えするならやっぱ性差が出てしまうわ、こういう、これからの生き方問題には。介護をする男性ならばね、私は「夢を実現する時期がきていますよ」と言い切ります。あなたは夢をかなえるために生きているんですわと、そんな言い草を、街の飲み屋のおかみさんも、勤め先を辞めようかと進路に迷う若メの男性に言い放つ時代らしいですよ。でも今度は、それが女性ですからねぇ、

花子さん…あなたはねぇ、ご自分が思う以上に会社や上司から大事にされているケアさんじゃないでしょうか。アタシはまずそれを感じます。一思い切って取材をして写真集や絵画作品に仕立て、数多くの人に見ていただく」あなたの深層心理を眺めるとさ、清々しいでしょう。あたしらおばさんケア連中の、図々しさとは大違いですね。

それでねぇ。あなたが、これから文化作品作りのために仕事を休み、ついにそのために仕事をお辞めになるのを想像するとね。あなたの心の中の、ここちよさに比べて、あたしらは、「気持わる」ってまず思うでしょうね。で、あなたの行動のあとはえらく、会社中心の人らに注目の的になるんですわ。それで、あたしは、もう少し普段の圭子さんのように、もの静かに処理していただきたかった。

文筆家KS氏…あんたの夢は今現実に手が届いてるでしょ。何も外へ宣言するのは要らんと思うのよ。写真撮影活動の旅や、絵画を書き始めてそれに集中する時間を求める。それが時に長期になり、正規の介護を休んでの芸術活動を理由にして、それを堂々職場に求めていく。病院側でもそれを容認していく方向に

ならなきゃ。

多分あんたのプランは大丈夫さ、時代の要請だよ。介護仕事を辞めるべきか、いや夢を追って完全フリーになるべきか、二者択一の悩みなんかせんでいいんだ。仕事を辞めんでこのままでこれからどんどん心の聖地、石狩周辺を歩き廻ったらいい。そんな素晴らしい活動にはやっぱ、男もおんなもないしょ。

ただねぇ、これからの作品はさ、予想だけど今まで、世間に出す気のないものは傑作であったけどさ、その後、一応評価があってさらに見せてくださいと言われる芸術品は、恐らく並のモンで終わる気がしてならんね、芸術って皮肉なもんなんだ。でさ、圭子さんが決意を持って写真や絵画を完成してその都度、緩和病棟個展会でお披露目することで、

当分満足してはどうだろうか。

この折衷案はさ、君より若かりしころさ、きっぱり仕事を辞め家族も捨てて始めた物語書きだったけどさ、その後20年、ついに小説で世に出れなかったおれの痛切な後悔があるんだ。分かってくれよ。

ああそれにしてもここは冷房装置がなし、扇風機は全然きかない。このクソ暑い夏じゃ外で飲むのは辛いぜ。Kさん、あんたのうちはクーラー付きの居間と、それに続く庭に飛び出したテラスがあるって聞いた。その両方を使ってさ、今晩はおれにも家飲みをさせてください。よろしくたのむ。

第24話

せつない思い

おんなのロマンス
そこにうつってるものは
きちんと映す鏡より
値打ちがある
そんな思いが浮かんできて

ここで自分は神秘主義者じゃ
ないけどもっち
未踏の地に足を運ぶ
探検家志望ではないけど

おんなのロマンス
今までうつってきた幾つか
自分の奥深いところ
暗い情念のエリアに
触れてはいけないと思う

壊れた鏡に映る
自分の真の姿を
見ちゃいけない
見ようとしてはダメなの

おんなのロマンス
そうしなきゃ
明日からの生きざまに
立ちすくまなきゃならない

人生を平和で
安全に全うできない
気がしてねぇ
鏡の破片を片づけました

相談

もう十数年、おんなじ施設で働いてきて、今じゃここでは何も珍しくない30歳にもなってまだ独身の、一昔いう「行かず後家」ですね、わたしは。その長さのゆえで、会社で関係してきた男性上司がいます、ずっと秘密になってますけど。その上司は順調に出世して、今では事務系の総士扱いの人らしい。自分でそう言いますの。そして超忙しい。動き廻って会社の経営を握っているひと。

きっかけは、わたしがまだ施設に入りたてのころ、介護の仕事で主任クラスや、やっぱ気の利いた先輩や同僚に連日イじめに近い指導を受けて、ついに半泣きながらここ辞めようと駆け込んでしまったのが会社の事務所。彼は当時事務次長だったんですが。その人のとこに行ったんではありません。夕刻で事務系職員はみんな帰宅してしまい、サービス残業の彼しか居残っていなかったわけ。

そんでもそん時は、ヨっく話を聞いてくれた。それがはじめ。そんな縁です。もう消える寸前で、昔ばなしかもしれないんですがなくなったモンではなく、ごくまれにその人から、誘いがある。そのたび外で会ってました。まぁ若いだけが取り柄のわたしですけど、彼にはそれなりの愛人役だったんでしょうか。もちろん彼には家族があって不倫関係です、立派に。

で、そんなわたしにはほかに好きな男性が最近見つかりましてね。その人は料理人で、シェフなんて格好はよくないンですが弁当屋さんなんです。知りあった事情は偶然の重なり。

今日は花子さんに、これでどうしたらいいのか、2人の男の間にいるもんで悩んでます。えぇ。どちらを選ぶかのほかに、もう2人とも捨てて別の行く道をとも考えてる最中で。会社関連なんで今度は周りの誰にも聞かせられない。すっぐ漏れます、スキャンダルになる。それで、よいアイデアを出してくれると働く仲間うちでは知られた、この相談室ユトリロ会に来ました。ご迷惑をおかけしますね。

え、ここは無料なんですか。やっぱり。よろしくお願いいたします。

余話

今夕の、会の花子さんが相談者さんにいつもどうりに、優しく話しかけます。

「千恵さんですか。よくいらしたわ。あなた、なんでも急がないタイプみたいで、どうなの？　その点は。わたしが言ってるのは、それで今まで損していませんかってなことなんですけど」

……あの、花子さんは、花子先生って呼ばれていて、この界隈のケアさんにはすっごい人気がある人ですので、今晩あたし単独で会えただけでも嬉しいです。これでもう半分くらい気持ちの重みが減ってしまった感じが。

「まぁ、そうなの、こっちこそ嬉しいわ、そんなことを言ってくれるなんて。で、近頃のあなたの生活、勤務はちゃんとできてるのかなぁ。ここの相談会ではそんな心配をまずするもんなのよ」

……ええ心配なことは、そのものずばりです。人には言えないの。仕事すると終わった途端ですけど、最近どんどん疲れやすくなってしまいましてね。先日、主任が見かねたんでしょうか、働き方改革とかで、まだ更年期から遠いのにと言われながら、疲れやすい介護員を優先してと、会社から3日連続休みをくれましたよ。

そん時のあたしの休日の過ごし方といえば。朝になってもずっと布団のなか。昼頃起きてようやく近くの弁当屋に行って、「ノリべんとう」とか「鮭べん」を買う。即席カップ味噌汁も食べますの。これで十分。せっかくの休みの楽しみも満たされるってわけで。丸3日、これで過ごしてほかに何もしない、食べない日々です。

そこの町の小さな弁当屋さんで働く20代の男性は愛想がある人で、これまで言葉は、交わさなかったけど眼であいさつはし合ってましたか。そんな仲が2年くらいです。そしてその男の人は近頃、音もなくいなくなり最近は全く見かけません。

別の仕事に就いたんでしょと思ってました。ねぇ、花子先生、花子さん。偶然ってあること、信じますか。実はあるんですよ。

「そのお弁当屋の男の人と、町のまたどこかで会ったんじゃないかなあ、でしょ。札幌市内じゃそんな再会もあるような気がしますけど。あなたはどこで会ったの？」

……あたし、なぜかクラッシク音楽のカノンという超ふる（古い）曲が好きで、夜のNHKラジオで流れていたんです、お気に入りの曲ですけど。それを有名なイタリア系の演奏グループが中島公園のコンサートホールで演奏会をすると知って、大枚をはたいてチケットを購入。まさかねぇその日、午後2時開演なんで昼前、食事もとらずに出かけました。

立派なコンサートホールの前広場で、キッチンカーが3台止まっていて、ああこれは便利と思って近づくと外側の車に、町のお弁当屋で働いていたあの男性がいるじゃありませんか。思わず近づき「こんにちは」と声かけしたら「ああ」と彼は懐かしそうに、「アン時はお世話になりました。今日もお好きな鮭弁当、豆腐の味噌汁がありますよ」と返してきた。

そんな再会にあたしは感激して涙が出そうになり「ええ、いただくわ」とお金を支払してから前のベンチに座ってそのお弁当を食べ始めましたの。

「それから、どうなったのかしら。でもそういえば、これじゃ会社上司のとの問題は吹き飛んでしまった感じよねぇ」

……やっぱ、新しい方、こっちにはあたしは力が入ります。で、その日の弁当屋さんの話を続けるとね、彼は忙しい中、車から降りきて「今日は音楽会に来たんですか」と声をかけられた、嬉しかった。

演奏会はアンコールがあって、終わったのはやや暗い午後4時前。外に出るとあのキッチンカー1台が残っていてね。もしかあたしを待ってた……。

館外に出た途端、白い制服の格好いい彼がサッと帰るみなさんの中に分け入って、「あの、俺の連絡先はここですから、また食べに来てくださ い」と手作りのチラシを渡してくれました。

で、じゃこちらから連絡しますと反射的に言って、別れましたけど。

「わかってきたわ、千恵ちゃん。それでユトリロ会でみんなで話し合う前の情報として、関係してる上司のことも聞きたいな。もうあけすけでいいから腹くくってさ」

……じゃ、その人のこともしゃべる。付き合ってみて実際、やつの会社の仕事のうち、人の嫌がるばかり引き受けていたことが分かった。あたしらケアさんについても考えている、たとえば「このケアさんってさ、使い道のない介護員ばっかだな、そんなやつらの集まりだよ」とかの汚い吐き捨て言葉も言ってたけど。

それに介護施設と言っても、今はどんどん準病院体制化ですので、「ここにはおっかない薬も詰所にあるしな。劇薬ほどではないけど睡眠剤もおいてあるし。それに廊下居室やトイレさ。だんだん古くなり、老人の転倒などの危険が一杯だろう。火や水回りも金をケチって建てたもんで、役所の許可は下りてても旧式でさ、ひどいもんだ、大事件勃発寸前ださ。それをオレら、介護以外の男性事務職員合わせて5人で日夜支えてんだ」って言ってた。

彼はそんなことで頭を始終動かしまくっている

からね。女のあたしの入る余地はそんなストレス溜まりの中で、チョっとした気晴らしだと思います、会う際は大事に扱ってくれてますけどね。

「そこまで聞いてだけど、5年近い関係でしょ？千恵ちゃん、その上司にいいように扱われてるってもう気がつかないかな」

……関係があったからさ、ウチの実家の父チャンが脳卒中になって意識がなくなって、急性期病院ついで回復期病院に、家族に先行してどんどん運ばれてるって思う間もなく、ちゃんと家族アシスト以上のことをスイすいやってくれたのが、あン人でした。

でもねぇ、一方で彼はその辺から何か人間性を失ってきた気がするの。だって会ってもあればっかでしょ。ずっと互いに慎重に付き合ってきたから、彼とあたしのあいだも周りに怪しまれないできたわけ。今度親の入院で彼との交通はおおっぴらでやってもいいことになってね。そんで彼は大胆にも前より多くあたしを夜の街に誘うわけで。もう終わった、過去のことだとばっか思っていたのに。

これ焼けぼっくいですか。こっちも断るわけにもいかない。だんだんあの、あっちはあたし彼との肉弾戦が嫌じゃなくなってしまったしさ。

ええ、ここであたしにも悩みが大きくなって実は、介護員仲間で、そっちの交際が派手というか、気のいい人がいるんで。うわさじゃここの男性職員をみんな兄弟にしてくれたって言われてる。あの母さんの話はおもしくてねぇ、お酒が入ってたけどおばさんは

「大げさに考えないで千恵ちゃん。ぶるって入れ

てぶるって出せばいい。鼻をかむようなもんだよ。すればするほど経験のない、あんたも自信がつくようになるさ」ってね。

じっと聞き入っているところを見てさ、さらに勢いつけてね、

「あたしばっか有名だけど、職員はこっちを淫乱とか不道徳とか言って罰してるんでしょ。でもさあたしは思うんだ、みんなしてるよって。この施設にクレーム持ってくる、あの上品そうな女性ご家族だって。会社を運営してる上の人もみんなやってる。千恵チャンのような、いつまでもウブな若い介護員さんはこういうことは早く知って置いた方がいいんだよ」

そう言われたりして。

こうしてみれば彼はいつの間に代理も外れて真の事務長さんになった。辛抱の末にですけど。でも、密会の時に聞くと、会社じゃ何事にも自由が利くふうに見えるだけで、いつまでも会社の下僕でしたね。「オレの悲劇はこのバカげたことにばっかかまけるのが仕事だし、このまま続けても何も残らん」って自分を卑下する。

彼は恐らくここの上にも下にも憎まれたことがないはず。それほど好人物で他人に喜ばれて職員の要《かなめ》にいる。ついで家じゃ奥さんにも子供にもお父さんとして好かれて、頼りにされているらしい。

でもあたしには最近、彼に対し軽蔑も浮かんでくる。そんな重大なことをサラって言ってしまい、それでいいのかしらってね。ただ彼がこのあたしを根っから信用して頼り切っていることには気持ちがよかったんだわ。で、先日彼は会社の事務室付属の給水室へ呼び込んで入って行くとね。急に顔色まで変わってしまい、こっちも警戒はし

ていたんだけど。やつはくちびるをぶるぶる震わせる黙ったままだった。彼との争いはこのあと起こっていない。

　こっちは何も言わず様子を見てるだけです。何も変化は起きない。ただねぇこの数回ですけどぉテルで会った際、役立たずだったものが近頃、彼のものが動くようになったとあたしは発見したけどね。

皆で話そう

文筆家ＫＳ氏…いやはや。素人の方が、あっちの方、ま、セックスじゃすっごいってうわさが世間じゃ言われているけどさ。そういえばあのポルノ女優、我が憧れの白川和子女史はね、映画シリーズもので濡れ場をさんざ撮っていたんだけど、当時彼女は「自分は、あの場面を人に教えてもらって演じてた」と。ウソじゃない、白川様は日頃じゃあれ、やってなかったんだよ。

　これもだ、すっごい話よ。で、30に手が届く未婚の女性介護員の実態で、ここに彼女は相談と言ってきてるけどなぁ。普段はだんまりで何を考えているのか、周りの人だってわからない中で、でも実際はさ、ずっと聞いてるとさ、世間が無関心にしてる隙間にちゃっかり結構なことをされている。

　虫も殺せないほどのおとなしい人が、性欲もまあまあ、強い方じゃないのか。それを今回聞かされて、おれはただただびっくりポンさ。それ見ろ、だから誰も自分から話をしないんだ。

ね、花子さん、今回はこんな大きな話をされたあと、ご本人はついに泣き崩れた？　なのか、え？　やっぱ話し終わったらそのまま黙ってるんだ。とにかく、語られたこのエピソードは今現在の介護世界とそこにいるケアさんのま、新しいイメージ一端をおれらに見せてくれたような気がするぜ。

そらあ、介護の伝統は保たれているさ、今も。しかし新しい時代にももまれてきて、そんな川の中で、この若めのケアさんはさ、ちっちゃい船に1人乗りながら渡っているわけだ。で、どうも沈まないようだな。強いよぅ。だからおれはガンバってな！　としか今は言えない。おれら年寄り組は、もうすぐあなたらに、お世話になる身ですから、どうかよろしく！　ってだけは思ってますけど。

それでもあんたは要介護入居者に対してなんとかしてくれそうだなって心強く感じてるんだわ。だから「このまま沈まないでくれ」って応援をずっと続けていたい気分だね。

俳人S嬢：私は、この相談内容を、ある若いケアさんが意に決してから演じた、心の「ストリップショー」だと感じましたよ。見事なもんですわ。ええ？　マキちゃんやマコト君はそのショーってなもんを知らないのですか。まいいわ、それはそれは女性の体を隠すモンを持たずに舞台に上がり、何も隠さずぜんぶ観客に見せる、最高最低のサービスですけど。
で、Kさんも B先輩もマコトくんや寛治じいの男衆はさ、こぞってこのショー話を拝むように聞いてほしいわ。だってこの話、男絡んでいるけど、やっぱ幸運にも出会った男性にこれからの、そして今日までの邪気を払ってくれるモンなのよ。この女子ケアさんから、周りの男子に光を差してくれてるんだわ、とにかく、聞いてて、そんなイメージがわたくしには見えてきましたの。

この千恵さんは今、誰のものになってはいけない、近いとこにいる男子のどちらも捨て去る。かような心境になった女史は男子の一方を取り上げる、そんな二者択一の軽い話じゃない気がしてなりませんの。あなたは愚痴を言いたい放題の上司に今後、真っ先に関係を捨て去るなんて言わないし、新しい男性にも、あなたは思い通りに生きていってほしいと言えばいいのよ。彼らにあたしも同じく新境地でやっていきますのでと静かに言う。

そこんとこ、我らに女の子らしい穏やかな、誰も傷つけたくない意向のラブメッセージを送ってくれてありがとうございます。この会のおとこ連中には目に見える女性ショーを提供してくれたし、女史メンバーの私には、心が洗われる事象を見せていただきましたねぇ。それじゃ相談室の答えになっていないでしょうとB先輩はおっしゃるのですか。その通りですわ。ええ。このクライアントさんが、どうしたらはね。あなたが思った通りにお進みなさい。そうお答えするしかありませんの。

第25話
訪問リハビリ事業は失敗か？

相談

札幌から小一時間の地域で、リハビリテーションの訪問介護系組織を立ちあげて4年目になります。総括的にいえば居宅での仕事は精一杯やった感がある。でも現実、昨年から2年続きで在宅事業所の営業成績で黒字が出ない。看護師の妻と一緒に、最初の計画ではリハや看護介護で居宅系総合介護事業所をしようと考えていたんですけど、真っ先に始めた居宅リハ事業の営業成績が上がらずのままなンです。

その背景には、どうしようもない人材が不足あります。ブっちゃけた話、こっちの悩みの最大なモンは、リハ職員男5人から始めた仲間が2年間で2人辞めていった、しかしその後釜を埋められない。理由は、やはり給与が充分なモンを出せないという小企業の力不足です。

こっちの方は休日返上して、率先して現場に行き、営業改善を期待して頑張っているんですけど。それくらいじゃ改善が現れんで。すみません、お宅、ユトリロ会相談室はさ、経営コンサル会社じゃないですよね。でも以上が俺の悩みの背景です。

ただ、もう一つ相談室にふさわしい個人的家族の悩みがハッキリして来たんで、ええ、これはケアさんのきわどい問題で、よく聞いていただけると有名な会の花子先生に相談したいことで。それは共同経営者の妻のことで、俺と同じ年齢で職種が准看護師です。先の大きなリハビリ病院で知り合い、3年ちょっとで職場結婚です。同い年で、よもやま話でも気があって。居宅事業所設立当初から加担してくれて感謝してましたが。

実は最近、同じリハ職員仲間の若い療法士を見るたび、彼女の顔つきが明るくなり、変だなぁと思っていたんですけど。ヤツは23歳、仕事がのろいんで仕事が遅く終わるんですけど、世間のいうイケメン野郎。うちのモンが夕食に誘うなんてはザラ。最近は仕事終えた彼が近所のコンビニで買い物をするとこへ行って、待ち構えていてやつが出て来るのを待って「鈴〇く～ん」って上ずった声かけするようで。これはご近所の情報ですけど。で、そのまま彼のアパートまでおしゃべりしながらついて行くらしい。部屋に押し入ってはいないようですけど。

これを俺の解釈では、おっかけですわ、それを、うちのあほワイフがやっているわけ。ま、腹が立ってます。普段の生活では見せたことのない、中年女の、だらしなさを平気で外へ大出しにしてる。こんな軽薄なおんなだとは思いもしなかった。それが正直な気持ちです。朝の大事なミーティングの前にも、こんなワイフが出しゃばって来て、俺だけでなく仲間も一ヤング職員だけにこびるような変な対応に気がついてきてさ、会議の雰囲気も壊れそうなんだよな。

余話

今夕はユトリロ会から過去、栄光の部長職をしていたB女史が、現職の居宅介護支援事業所所長の近藤君にまず対応しました。ドンな相談にも、きちんとした姿勢を貫くB女史は、軽いアイサツを交わしてから、相談者さんは苛立ち気分で、

「うちのヤツ（妻のこと）は今日もさ、その気に入っている職員Mのやつにさ、こんなことも言うんですよ」と。

『ねぇM君はさ、所長がようやく説得してここに来たンだよねぇ、でもここ環境だってよくないしょ。なぜここに来てくれたのか、あたしにさっぱり分かりませんから』で始まる個人的会話。自分のことを主題にしてくれているんでM君も、まんざらでもない顔つきして言う。

『ここは界隈じゃたったひとつの居宅リハビリステーションですから大事だと思ったんです。居宅作業を勉強したかったたし』

するとワイフはすかさず言う。

『でもさぁM君は能力が高いし何よりも若さが魅力的よ。で、誰かもう決めた女の人がいるんでしょ？』

ああ仕事終了5時過ぎに、こんなアプローチをするんかいと俺はがっかりするのさ。本筋のサービス内容については言わないんだ。そうして今日の反省ミーテングじゃ俺は、所長、責任者としてこう言う。ここの居宅リハビリ活動、少しでも高齢者やその家の方に光みたいなモンが感じられる事業所になりたいんだけどなと強調してみたんだけど。聞いたみんなはシラケたような顔つきで、なんで結局無言で終了。

俺の本心はさ、営業成績が切迫してる事態なんで、これから稼いでほしいってなとこにあるんだけど。うちの妻は事務経理部門を1人で仕切っているから、思いのほか忙しいのは知ってるけど、その不発に終わった反省ミーティングのあとにM君へ気軽にさ、彼女は、「今日は鍋なのよ、食べて行って。M君の好きな、冷えたカフェラテも用意してあるから飲んでね」。するとバカボンMは「わぁうれしいな、タラ鍋は大好きなんだ」と素直に喜ぶ。こらこらぁ、夫の俺を差し置いておまえら、このざまは何んだ。Mは今日限り首だ！と、言いたくなる。

もともとさ、前にいたT病院じゃリハビリ部門でも30人は下らないたくさんの理学療法士がいて、そのせいで7年選手の俺の存在も、いち職員扱いでしたし。日常じゃ個人的努力は無視されて吹き飛んでいたしな。これはこの病院リハ職員の宿命とあきらめかけていたんだ。その頃は「ひがんじゃいけない」言い聞かせながら働いてましたね。そのT病院は順調に業績も伸びてさ、リハ施設じゃ道内でも知られて全国リハ学会で院長が学会会長をするまでになった。

で、その全国学会を成功させるのに苦労したのは俺らリハビリ職員でね。リハ職員代表の一人は学会最後のころ、疲れ切って重度の消化器病になってしまってさ。最終結局、誰一人リハの中から管理職になる栄光の人は出なかった。まぁどこまで行っても病院リハ職員は冷や飯食いになるんだなぁとの思いが俺やみんなにもたげて来て。

そん時だよ、わずかな仕事の交流の中で幸いナースの妻が、リハ職の俺のこんな待遇面についてて、よっく話を聞いてくれたんだな。人懐っこくて明るく、あ、美形じゃないけどさ、よくしゃべるの。で、看護部もおんなじよって笑顔で言うの。そんで仕事での俺らの未来像について話が盛り上がって、じゃ結婚しちゃって病院から独立した会社を作ろうぜと無謀な思いを俺が言い出した時、彼女はさ、無理よとか身の程をわきまえてと言わなかった、助かったよ。

それからは事業の産みの苦しみ、ま、金策は大変で。死ぬとこしたなぁ。でも彼女はけなげに笑って、当時生活資金ゼロなのに「おにぎりあれば生きてける」って毎日飯を炊いてそんでおにぎりを握る。うまかった。力になったさ。

資金調達で金融関係者との絡みでリハビリ職の自分の地位、能力の限界を知らされたし。ただ最後の頼み、地域信金金融会社がリハビリと看護夫婦2人で起こすならねと。高齢者が多いこの地方の世間の流れが居宅事業に応援する気分があるでしょうしと言われて。初めて俺らに吹く順風かと感じたね。最初年度は運転資金まで貸してくて、これでうまくいったんだ。

そのあとコロナもあって。俺らの事業は逆風しか吹かないじゃないかと思うことばっか起きるようになって、それは続いている感覚だけどねぇ。

「私は居宅介護事業の実態はよく知らないのよ。利用ご家族さんもニコニコの映像が多い気がしたけど」

……映像では居宅会社と利用ご家族のいい関係ばっか流すけど。B先生、実態はさ、こんなことバッカあって、

「日銭払っているのに、ばあちゃんの起き上がりに効果が少ない」から始まり、「在宅会社じゃ医

者が一緒に見てくれないんだもの」。ご家族に不機嫌そのものに言われることが多くなって。現実にはきびしい評価やクレームばっかが目立つ。「職員さん、ひげくらい剃ってきて。ご近所さんから、コソ泥みたいな男があなたの家に出入りしていてるわね」なんて言われるし。会社へのクレーム、誤解はどんどん多くなってる。もうあの病院との比じゃないよ。

おまけに決算数字をみるとさ、2年連続赤字で会社もダメになりそうな思いが募ってる。3年やって来てもう疲れた。会計している妻とも話し合いをしようと思ってますが、そん時、妻の若い職員へのちょっかいについて、もし俺の方から言ったらさ、それこそ彼女も若いリハ職員も同時に失う羽目になるかもしれん。で、誰にも相談で気づいたら、ここの会のことを聞き、頼ってみたんですわ。

皆で話そう

文筆家KS氏：あの、いきなりだけどおれ次期も勤めるよ。首にならん。え？　副理事職継続さ、理事長さんが、この相談室活動を見ているらしくて、「我が施設でも人材確保の大問題を抱えている。これからもここにとどまって介護員さんの相談相手になっていただきたい」、こうきたもんねぇ。え？　おれの感想かい。それはやっぱ、大きな会社法人オーナーは並じゃないな、人間もできたやつだって感心したよ。

そンで近藤さんかい、あんただって理事長

と同じ経営、実業家でしょ。違うってかい。確かに向こうは収入も桁外れだし、社会的地位だって君とは違う。ヤツは紛れもなくドクターだしな。それは認める。しっかしだ、近藤君よ。大経営者と君とには共通面もあるぞぅ。おれみたいにいろンな会社の、それも底辺を歩いて来た男から見るとさ、君もやっぱ立派な起業家だよ。企業家の男一匹さ。

おれが言いたいのは、あんたらご夫婦、リハビリ職員とナースの組み合せは、同じ苦労をしながら愚痴は言わないという気心を認め合って会社スタートしたはずだし。それを忘れんでほしい。ああ最後の一言がある、それは、いろんな面でうちの理事長さんって運がいいぞぅとおれは感じてる。

組織の建物の土地はさ、そもそも大半、おれのじいさんの持ち物で、理事長がここに施設を建てようとしたころ、おれのじいさんがなくなり、この土地は資産価値なしと兄弟は一番ぼんくらのおれに差し出され、転がり入ったもんだったから、こっちもタダ同然で理事長に明け渡したの。ここで施設立する話があった時はさ、驚いてね、でもおれは社会にちょっとでも役に立つなら何でももってけ！　ってな。相手は苦労して医者になって、それで地域高齢者のための介護施設を建てたいと言ってるし。何とおれの中学の後輩だったんだし。

ヤッパ成功する奴って、努力することより幸運の持ち主なのかな。この辺は、君にどう説明しらいいのかわからん。でKさんよ、バトン渡すから、説明してくれよ。

K先生…これは印象ですけど「仕事運」言々をしゃべる前に、高齢者介護の事業を起こしている人を見てきてね、それは大小にかかわらず、先を急ぎ過ぎてるなぁと感じてます。我ら高齢者福祉業界の人間から見て、あなたらは介護事業の先駆け人ですもの、まず、あっぱれ人なんですけどねで、しょうがないでしょう、焦るのは。事業を開始してからまだ半分程度の行程なのに、きらびやかで安定した運営を急いでいる気配が濃いんです。

近藤さんの会社がある胆振じゃ、この1年で7つの施設が閉鎖してますでしょ。起業し数年内で早々と諦めたとこがすごく多い。この点、札幌の経営コンサルタントさんに確認したんですが、やっぱ僕の持つ印象はほンとらしい。大組織経営者も、小規模介護事業運営者でも、みんな会社の営業成績を気にして急ぐ。

でさ、ここで場違いで、いきなりですが、売れない文筆家KSさんを目の前にしてて気がついたの。ええ。彼は普通の商売人、社会人じゃないね。会ってつくづく余裕があるというか、あくせく感がないなぁっていつも思う。ああこれはって、KSさんがいつも自称する文筆業ってやつも、今近藤君もしている居宅介護業もね。共通していえるのは「儲かる商売じゃない」ってことに行き着いたんだ、ぼくは。

お金をたくさんもらいたい商売をするならさ、介護事業では無理じゃないかなと思っているんだけど。あくせくしての居宅介護では、仕事の後で気分が悪くなるし、活動もうまくいかないんじゃないかな。

そんでね、言い過ぎですが在宅介護業は、世の経営者をチョット超越した、高齢者さんに役立ちさえすればいいんだとの気分を保持していればいい。儲けもわずかでもいい、サービス内容もスピードや緊張せずにま、今日はできる範囲でいいやと、余裕もった気分でやっていくのがいいのかなって。

で、最終意見は、近藤さんは今のままの会社運営でいいんですわ。キーワードですか。それは冷静になることですね。周りを客観視する心がけが、運営に一番大事だと思ってますが。


俳人S嬢：Kさんが、相談会主宰らしい発言して。まぁ珍しいわねぇ。ただ正しいもんかどうかは会の経済アナリストと自称するB先輩に口上をいただきましょう。

で、私は奥様とのことで言います。ええ、見て来たような話をこれからしますけど。私はねぇ、この相談者、夫の近藤さんね、この方はやっぱ、一方的で時に奥様に言葉の暴力もふるうことが、あったんじゃないかなって推察するんですけど。ああ、最近はつい多くなっているって自覚してるそうですか。やっぱりねぇ。

今回、持ち込まれたお悩みの解決を考えますとね、それは私流じゃ単純。「言葉」です。近藤さんがおつかいになるしゃべりがひっかかるんですよ。所長として、お使いになるワードが次第に乱暴の方に向かっているんじゃないかしらって不安に思っていますの。

それを指摘しますと「北海道弁の方が魂が

こもっていると思いますけど」と反論するんでしょうねぇ。やっぱ施設リハと違ってあなたのような家庭訪問する在宅リハでは、話し言葉は大事よ。見てください、しゃべり言葉で世間全体がだんだん壊されているでしょう、私はそう思うの。で、所長さんは形、いえ形からまず入ってほしいわ、上品なお言葉使用では。

A先輩：この会じゃ「経済」のことになると、俺がやっぱ大事にされてるなぁ。で、早速言いますとさ、居宅介護事業の運営経営じゃ、俺の観察からいえば、やっぱ在宅訪問のスピード化が決め手なンですが、そもそもこの広い地域じゃ訪問に時間をかけないンなんて難しいし、本日の計画実施がまず思うようにこなせない、冬道もあるしね。

それでもね「焦らない」所長さんは。で、在宅運営でサービスでの俺の考えはイブツなモンですから、まぁ参考にしてよ。

それはプロ野球で今季リーグ最下位のヤクルトだ。同じヤクルト社の在宅訪問飲料の方ですよ。そこでは200ミリの小さな入れ物に、なんと180しか入れない、1割の飲料水を間引きしてでも機嫌よく各家庭相手に、ヤクルトおばさんは、きれいに身じろぎして言葉も上品で営業効果を上げているでしょ。かようなな手を、介護訪問事業も参考にしたらどうかなってな提案なんだ。

基本は、すべからず心こめてサービスをする。でもそれは儲けをまず考えるのを引いておく。コツは「力まない」。お客にまず最初から好印象を与え、それを在宅時間2割減でずっと保つことができたらさ。出動回数予定を減らさず利用者はいいサービスをやってをいく。この提案はどうでしょうか。

B女史…花子さんが近藤所長の奥様にひそかに連絡したら、「私的なことでご心配かけててすみません」とていねいに謝ったそうで、とても感じがよかったようよ。奥さんは軽薄おばハンなんかじゃない。社会人として合格点ですね。むしろ夫のあなたにおびえてて、時に打ちひしがれてさ、次第に旦那様を嫌いになっているステージらしい。この点を、これまで会の男衆はこぞって今回相談の核心「離婚の危機」について気づいていないようで、まぁだめねぇ、相談者本人もよ。

その前に、これも奥様にお聞きしたら、訪問リハ会社の累積赤字はまだそれほど大きくはないそうじゃありませんか。それでね、2人の間の隙間風はカネが原因ではないみたいと私は確信したの。夫の近藤さんは会社の赤字を解消しようと頑張ってきたんだけど、それは空振りかな。

現代版「共稼ぎ夫婦」じゃあ、この所長さんのように普通の男性以上に行動言動が激しいから見逃されやすいんだけど、2人が仕事を終えた夕刻「今日も互いに頑張ったね」と素直にねぎらい合う。寄り添う性愛？　というの、気持ち悪いワードですけど。それを近藤ご夫婦の旦那側が感じづらくなっているんじゃない？　奥さンサイドは「夫は理想の人なのか、日に日に疑うわ」ってな気持ちを次第に大きくしていっているようですし。現代では、男の度が過ぎた張り切りには様々な女性に対するハラスメントが生じるんですわ。

先に俳人S姉さんが、相談者近藤さんに「奥様は最も大事なパートナーさん」と思いながら雰囲気を持った言葉、相手を不快にさせないシャベリを選んで話すことを提案されたんですけど、私もそれをしばらく実行されたらさ、離婚の危機は去っていくような気がします。

第26話 めちゃくちゃ運命

失敗の経験ですか
あり過ぎちゃって
失敗のキャリア
重視される職場って
ないんですかね　やっぱり

誰でも失敗しますもんね
でもあたしのもんは
騙されものですから
オトコがその都度いた

やつらはとんでもない
いかれポンチ揃いでね
一緒になると失敗を重ねる
失敗キャリアは
あたしの運命なのか

よさそうなとこへ
行こうとしてもまた
送り返される

あたしだけが言える

とどめの失敗のキャリアは
若い女性は
男女混合　そんなことは
おやめなさい　です

こんな苦々しいささやきが
耳許にいつも聞こえて来て
それで
悩やまされ続けているわけ

相談

ついに切れた。2年我慢してたが、もう無理。問題は、そん時こっちが何で切れたかじゃなくてね。あたしのずっと可愛がってきた後輩が、何を思ったのか上の士長側に着いたんですよぅ。彼女、ここに入ってきて2年間、目をかけてきた、あのこがね。

　これ、どう思います？　職場の人間関係ってまっこと難しいわね。あれから、ご飯も喰う気がしなくなって昨日から何も食べてない。

余話

「ねぇ由加里さん。みんなで話し合う、その前に、あなたの家庭は、どんなもんなのか、聞かせてほしいんだけど、いい？」

……いいわよ。話し合い、それでこっちへのいいお答えが出るんなら、そんなのいくらでも言うわ。

　うちの母ちゃん。なぜだか専業主婦が嫌いで、やっぱげんなまが好きなのさ。そんでもうちの両親、結局4人もたて続けに子供をつくる、次から次へと。すぐ妹、弟が毎年できたわ。そんでさ、幼稚園に行けば終わっても家族の迎えが来ないんだ。

友達がとっくに帰ってしまい、涙が出はじめる。そこを見はらってか、ええ、ほんとは普段留萌にいる爺ちゃんが迎えにきてくれてびっくりしたり。ええ、母ちゃんが古里《くに》にレスキューして、あたしのじじばばが時々家に来るんで、ほっとしたけど。自分のことを思ってくれてる人がいるってすっごいと昔から実感してたわけよ。

「なんか、あなたが、どういう風に育ってきた、育てられてのか、分かった気がして。思った以上に、ゆかりちゃんは周りの人に思われてきたんだね」

相談会の花子さんがあまり感情を込めずに言う。その言葉に安心したのか、今日の相談者由加里さん24歳はやや勢い込んでしゃべり始める。

……やっぱ、あたしは若いと花子さんは感じたんですか。そうですね、今も漫画の連載モンにはまってしまってるし。ここに面談に来る前興奮してたのもあってさ、全部で11巻もあるのを、三日三晩で読み終えて。気がついたら朝で。こんなことじゃダメでしょと自分でがっかりしたわ。

それに花子さん、ついでになくてあたしの七癖をしゃべるとさ、今でこそさえない、札幌でも田舎の方の介護士してますけど、10代じゃ、バリバリ都会のアイドルグループのおっかけを、本気でやってたのよ。それだって、あっと言う間にもう古い時代ものになって、誰見向きもしないけどさ。

「ゆかりちゃんはさ、その間に深めの事件があったんでしょ」

……わっかルゥ、その通り。花子さんって、うわさ通り、あったまのいい人ね、好きですよ。ほんと信頼できるていうか、あたしの婆ちゃんみたいな気がしてきた。じゃここでそれをしゃべっちゃうかな。そうしなきゃ、花子さんでもね、あたしのお悩みに正しいお答え、出せないしょ。

「そうなの。相談室に来る方はみんな、あなただけじゃない。仮面をかぶって、ホントのとこを隠して相談に来るので。それで相談室の答えは、間違いを繰り返してきたんです。それに気がついて、あたしらの会は深刻な事態になって、1年前、もう解散宣言する寸前だったのよう。ですからあなたの話を、じっくり聞きますから、心して隠しごとを告白してほしい、悪いようにはならないわよ」

……知ってます、花子さんを信じてるわ。で、こっちの半生ばなしを続けるわ。

実際、男アイドルとあたしの間にさ、子供ができちゃったのよ、最大の試練だったわ、あの頃は。そんおとこ、あたしがおとこの子を産み落としてから、こっち母子の前からというより、世間からプッツリと姿を消したのよ、で、もうすぐ4年になる。この相談物語は、今さらですけど4歳のてなし子と、遊ばれて捨てられたおんなの、不幸物語なの、わかった？

「そうかぁ、由加里ちゃんの話のベースが分かりました。それでさ、その後の顛末みたいなもんもあるんでしょ」

……それからこっちだって、かわいいこの子がいるし、頼っちゃいないけど、すっぐ介護で働き始めたし。でも、いつまで出てこんのよ、このくそったれ！　って。逃げ得させるもんかと最初は、お前に殺されてたまるかとか憎しみが一層沸いてさ。

男は、きっと広い北海道のどこかに身を潜めていると密かに見てきたんだけど。胸の内じゃ、親身になっていた女性ファンの夢、私の青春をぶっ壊しやがって、いつか復讐しようと思い続けてた。だんだんその気分も減ってきたけどさ。

花子さん、いくらでも聞いてくれるので1人でしゃべっちゃったなぁ。で、こう考えると復讐が、あたしのキーワードになるのかな。

今年、施設付属の幼稚園に通う我が子がかわいくて、どんどん成長していくしさ。それでさ、花子さん、野郎を見つけてても、多分、オトコは「ああ」ぐらいしか声にしないと思うわ、昔は札幌の倉庫を直して作った、入れても30人足らずの会場で、まぁマイクいらずの、すっごい絶叫をして下手な歌をボーカルしてたけど。でもねぇ今度会ってもそれから男はそのまま歩き出すわ。ねずみ男は逃げ足が速い。そこにはずっといないはず。

「由加里さん。話変わるけど、あなたのお母さん、家のことはあんまりしない、ま、現代的な人だったんじゃない？　そうでしょ。家事に限界をすっごく感じる人だったのねぇ、分かる気がする」

……そう、多分。あたしは、小さいその頃をまとめるとさ、あたしの幼稚園時代から郷里のいなかから、じいちゃん、婆ちゃんが、母ちゃんの願いを聞いて、わざわざ家に手伝いに来てくれて、あたしら幼な児を育ててくれてたようなもんで。

それにさ、親戚やまわりのおばさんの、有料ですけど、応援みたいな互助、はやりの言葉じゃネットワークがあってね。親族やご近所の人に見てもらっていた。え？　母ちゃんの仕事はさ、今でいうアパレル産業だったんだ。女性服のデザインの手伝い女。実際はもらいが少なくて、貧乏だったよ。

そうね、今はこの介護組織でも立派な保育園、幼稚園が完備してる。いちおう近代化したのね。

「悩みを、もう一度整理してみてよ、どう？　最初とあんたの勢いが減ってきた気が、するんだけどなぁ」

……そうね、悩みを忘れそうになってた、ははは。介護で働くと、もうそこは、箸の上げ下げまでうるっさく注意する上役おんなが現実にいるのよ。そんでもこっちは生活あるし、我慢してきた。でも先頃限界が来て、見たらその場面で、妹のように可愛がって来た後輩がいたから、なおさら力つけちゃって、上に反抗したわけ。

それがねぇ、その子が上司側に付いたの、ハッキリ。そん時感じたのはやっぱ、あたし、きらわれモンか。下品だし、今までエロがすきだったし、使う言葉がきたないままだしと。

それ以上に、その上司への反撃の数日前、ちょうどここに相談に来る直前と言っていいんですけど、世間って皮肉なもんね、あの雲がくれ男が、実家のある利尻の島で漁師をしてるぞって、とく名SNSで偶然知ってさ、そうだよ、やっぱ生きてるかって。あったり前だけどすぐ、職場ほっぽり投げて行ったわよ、子供連れて。

この辺で会社の上役は「無責任だ、休暇はあらかじめ……」と厳重注意があったのは当然だったけど。それがあたしの、たった一度の正式会社への反抗の全てよ……。

そんでね、先の夏の日、とにかく、船着場で島の住民に聞いて——数年前まで札幌中心で売れない歌手やってた、芸名で「ランボウ……」と必死に30分以上、そうね、計5人の大人に聞きまくったらさ、これで島に騒ぎが起きてる、なんでだ！ って感じてきながら、さらに港から歩いて10分ほどの、それはそれは美しい海岸通りを行くと、何と車がさっと横付けになってくれて、「おうい、あんた、乗んなさいよ」って、むくつけき島のおじさんが、騒ぎに飛びついてきたってわけ。「名前は違うけど、よしぼうだろさ、家まで連れて行くよ」とぶっきらぼうに。

やっぱり野郎は、ネズミか。隠れたまま、町で生きているんだと実感して。車が大きな漁師家に着くと、やつは外で漁に使う網を整理してた。ぐちゃ々頭を、白い手ぬぐいでしばって、かっぱきてね。その姿はまさに北海の島の若き漁師。都会から古里に戻ってきた青年さ。

彼に向っておじさんが「おーい」と呼ぶと、こっちを面倒臭そうにチらって見てよ。何も言わずにウチに入って行こうとするの。

「オい、よし坊。札幌からこの人船で来た、お客さまだぞ」

乱暴モンが素早く通り過ぎようとしても、島の人の締め付けは厳しいようで彼は観念の眼を閉じたよう。望むと望まないとも観念するのは風前の灯。それでもやつは、いったん家に入ってしまい、こっちを恐ろしがってか、それから家から出て来ないんだよ。

「それで結局？　修羅場かな」

……こっちはただ、やつを眺めてただけ。声を出さずに。楽しんでたわ。実に理解しがたい行動。昔は実に堂々としてて、天下晴れ男だったのになぁ。そんなあいつにメロメロのあたしへ、無茶して入って来てさ、ずかずか。やりたい放題して結果は、こんな形で、まとめてしまい、さっと終わらせようとしてるのか。

アノ男が人気者だったことは間違いなし。当時の倉庫街のライブ会場の連中は、揃ってあいつの味方だったんです。それが4年後、この結果か。この広い海岸脇で生まれ育ったせいかなぁ、まさかね。これはこの男の天性かもしれないなと。やりきれない気分に襲われて、今さら怒るとか、どなる気分にならんかったの。それで「あたし、帰るわ」と待たせた形の、ずっと付き合ってくれてる、先の人のいい島のおじさんの車に、また乗せてもらい、もう人が誰もいない船着き場で降ろしてもらった。

そして、30分後に稚内行きの帰りの船に乗りこみ、凪《なぎ》の日本海を見ながら、もう自分で歩く、今日これでこの子の産みの父親の伝説が完成したしなぁって感じてたんだけどさ。

皆で話そう

花子さん…この間、ラジオ人生相談で50年以上

パーソナリティを務めた人が言ってたこと、すごく気になってってねぇ。ラジオ相談してた人は、

「まる40年。時代とともに相談内容は変わってきたように見えるけど、相談の裏に隠された本質は変わっていません」と断定してる。特に感情的困難の悩み解決は簡単じゃないと言ってました。相談を持ち込む人は「誰も分かってくれない」と言いながら実際は、相談の場に、都合の悪いことを隠してしゃべらないんで結局、お答えに窮するという。

それで由加里さんにもさ、その本心はどうなっているんのか聞きたかったの。で、相談された真の内容でわずかにでも未練があるあんたのこの男はさ、どうも切れやすいオトナでしょう。年齢にふさわしい責任能力は備わっていない。無責任でさ。幼児的なままの心理でしょ。否、この条件でこのまま悩みが解決すると思っているのかな、それは甘いなってあたしは感じてる。由加里さん、ここで。きついこと言いますけど、あなた自身にも介護職員にも見かける、かようなタイプかもしれないわ。

いつも攻撃されているってな怯えがあって、周りから拒否されることを恐れてる。普段おとなしい。周りの人に迎合する対応をするけど。あなたの、ここに来た現実の悩み、「上役とのコミュニケーションの困りごと」問題はそこねぇ。関わりが分からないのでしょ。あの、まだまだ未練を持っている利尻島の男に対してもまったく同じことよ。

学校じゃ同じ質の人間が集まるからグルー

プもできて、コミュニケーション能力がなくても楽しくやっていけるけど、会社じゃ、そうはいかない。そこにいやな上役が来るんです、まず。本人は子供なりに頑張っても、最後分かってくれないと切れることになるんですよ。

文筆家KS氏…そうだな。ゆかりさんか。子供がいてもさ、その男はもう諦めていいんだよ。彼の現在を知った今を、あんたとお子さんのスタート時の姿にしたらいい。それなのに、こだわって復縁とか籍を入れるとか賠償金とかをと、そんな考え、計画はナンセンスだよ。

あんたは、ここのアドバイスを参考にしてくれればこれで大人になる。自立した人間こそハッキリ物を事を世間じゃ、つまり切れることさえ、自立の証拠にしてる傾向があるけどそれは嘘だ。さっきまで花子さんがいみじくも言った「未熟な人間」像のままじゃ会社じゃやっていけないんだわ。

保育園幼稚園まで完備してるこの施設。そして介護に関する、なんら教育も受けてこない、もっち資格も持たないあんたにさえ、今の会社は現場で教育し育てる意思を感じる。いい会社だとおれは思うんだ。職場で、どんなことを上役に言われようが、まず容認しようじゃないか。そうな、期間は坊ちゃんが学校に上がるまではさ。そん時、お子さんは立派に育ち、あんたも名前通り、今以上に魅力的な大人になってるんじゃないか。

さアさKさん。もっと良き答えを！　なんて考えずにさ。もうここの花子ばばあとさ、

ＫＳじじいの答えで、ゆかりさんには十分だよ。それでな、ススキノで格安道産ホタテを、知り合いの炉辺屋で食べさせてくれてるんだ。そこへさっさと行こうぜ。

第27話

インターネット　サイト

田舎　万歳としか言えないでしょ
夫の実家　歴史が古い
一〇〇年になるという
もうもうひどい遠隔地になって

バスで行くと言うので
ついて行ったら
「タカバス」ですって
はとバスをもじったのね

降りるとこは

兄さんと母ちゃんが現われたところ
そこ逃すと大変なことになる
まぁ田舎　万歳そのものねぇ

古びしいお寺に着く
あんまりピリピリすんな
みんな親戚同士なんだから
夫は言うけど

そりゃ自然見物を楽しむ気で
私はここにきたんです

しかししかし　田舎　万歳
熟れ切って地に落ちる寸前で
こっちはナーバスだし
責任感も強いし
気楽に振る舞うわけには
いかないのよね

ご相談と余話

あの。相談室、そこに行かなきゃならないのが原則そうですが、無理ならいいですよ、語りでと会の花子さんに優しく言われて、ありがとうございます。それで語りで済まし、甘えさせてもらいます。こっちは名乗るほどのモンじゃありませんが、29歳の介護福祉士で。京子といいます。で。これからは語り口調で言いますけど。

もう近頃、いやぁになる。介護施設のサイトを見ましたか。それって全部こっち側、介護職員の批判、悪口ですよ。施設じゃ早めに、もう介護主任になりさらにこの春から現場の特別リーダー、主任副代表になりまして、とにかく、忙しいし一生懸命仕事を、率先してやってきたからです。会社の上も認めてくれたんだと現場の監督になった際は、ただ年の功で主任を受けた時より、うれしかったんですけど、それも束の間。

ここじゃ介護のほかの職員と分け隔てなく介護をやってまして大忙しなんです。最近の私のルーチン仕事は、朝のスタート時に今日の方針みたいなモンをシャベリ、仕事終わりに今度は本日の反省点などを、さらに夜勤の人に訓示様のものを送ります。平均10人に満たないのですが。

私にとって、多くの職員の前でしゃべるわけで大仕事です。ええ、もちろん、夜勤に入る仲間に詳しく引き継ぎもしますし。そのせいで近頃気になって仕方ないのは、あのネットを逐一読むんでそのせいですけど、やめられない。

まあま、世間の介護へのご意見発信の多さと、その内容のすごさ、手厳しさです。どんどんエスカレートしてます、間違いなく。相談室の先生らは、それにお気づきになりませんかね。ぜひ、この点で、アドバイスを欲しいんですわ。

考えればね、コロナのせいもあるでしょ。家族のお見舞制限は、もう3年以上ですもの、長過ぎますよ。ご家族、施設と対面交通がなくなり、それで不満も溜まってきているんでしょ。私らは、入居者さんは3か月ともたない、ええ、体の芯が現状維持できる期間は。それが1年2年となってたまに会うと、「ええ？　これがあのうちのばあチャン？」ってガッカリするのもある。これまでどんな介護をしてくれたんですかと、垣間見のご家族ほど辛口批評家の発信者になってるんですわ。

そりゃ、以前から入所された要介護者は神様扱いにしましょうと上司から陰、表からさんざ言われてきました。私はそれを真剣に捉えて、介護では真面目だったし愛情深くやってきましたよ。でもねぇ最近は、それが高じ過ぎてきていませんかと。「ご家族は、お客さまですかねぇ」と私の胸につっかかっているんですわ。

施設幹部連は、ご家族関係からの要求、さらにクレーム関係は毎日のように紙面を持ってお答えしています。それがメインのワークで、それは現場の監督になって、初めて知ったんですけど。家族への提出回答は、とても厳しい反省内容でして、紙面でも素早くしているんですわ。

基本は、まず反論は許されない。どんどん、そうなってきていますねぇ。週最初の朝礼で施設長さんや部長さまが入所者様を、いい介護で相対しましょうと言われるのは良い訓示であり、私ら介護員一兵卒までその指導をいただくのはありがたいと思っているんですけどね。それはそれ。

施設内部で留めていていいことじゃないかなと思い始めてます、あんまりネットからのクレーム、注意ご意見は私にとって世間の人のつけ上がりじゃないかとだんだん腹が立っています。そうですね、どこまでこんな世の中が、言いたい放題になる時代になるのか、考えると恐ろしいわぁ。

それで、以上のシャベリと関係ない！　ようですが、私には関連してる具体的な家族親戚問題が生じまして。それでより辛い毎日を過ごしていますけど。会社には、知らん顔して通勤していますけど。この家族の件で、いよいよもうダメか。続けて働くことも、家庭を維持していき、夫と別れずやっていけるか瀬戸際の感じで悩みが深まるんです。

今日、相談室の花子さんに聞いて、まずネットの話を聞いていただいて、ますます調子が出てきて、もっとほんとに悩んでることをしゃべりたくなってしまいまして。すみません。

実はうちの夫の実家が、お寺でして。2年前に、住職してた義理の父があのコロナにかかってまぁあっけなく亡くなってしまいましてね。

施設でも、もっと高齢の生命力が消えかかった入所者様が、介護の力や系列病院との協力連携でそれほど、すぐには亡くなっていないのに、義理のお父さんはまだ70歳代なのに、亡くなってしまい、ええ？　ってびっくりしてたところに。一周忌の葬儀で駆けつけると、田舎にある実家の義理の母親からねぇ、あのあとお寺はウチの夫の兄が継いでいるんですが。それが地元檀家連から苦情の嵐の上、最近では見離されてきて、もうお寺を廃寺にするかどうかの瀬戸際になっていると。どうにかしてくれと向こうのお姑さんから、実家の次男である夫が頼まれましてね。

放っておけない、義母さんのこともあるし、これからのことも深刻に考えて、実家でうちら夫婦でお兄さんや姑さんと話し合いのために駆けつけてみるとなぜか、外の3人お姉さん。小姑さんですが、この場に集まらないんですわ。ただねぇ、彼らは実家に一致して廃寺の跡の土地財産分は母、姉妹で均等に分けてくれればいいと。

お母さんは年老いているし、もう介護も必要だから弟の嫁、つまり私が介護本職なんで何とかしてもらいましょうと言っているそうで、もらうものはもらう、面倒なことは受けられないと予防線が張られているわけです。

これ、放っておいていいのでしょうか。うちの夫は高卒で転職も多かったし、これまで長く季節工だったし、お金稼ぎに山奥のダム工事現場で働いていたこともありました。それで私も介護資格をとり、3年前からようやく彼も自動車工場の正職員になって、アパートから住宅ローンで一軒家に住めるまでになりましたんです。

今の世の中はおかしい。かような生活での社会制度につき反論が出る一方です。

（36歳　介護福祉士）

皆で話そう

文筆家KS氏…おれ、今までSKとかKSとかだったけど本名佐戸鑑次で、文筆家として「かんじ　さと」を名乗っててさ。え？　呼ばれ方かい。どっちでもいい、そんなことはと思いながらKSかSKとか。それじゃ無責任極まるって怒ってさ、投書がなくならんのよ。それで本名で意見を言うことにしたからら。これも世間の圧力勝ちだなぁ。

今度の2番目の家族家庭問題だけど。それこそ、その勢いで話すとさ、消える寸前の田舎の廃寺、夫の実家の件だけど、そこに集まる親戚連中はおれとおんなじだなぁ。無責任で、おれとちょっと違うのは、まぁま無神経なやつらの集まりってな感じだな。

どうしたらいいのかってかい。放っておくしかないしょ。あんたはさ、「実の血の流れている血族同士でこれからの実家の始末は、あなたらのいいようにされてください。お義母さんについても、うちらはどうしようもありません。介護の仕事はしてますけど、親戚関係になると施設の入所にはシステムがありまして、そこを通していただくしかありません」と。

そうなると、ネットと同じでいろいろと親戚連中、義理の姉さんらは、あることないことあんたに一杯言う。世間にもそれこそインターネット通して悪口をまき散らすかもしれん。でもさ、そんなことに平気でいなきゃ。それでも最終、寺がもつ土地の遺産を上回る、お寺の貯めてきた借金の肩代わりを言って来ることでもなくなれば最高じゃないですか。

それでさ、最終のおれの考えはな、また世間の人間でも、まじめに介護をやってる、あんたにＳＮＳの無記名投書で「お客様第一だろう」って図に乗って言ってきてもだ。自分の大事な仕事を守るために一度びしっっと言わなきゃならん、込み入った親戚関係トラブルでもな。まぁ覚悟する事態にもうなってるのよ、今こそ。おれはそう思うけどな。

俳人Ｓ嬢…ご相談にいらした介護主任さんは周りの方に知られていませんが、私は並みの女性じゃないと直感しておりますの。たくさんの女介護員さんがいて、それだけ、男好き酒好き、性的交際、お金なんかなど、何かしら趣味というかいろんな関心事で自分の生活を支えているわけですよ。確かではないのですが、多分ね。

それでこの相談にいらしたケアさんは、もしかして苦悩で自分を支えている方なのかも……。ごめんなさい、しれないって思っているんですわ。少なくとも単純に、今はやりの介護職員さんの「心の悩み～うつ病傾向」であろうと片づけることできないタイプでしょうね。

ハッキリ言えば自分を含めた周りが円滑にいくこと、切羽詰まっての事態や深刻に陥ってド壺にはまることを避けたいとお考えになる、頭のいい、心の優しい、さわやかなのよ。かような才能の溢れる女子が現代の介護職場に現れているんですんで、私は感心していますの。

しかし残念に思うことは、身近な人々からは、あなたの、そのすばらしい点、人ガラを分かってくれていないことですね。あなたは、今みたいに杜撰な世人との間に心を乱す際は、一番頼りになるのはあなたの旦那様ですよ。でもその夫が、どうも頼りにならない模様なのですからねぇ、現代の聡明な介護員女子は男性からは根本で、分かってもらえない運命なんですね。それで相談にいらした方は、身の扱いで難しい方に追いやられて、それからずっと窮屈な思いで過ごすことになっているのね。

え！　結論を言ってくれって、まあ寛治さんはせっかちねぇ。言いますよ、結論、オクル言葉ですか……そうですね、言えません、でも感じますの。この方がもう少しでホントの自立する女になるんだろうって、もう期待の気分で一杯なんですわ。

きっともう少しで世の中を思い、親戚のことを考えてご自分のなかで「ああ、わかってきたわ、世間が」と映るのよ、ごく自然に。その際にね、それを感謝の気持ちを持ちながらですよ。あなたはすぐにその方向に向きますよ。誰がどう言おうと、私には判るんですわ。

最後に

供覧してきた文や詩は、好き勝手な言葉集です。これまでの相談室の我らが介護員さんと一緒に悩み相談を考えてきた、その実際の結果はどうなのか。分かりませんが、連絡での感触では成功・不成功五分五分ってなとこでしょうか。つまり相談の行く先は「一寸先は闇」だということです。

定期的に文書化してきて、内容については次第にけなげな精進ものになっているかは、残念ながらまだ疑問です。一貫してるのは文に臨場感が漂っていることくらいですか。

ところで急にですけど、会に参集されるメンバーの方々には、盆暮れに主宰から心ばかりのわずかな時の品物を配る習慣があります。報酬に見えるものはそれだけです。それもこれも本が売れないからで仕方ありません。

最近の動向では、フェイスブックなどで相談者と相互の会メンバーとの交流はやや盛んになっているんじゃないかしら。当方はかような情報交流をまだしていないので、ホントのところはわかりません。ただ対面式の相談室形式は続いていて、我が会が近寄りやすい体質だと思っています。

一方ええ、批評は匿名の批評は辛いものがどんどんです。そちらのほうこそ公表すれば世の喝さいを浴びるはずのモンが多くて、面白いものがほとんどです。いちいち返答していませんが、ご心配されないでください。当会では今のところ、それらに頭を垂れ、静かに参考にしております。

それにハッキリと宣言していないですが、当書を介護員の投稿文学と位置づけています。これでケアさんの文化興隆の一部を支えているもんじゃないかなと密かな自信をもっている。

で、メンバーの頭によぎるのはいつも、若い介護員が介護施設の門前にいらして、その境遇を素直に受け入れ、さあ働くぞとその仕事に就く気構えができている、そんな理想的な場面はありようもないでしょうけど、そんなことを相談室は夢に見ているのです。

しかし杞憂はありますので、それを最後に。

昔からその旧態依然とした組織、つまり介護組織、病院、医院などですが、そのいずれでもその内部を非難し続ける者、つまり我ら相談室こそ、実は介護組織の実態を知らないし、機能を知らないということを、それこそ事ある毎に知らされています。

今回の出版もまたもかような結果を増幅させるモンにならないようにと願っている次第です。

と、まずもって告げたあと、今回も介護と社会との架け橋を目指す文章を長々と綴ってきましたが、ヤッパその目的は達せられなかったなぁと何気なくささやく気持ちでいますことを告白し、おわりの章を閉めます。

■著者紹介

北岡 けんいち

1946年　北海道小樽市生まれ　医師
介護老人保健施設の勤務を長年経験、
介護員の生き様を見つめた著書多数。

介護員詩誌「日々のはなし」

発　行　2024年12月１日　初版　第１刷
著　者　北岡けんいち
発行者　林下英二
発行所　中西出版株式会社
〒007-0823 札幌市東区東雁来３条１丁目1-34
TEL 011-785-0737　FAX 011-781-7516
印刷所　中西印刷株式会社
製本所　石田製本株式会社

落丁・乱丁本はお取り替えいたします。

ISBN978-4-89115-442-4　C0036